「うわぁ……凄い人」
身を乗り出しながら、狩夜は気圧された。
眼下に広がる中庭はウルザブルンの民に埋め尽くされている。
「第三次精霊解放遠征」出立式
叉鬼狩夜《またぎかりや》
レイラ
「ウルザブルンの民たちよ。同じ無念を共有する同胞たちよ。
時はきた。我ら人類が、心の拠り所である精霊を、
かつて失った大地を取り戻す時がついにきたのだ！」
バルコニーに立つランティスが剣を高らかに掲げた。
「共にいこう絶叫の開拓地《スクリーム・フロンティア》へ!!」

「第三次精霊解放遠征」幹部八人衆

木の民〝年輪〟
ギル・ジャンルオン

地の民〝鉄腕〟
ガリム・アイアンハート

風の民〝歌姫〟
レアリエル・ダーウィン

水の民〝流水〟
フローグ・ガルディアス

闇の民〝百薬〟
アルカナ・ジャガーノート
光の民〝極光〟
ランティス・クラウザー
火の民〝爆炎〟
カロン
月の民〝戦鬼〟
モミジ・カヅノ
──いざ、絶叫の開拓地《スクリーム・フロンティア》へ。

〝結ばれる契約、今、誓いをここに〟

「……僕なんかでいいのか？　本当に僕で？

特別なことなんてできないぞ？」

「……（コクコク、コクコク）」

「ありがとう。酷いこと言ってごめん……」

「マンドラゴラのレイラさん、お願いがあります。

一緒に戦ってくれますか？」

「……（コクコク、コクコク、コクコク！）」

Hiradaira Yu
平平祐
[illustration] 日色
2
引っこ抜いたら異世界で
If you pull it out, you'll be in another world.

口絵・本文イラスト：日色

デザイン：寺田鷹樹（ＧＲＯＦＡＬ）

CONTENTS

If you pull it out, you'll be in another world.

プロローグ　終焉《しゅうえん》の足音

「やめて……お願いやめて……」

イスミンスールの中心で、彼女《かのじょ》は涙《なみだ》を流しながら懇願《こんがん》していた。しかし、その懇願を向けた相手は彼女の言葉に耳を貸そうとしない。なにかに取り憑《つ》かれたかのように口を動かし続け、一心不乱に彼女の体を食《は》んでいる。

「やめて……正気に戻《もど》って……」

無駄《むだ》と承知で彼女は懇願を続ける。数千年と続けた懇願。回数はとうに億を超《こ》え、兆に届きそうなほどに重ねたその言葉は、やはり今回も無視された。かつてはとても従順で、打てば響《ひび》くように言葉を返してくれたのに、今では表情一つ動かさない。

「やめて……やめて……」

言葉すら忘れているやもしれない相手に、彼女は虚《むな》しく懇願を続ける。自らの意思で動くことができず、力のほとんどを封《ふう》じられてしまった彼女には、それしかできることがないのだ。

「やめて……これ以上はだめ……このままでは世界が滅《ほろ》んでしまう……」

ずっとずっと耐《た》えてきた。一人でずっと耐えてきた。だが、それもそろそろ限界だ。彼女の命はまもなく尽《つ》きる。星の寿命《じゅみょう》からみれば瞬《まばた》きにも満たない時間。たったそれだけの時間しか、もはや彼女には残されていなかった。

「痛い……痛い……」

ゆえに、彼女は願う。〈厄災《やくさい》〉に力を封じられる直前に、あの世界へと送り届けた最後の希望。その希望が無事芽吹《めぶ》き、力をつけ、その絶大なる力を振《ふ》るうに相応《ふさわ》しい者と共に、この世界に戻ってきてくれることを。

「早く……早く来て……」

その希望の名は——

「私の……勇者様……」

第一章　木と水と風の都・ウルザブルン

「これがユグドラシル大陸三大河川の一つ、ウルズ川か」

ティールの村の中心にある泉、そこから流れ出る小川に沿ってできた道を進むこと数十分。黒目黒髪《くろかみ》、童顔低身長の少年、叉鬼狩夜《またぎかりや》は、丸い石が敷き詰《しつ》められた川原の上にいた。狩夜の頭上にはマンドラゴラの少女、レイラが。すぐ隣《となり》には木の民の姫《たみ　ひめ》、イルティナ・ブラン・ウルズがいる。

狩夜たちの目の前には、幅広《はばひろ》く、水量豊富な川が存在していた。狩夜が異世界にきて真っ先に探し、見つけた、あの川だ。

ユグドラシル大陸には、世界樹を水源とし、大陸を三等分するかの如《ごと》く流れる三本の大河が存在する。

世界樹からほぼ真東に流れるミーミル川。世界樹から北北西に流れるフヴェルゲルミル川。そして、世界樹から南南西に流れるウルズ川。これら三本の大河が、ユグドラシル大陸三大河川である。

三大河川は、ユグドラシル大陸に点在する水源を束ね、徐々《じょじょ》にその水量を増しながら、同じ名前を持つユグドラシル大陸三大泉、ミーミルの泉、フヴェルゲルミルの泉、ウルズの泉に流れ込《こ》む。そこで一気に水量を増し、海へと流れていくそうだ。

狩夜たちの目的地であるウルズ王国の首都は、ウルズの泉の真上に建造された水上都市らしい。つまり、目の前のウルズ川に沿って進んでいけば、決して迷うことなく、安全圏《あんぜんけん》である水辺を一度も離《はな》れずに、そこまでたどり着けるということだ。

「ここから徒歩で二日くらいの距離《きょり》でしたっけ？」

この問いにイルティナは首を小さく左右に振《ふ》る。ティールの村に物資が届くのに要した時間から推測した日数だったのだが、どうやら違《ちが》ったらしい。

「いや、今日の昼過ぎには着くだろう。確かに、徒歩ならばそれくらいかかるだろうが、目的地が川下《かわしも》、かつ軽装の場合にのみ使用できる高速移動手段があるのだ」

イルティナは二度ほど周囲を見回した後、腰《こし》に下げた青銅の剣《けん》を抜《ぬ》きながら歩き出す。そして、直径三十センチ、高さ十二メートルほどの、杉《すぎ》によく似た針葉樹の前で足を止め――

「はあ！」

気合の掛《か》け声と共に、青銅の剣を一閃《いっせん》した。

蒼白《あおじろ》い軌跡《きせき》を地面に対して水平に残し、青銅の剣が見事に振り抜かれる。それに一瞬《いっしゅん》遅《おく》れて、奇麗《きれい》な断面の切り株をその場に残し、針葉樹が地面に向けて倒《たお》れはじめた。

倒れゆく針葉樹を余裕《よゆう》のある動作でかわしたイルティナは、青銅の剣を更《さら》に二度振る。それにより針葉樹は三等分され、長さ四メートルほどの丸太となり、地面を転がった。

「お見事」

イルティナの見事な剣の冴《さ》えに、狩夜は胸の前で手を打った。一方、青銅の剣を鞘《さや》に収めたイルティナは、先端《せんたん》部分の細い丸太をその場に放置し、二本の丸太を左小脇《こわき》に抱《かか》え狩夜の元へと戻《もど》ってくる。

ファッション雑誌の表紙すら飾《かざ》れるだろう絶世の美女が、百キロを優に超《こ》える丸太を軽々と抱えているその光景に、狩夜は思わず苦笑いした。ソウルポイントで身体能力が強化されていると頭では理解しており、自身も小学生並みの体格で同じことができるにもかかわらず、いまだに違和《いわ》感を覚えてしまう。

「レイラ。出発する前に保管してもらった竹の槍《やり》を出してくれ」

狩夜の前に立ったイルティナが、狩夜の頭上を占拠《せんきょ》するレイラに言う。コクコクと頷《うなず》いたレイラは、口を大きく開け、ポンという小気味の良い音と共に、竹の槍を吐《は》き出した。

この竹の槍は「後で役に立つから」と、出発前日にイルティナが用意したものである。

イルティナは「ありがとう」と短く礼をし、竹の槍を手に再び歩き出した。そして、川のすぐ手前で足を止めると、小脇に抱えていた二本の丸太を放《ほう》り出し、片方を川の上に浮《う》かべ、その丸太の上に躊躇《ちゅうちょ》なく飛び乗る。

川の上に浮かぶ一本の丸太。そんなバランスの悪い場所に立っているというのに、イルティナの体はこゆるぎもしない。地面の上と大差ない動作で狩夜へと振り返ったイルティナは、どこか得意げな顔だった。

「これで一気に川を下る。そうすれば都まですぐだ」

「おお、なるほど！」

イルティナの一連の行動にようやく合点《がてん》がいった狩夜は、感心するように声を上げ、いつだったかテレビで見た、日本のとある伝統技能を思い浮かべた。

木頭杉一本乗り《きとうすぎいっぽんの》である。

日本のとある地域で木頭杉の搬出《はんしゅつ》手段として使われていた技術であり、川に浮かべた杉の丸太に立ち、竹竿《たけざお》一本で丸太を制御《せいぎょ》して川を下る。確か保存会があり、スポーツとしてその技術が受け継《つ》がれていて、年に一度大会があるとか。

イルティナがやっているのはまさにそれだ。異世界で日本の伝統技能が見られるとは驚《おどろ》きである。

これならば徒歩よりもずっと早いし、水の上を進むので魔物《まもの》に襲《おそ》われることもまずない。移動に使った丸太は売ってお金にもできるはずだ。一石が二鳥にも三鳥にもなる、すばらしい知恵《ちえ》、そして技術である。

「さ、カリヤ殿《どの》も早く。そちらの丸太を使ってくれ」

「はい、わかりました。レイラ、僕《ぼく》の分の竹の槍を出して」

レイラはすぐに竹の槍を出してくれた。狩夜はそれを手に、勇んで川へと向かう。

イルティナが用意してくれた丸太を川の浅瀬《あさせ》に浮かべて、準備完了《かんりょう》。

「よし、いくぞ！」

狩夜は気合を入れ、丸太に飛び乗った。

が——

「ぶぼはぁ⁉」

即座《そくざ》に川へと落下してしまう。狩夜が上に乗った瞬間丸太が回転し、為《な》す術《すべ》なく投げ出されてしまったのだ。

川の浅瀬で尻餅《しりもち》を突《つ》きながら、狩夜は目を見開いて丸太を凝視《ぎょうし》する。そんな狩夜を見つめながら、悪戯《いたずら》が成功した子どものようにイルティナが笑っていた。狩夜と共に川へと落下したレイラは、水を払《はら》うように首を左右に振った後「なにやってるんだよ～」と言いたげに狩夜の頭を叩《たた》いてきた。

「カリヤ殿、丸太の中央に直立してはダメだ。丸太が回転してしまう。中央のやや後ろで横向きに立つんだ。足を前後に半歩ほどずらして回転を抑《おさ》えるといい」

「わ、わかりました」

狩夜はそう言って立ち上がると、再び丸太と向き合った。今度はゆっくり、慎重《しんちょう》に丸太の上に乗る。そして、イルティナの助言通りに両足で丸太の回転を抑えた。すると――

「や、やった！　乗れた！」

今度は丸太の上に乗ることに成功した。しかし、それは僅《わず》か数秒のこと。すぐにバランスが崩《くず》れ、上半身が大きく揺《ゆ》れる。

「わ！　わわわ！」

結局丸太の上に立っていることができず、川の浅瀬に足をついてしまった。また失敗である。

「む、難しい……」

「腰が高い。丸太の上でバランスを取るためには、軽く腰を落とし、両足の力を抜くことが肝要《かんよう》だ」

「はい……」

イルティナの更なる助言に背中を押《お》され、再チャレンジする狩夜であったが、これまた失敗した。十秒と持たず足をついてしまう。

いったいなにが悪いのだろう？　困惑顔《こんわくがお》で首を傾《かし》げる狩夜に、三度目となるイルティナの声が届くのだが、それは優《やさ》しい助言などではなく――

「これでは前途多難《ぜんとたなん》だな。さて、私は先にいくぞ。もう教えられることはなにもないからな。カリヤ殿は諦《あきら》めずに頑張《がんば》ってくれ」

なんとも厳しいお言葉であった。狩夜は慌《あわ》てふためき、イルティナのほうへと顔を向ける。

「うぇぇぇぇ⁉　イルティナ様、僕を置いて先にいっちゃうんですかぁ⁉　ついさっき村を出たばかりですよ⁉　見捨てるにしてもちょっと早くありません⁉」

「そんな声を出すな。まるで私が悪いことをしているみたいではないか。恨《うら》むならこうやって技術を伝承してきた先人たちを恨んでくれ。私も幼少の頃《ころ》、こうして置き去りにされたものだぞ？　半泣きになりながら必死に頑張って、この技術を習得したのだ。このやりかたしか私は知らん」

「スパルタァ！　とても王族とは思えない！」

「この技術はユグドラシル大陸では重宝するぞ。今のうちに覚えてしまったほうがいい。では、健《けん》闘《とう》を祈《いの》る」

「あ、ちょっと！　待ってください！　イルティナ様ぁぁぁぁあ‼」

縋《すが》るような視線と言葉で懸命《けんめい》に訴《うった》える狩夜であったが、イルティナは竹の槍で川底を突き、岸から離れてしまった。流れの急な川の中央にまで丸太を動かし、急加速。あっという間に見えなくなってしまう。

「ホントにいっちゃった……」

狩夜はイルティナが消えていった方向を見つめながら、蚊《か》の鳴くような声で呟《つぶや》く。その後、すぐ隣で川の浅瀬に浮いている自分用の丸太を見下ろした。

「やるっきゃない……よね？」

こうして、そこらの魔物よりよっぽど手強《てごわ》い、一本の丸太との戦いがはじまった。

「まだまだぁ！」

「ネバーギブアップ！」

「僕は諦めましぇん！」

――と、掛け声だけは立派にウルズ川の浅瀬に浮かぶ丸太と延々格闘する狩夜であったが、その結果はあまり芳《かんば》しいものではない。

イルティナに置き去りにされてからおよそ一時間が経過したが、狩夜は丸太の一本乗りを習得できていないなかった。それどころか、何度失敗を繰《く》り返しても上達の兆《きざ》しすら見えず「僕、才能ないのかなぁ……」と、涙目《なみだめ》で途方《とほう》に暮れかけている。

「くそぉ……ソウルポイントで身体能力は強化されているはずなのに……」

悔《くや》し気に独りごちる狩夜であったが、頭のなかでは真逆のことを考えていた。一向に一本乗りが上達しない原因は、その強化された身体能力にあるのではないか？　と。

ヴェノムティック・クイーンを筆頭にした魔物たちとの連戦。それにより獲得《かくとく》した多量のソウルポイントは、『筋力』『敏捷《びんしょう》』といった狩夜の基礎《きそ》能力を、開拓者《かいたくしゃ》として一人前扱《あつか》いされるサウザンドの一歩手前にまで押し上げた。

一晩で激増した身体能力。その超人《ちょうじん》的な力を狩夜は制御しきれていない。昨日一日で随分《ずいぶん》と慣れたつもりだが、まだまだ持てあましている。

普通《ふつう》に歩いたりする分には問題ない。全力を出すことも――まあできる。だが、咄嗟《とっさ》の反射行動や、細かい力の調整には不安があった。今バランス系テーブルゲームをやったら、幼稚園児《ようちえんじ》にも惨敗《ざんぱい》するだろう。箸《はし》をうまく扱う自信すら今はない。

そんな状態の人間に、丸太の一本乗りができるだろうか？　否《いな》、できない。神に愛された天才ならば可能かもしれないが、生憎《あいにく》狩夜は凡人《ぼんじん》だ。今の状態で一本乗りを習得するのはまず不可能だろう。

「僕が一本乗りをすぐに習得して後を追ってくると思っているなら、イルティナ様は僕を過大評価しすぎだよ……」

ティールの村民はなにかと狩夜を英雄視《えいゆうし》し、なんでもできる超人のように扱うが、イルティナとメナドだけは別だと思っていた。だが、それはただの勘違《かんちが》いだったのかもしれない。

「とにかく、これじゃあイルティナ様から離れる一方だ。どうにかしないと……どこかに都合よく舟《ふね》とかないかなぁ――ってあれ？」

ひとまず川から上がって考えをまとめよう――と、狩夜が踵《きびす》を返した瞬間、巻き添《ぞ》えで川に落ちることを嫌《いや》がり、頭上から離れていたレイラの姿が目に映ったのだが、なんだかすごいことになっていた。

「なにやってるんだよ……レイラの奴《やつ》……」

ちょっと目を離した隙《すき》に、レイラが名も知らない蛇型《へび》の魔物を捕獲《ほかく》していたのだ。しかも、その蛇がめちゃくちゃでかい。間違いなく主クラスの魔物である。

すでに事切れている大蛇《だいじゃ》を、レイラは肉食花のなかに躊躇なく放り込む。その豪快《ごうかい》な食事風景を見つめながら、狩夜は漠然《ばくぜん》と思った。あ、これで僕、サウザンドになれるな――と。

あの大蛇から得られるソウルポイントは、恐《おそ》らく千を下るまい。今夜眠《ねむ》りにつき、白い部屋へと赴《おもむ》けば、晴れてサウザンドの仲間入りだ。

狩夜が「とりあえず『精神』を二回上げたいな～」とか「基礎能力向上回数が百になったときにはなにかあるのかな～」などと、丸太のことを忘れて考えていると、蛇を食べ終え肉食花を引っ込めたレイラが、たどたどしい足取りで川のすぐ手前にまでやってきた。そして、二枚ある葉っぱの片方を巨大化《きょだいか》させ、川の浅瀬に浮かべる。

次いでレイラは、その水に浮かべた葉っぱの外周を、風船のように大きく膨《ふく》らませはじめた。それにより水の浸入《しんにゅう》を阻《はば》む壁《かべ》をつくり、葉っぱの浮力《ふりょく》を高め、全体の形を整えていく。

数秒後――

「すっご……」

目の前で完成した、実に立派な葉っぱの舟を凝視しつつ、狩夜は驚嘆《きょうたん》の声を漏《も》らした。一方、製作者である当のレイラは、その舟を見つめ「うん。こんなもんかな～」と言いたげにコクコクと頷いている。

葉っぱの舟。その言葉だけを聞くと、幼いころに作った笹舟《ささぶね》や、池や沼《ぬま》に浮かぶ蓮《はす》の葉を思い浮かべる者が多いだろうが、そんなちゃちなものではない。その見た目は機能美に溢《あふ》れ、まるで迷彩《めいさい》色《しょく》の軍用ゴムボートだ。

瓢箪《ひょうたん》から駒《こま》な展開に、狩夜が言葉をなくして立ち尽《つ》くしていると、レイラは川原を蹴《け》って舟の最《さい》後尾《こうび》に飛び乗った。そして、もう一方の葉っぱを艪《ろ》のように水のなかに沈《しず》めると「準備完了、狩夜も乗って乗って～」と、舟を両手で叩き、狩夜に乗るよう促《うなが》してくる。

「レイラ……君ってほんとになんでもできるよね……」

レイラの万能《ばんのう》性を改めて認識《にんしき》した狩夜は、苦笑いしながら舟に飛び乗った。舟はほとんど傾《かたむ》くことなく狩夜の体重を受け止め、川の浅瀬に浮かび続けている。

狩夜は舟の上を歩いたり、小さく飛び跳《は》ねたりして、乗り心地《ごこち》と安全性を確かめる。ほどなくして、これなら大丈夫《だいじょうぶ》だろうと腰を下ろした。

「ふ……お前との勝負はお預けだな……」

ついさっきまで死闘を演じていた好敵手《まるた》に向けて、ハードボイルドな台詞《せりふ》を投げると、狩夜は丸太の回収をレイラに頼《たの》んだ。そして、レイラの口のなかに丸太が消えていくところを最後まで見届けてから、川下を指さす。

「それじゃ、すぐに出発しよう。先にいったイルティナ様に追いつかないとね」

一時間ほど前に出発したイルティナだが、移動手段はただの丸太である。出せる速度には限度があるはずだ。この舟なら遅れを取り戻せるかもしれない。

船頭のレイラがコクコクと頷き、艪で川底を突いた。スムーズな動きで、舟を流れの急な川の中央に運ぶ。

その、次の瞬間――

「うわわわ!?　な、なに!?　いったいなにぃ!?」

狩夜は身を低くし、舟から振り落とされないよう全力で踏《ふ》ん張った。川の中央にくるや否や、舟が信じられない速度で急加速したのだ。

狩夜は「いったいなにが起きた⁉」と後ろを振り返る。すると、舟の後方に聳《そび》える巨大な水柱が視界に飛び込んできた。川のなかに沈めている艪を、レイラが凄《すさ》まじい速度で動かし続けているのだ。

もはや艪というよりスクリュープロペラである。レイラを動力とした舟は、スピードボート並みの速度でウルズ川の上をかっ飛んでいく。

狩夜は顔を引きつらせながら「い、いいぞレイラ！　飛ばせ飛ばせ！」とやけくそ気味に叫《さけ》んだ。そして、全身を使って舟にしがみつき、必死に体を支える。一方のレイラは涼《すず》しい顔で舟を操《あやつ》り、船体を前へ前へと押し進めていく。

こうして、狩夜とレイラを乗せた葉っぱの舟は、ウルズ川を驀進《ばくしん》していった。

この後、イルティナに追いついた際に舟がつくる高波によって丸太を大きく揺らしてしまい、ウルズ王国の第二王女を川に落としてずぶ濡《ぬ》れにしてしまったと顔面蒼白《そうはく》になることを、狩夜はまだ知る由《よし》もない。

「くしゅん！」

「本当にすみません。わざとじゃないんです。平にご容赦《ようしゃ》を」

可愛《かわい》らしくくしゃみをするイルティナに向けて、狩夜は土下座謝罪の真っ最中であった。そっちのほうが快適そうだと丸太から葉っぱの舟に乗り換《か》えたイルティナと向かい合いながら正座し、頭を深く下げている。

同乗するレイラは、速度を上げると寒いと言うイルティナの要望に応《こた》え、舟を漕《こ》ぐのをやめていた。舟の最後尾にちょこんと腰かけながら、気持ち良さげに日光浴に興じている。

「カリヤ殿、もう頭を上げてくれ。異世界ではどうだか知らないが、この世界の人類にとって水に飛び込むことは日常茶飯事《さはんじ》だ。気にするようなことではない」

眉《まゆ》を八の字にしたイルティナが、狩夜に謝罪をやめるよう促してくる。だが、狩夜は頭を上げようとはしなかった。むしろ、更に深く頭を下げ、舟に額をこすりつけるように土下座を敢行《かんこう》し続ける。

「いえ、それでは僕の気が済みません。もう少しこのまま――」

「すまんが、もう本当にやめてくれ。このままでは民にあらぬ誤解をされそうだ」

「ふえ？」

イルティナが身に纏《まと》う雰囲気《ふんいき》。優しげで温かいものだったそれが、高貴で厳《おごそ》かなものへと切り替《か》わったことに気づき、狩夜は顔を上げる。

目の前にいたのは、憂《うれ》いを帯びた真顔を浮かべる木の民の王女であった。有無《うむ》を言わさぬ王族の風格を目《ま》の当たりにして、狩夜は慌てて姿勢を正す。

――だめだ。今のイルティナ様に逆らっちゃいけない。

即座にそう理解した狩夜は、周囲に意識を巡《めぐ》らせる。イルティナが態度を改めた理由がなにかあるはずだ。

「ん？」

ほどなくして狩夜は気がついた。下だ。川のなかになにかいる。

魔物かと思い、腰の剣鉈《けんなた》へと手を伸《の》ばすが、すぐに頭《かぶり》を振った。多量のマナが水に溶《と》けているユグドラシル大陸に、水棲《すいせい》魔物は存在しない。

ならいったいなんなんだ？　と、狩夜が首を傾げたとき、それはその姿を現した。

「舟を押して都までお送りしましょうか？　都のどこまでお送りしても50ラビスですよ」

「ああ、北門まで頼む」

「はい、毎度ありが――って、よく見たらイルティナ様じゃないですか！　大変失礼いたしました。相手がイルティナ様じゃあ、金なんて受け取れねぇなぁ」

水面から上半身を出すなりイルティナに話しかけたそれは、精悍《せいかん》な体つきをした人間の上半身と、シーラカンスのような魚の下半身を持つ半人半魚の生物であった。

そう、人魚である。

「水の民……」

水の民。体のどこかに水棲生物、もしくは両生類の特徴《とくちょう》を有する種族で、水精霊《せいれい》ウンディーネを信仰《しんこう》している水の申し子たち。

狩夜ははじめて目にする人魚の姿に目を輝《かがや》かせた。作り話のなかだけの存在が、今目の前にいる。これぞ異世界！　心からそう思った瞬間だった。

この人魚の青年は、どうやら運び屋を生業《なりわい》としているらしい。開拓者やキコリが舟や丸太に乗ってウルズ川を下ってきては、さっきのように商談を持ちかけるのだろう。

「大至急仲間を呼んで輿《こし》を用意させますんで、少々お待ちください」

「不要だ。料金も規定のものを払う。特別扱いなどせずともよい」

「しかし――」

「よいのだ。連れもいる。先ほども言ったように、このまま北門まで運んでくれ」

「……わかりました。おい、お前も押せ。一緒《いっしょ》にイルティナ様を北門までお送りするぞ」

「はーい」

人魚の青年の声に反応し、水面から青い髪と青い肌《はだ》を持つ女の子が顔を出した。大きい黒目が特徴で、適度に膨らんだ胸を三角ビキニで隠《かく》した中々に可愛い子である。まあ、下半身はタコであったが。

「すごい。スキュラだ」

狩夜は葉っぱの舟の後ろに回り、舟を押すべく手をつく女の子を凝視した。すると、女の子が狩夜の視線に気がつき首を傾げる。

「どしたん僕？　アタイのことをそない真剣に見つめて……もしかして、おねーさんに一目惚《ひとめぼ》れとか？　ふふん、そかそか。ええよ、開拓者が相手ならおねーさん大歓迎《かんげい》や。もうちょっと大きゅうなったら声かけてーな」

実年齢《じつねんれい》はそんなに変わらないであろうスキュラの女の子に露骨《ろこつ》に年下扱いされ、狩夜は顔を引きつらせた。しかし、先に失礼をしたのは女の子の体をジロジロ見た自分なので、これでお相子ということにして腑《ふ》に落とす。

「ああ、すみません。僕、水の民を見るのは今日がはじめてで、つい。気に障《さわ》ったのなら謝《あやま》ります。ごめんなさい」

「僕は真面目《まじめ》な子やね、別に謝らんでもええよ。そか、水の民ははじめてか。なら、今の内におねーさんのことよーく見とき。都に着いたら水の民がぎょーさんおるさかいな。キョロキョロしとるとお上りさんだと思われてカモにされんで」

「ふえ？　水の民がたくさん？　これからいく水上都市は、木の民の首都なんじゃ……？」

「ああ、そういえばカリヤ殿にはまだ話していなかったな。これから向かう都は、我ら木の民だけでなく、水の民と風の民の首都でもあるのだ」

「え？」

水の民の力を借りて川を下る最中、イルティナが首都と木の民、そして、水の民と風の民についての説明をしてくれた。

〈厄災《やくさい》〉の呪《のろ》いによって、イスミンスールで生きる全人類は多大な影響《えいきょう》を受けた。人類最大の武器であるレベルとスキルの喪失《そうしつ》。マナの減少による魔物の強化と凶暴化《きょうぼう》。そして、種族としての弱体化である。

例えば木の民。木の民は、八種の人類のなかで最も長命であるとされ、一般人《いっぱんじん》でも数千年、王族にいたっては寿命《じゅみょう》という概念《がいねん》すらなく、永遠に近い時を生きることができたそうだ。

その膨大《ぼうだい》な寿命を、〈厄災〉の呪いは木の民から取り上げた。今や木の民の寿命は他種族と大差なく、長くても八十年くらいしか生きられないのだという。

このように、〈厄災〉の呪いは種族としての一番の特徴を著《いちじる》しく弱体化させるのだ。そして、この弱体化で最も割を食ったと言われているのが、水の民と風の民である。

水の民は水中活動の要であるエラ呼吸を失い、陸《おか》に上がった魚になり果てた。風の民はその誇《ほこ》りである翼《つばさ》を奪《うば》われ、地を這《は》う鳥へと失墜《しっつい》する。

水中と空中での活動に特化したその体は、陸上生活においては足枷《あしかせ》でしかない。かつて海と空において敵なしと謳《うた》われた二種族は、どの種族よりも早く滅亡《めつぼう》の危機に瀕《ひん》した。

命からがらユグドラシル大陸に逃《に》げ込むも、ユグドラシル大陸に生息する弱い魔物にすら陸上では圧倒《あっとう》され、もはやこれまでかと諦めかけていたそのとき、庇護《ひご》という名の救いの手を差し伸《の》べてくれたのが、イルティナの先祖でもある木の民の王であったらしい。

〈厄災〉直後でどの種族も余裕がなかったにもかかわらず、無償《むしょう》で差し出された救いの手に、当時の水の民の王と、風の民の王は強く感銘《かんめい》を受けたそうだ。そして、木の民の庇護下に入る代わりに王権を放棄《ほうき》し、民の象徴《しょうちょう》としての王という立場を受け入れる。

以後、木、水、風の民は協力してウルズ王国を作り上げ、今に至るというわけだ。

「ウルズ王国は、木、水、風の民から構成される多民族国家なのだ。だが、その国政は国の頂点である父上――木の民の王によって運営されている。木の民の庇護下にある水と風の民の王は、あくまで民の象徴でしかない」

「なるほど。それで、その三種族が協力して作り上げたっていう、ウルズ王国の首都はどんな街なんですか？」

「ふふ、それは実際に見たほうが早いだろう。百聞は一見に如《し》かず――だ。ほら、そうしているうちに見えてきたぞ」

イルティナは右手を上げ、進行方向を指さした。

どうやら話し込んでいるうちに随分と移動していたらしい。延々と続いていた森が終わり、視界が開ける寸前の所にまでやってきていた。

一分と待たず、狩夜たちは水の民の手で、泉と称《しょう》するにはあまりに巨大な水鏡の上へと押し出された。直後、水上に築かれた白亜《はくあ》の都が狩夜の目に飛び込んでくる。そして、同時にイルティナがこう告げた。

「ようこそ。木と水と風の都、ウルザブルンへ」

「うわぁ……奇麗……」

水上都市ウルザブルン。そして、ユグドラシル大陸で最大の貯水量と、最良の水質を誇るとされるウルズの泉を前にして、狩夜は感嘆の声を漏らした。

真上に存在する大空をそのまま映し出す巨大な水鏡。舟から身を乗り出して下を覗《のぞ》き込めば、十メートルほど先にある泉の底や、沈んでいる流木。そして、水中を優雅《ゆうが》に泳ぐ水の民の姿がくっきりと見て取れた。凄まじい透明度《とうめいど》である。

別名『女神《めがみ》の姿見』。ウルズの泉は、その二つ名に恥《は》じない神秘的な場所であった。

「あれ？　でも普通の魚が全然いませんね？　というか、水の民以外の生き物が……あれ？」

寒気を覚えるほどの透明度を誇る奇麗な水。だがそれは、水に養分がないことと、そこに生息する微生物《びせいぶつ》の少なさを意味する。正直、この水質は異常だ。ざっと見回してみても、魚どころか水草や藻《も》すら見当たらない。ウルズの泉のなかには、水の民以外の生物がほとんど存在しないのだ。

「なんで？　大自然に囲まれた、こんな大きな泉なのに……」

「ごめんなぁ僕。そない探しても魚は一匹《ぴき》もいてへんよ。ウルズ川水系の魚は、アタイらの御《ご》先祖様がみーんな食ってまったさかいな」

「ええ⁉」

舟を押すスキュラの女の子の話に、狩夜は驚愕《きょうがく》の声を上げた。

「大昔。〈厄災〉によって水の民の故郷であるニブルヘイム諸島から追われたアタイらの御先祖様は、ここユグドラシル大陸の泉や河川に住み着いた。故郷を追われ、海すら魔物に奪われてもうた御先祖様には、もうそこしか居場所がなかったんやな」

「はい」

「当然のことやけど、生きてくには食わなあかん。せやけど、アタイら水の民はこんな体や。陸の上じゃまともに動けへん。そうなると、水んなかや水辺で手に入るモノを食うしかない。魚や甲殻《こうかく》類《るい》を真っ先に食い尽くし、普段は口にしない虫や水草にまで手を出して飢《う》えをしのいだそうや」

「絶滅するまで……食べたんですか？」

「せやで。ああ、僕の言いたいことはわかる。食いすぎや言いたいんやろ？　せやなぁ……絶滅はあかんなぁ……でもなぁ、アタイはしかたない思うんよ。御先祖様らかて、食い尽くしたらあかんことぐらいわかっとったはずや。せやけど、誰《だれ》だって自分が可愛い、死にとうない。限界まで腹が減ったら、食ったらあかんものにも手が伸びる。アタイだってそやし、僕かてそうやろ？」

「……そうですね。僕でもそうしちゃうと思います」

「食べなければ死ぬ」「人は命を食べて生きている」マタギである祖父から耳にタコができるほど聞かされた、残酷《ざんこく》で絶対の掟《おきて》だ。この掟に今更口を挟《はさ》む気など、狩夜にはない。

まあ、狩夜は現代日本人なので『絶滅』の二文字には自然と拒否反応が出てしまうが、故郷を追われ、他に食べ物がない極限状況《じょうきょう》なら仕方ないとも思う。カルネアデスの板ではないが、極限状態でなら非人道的なおこないも擁護《ようご》されることが多い。

この時の水の民を擁護する者、非難する者、双方《そうほう》いると思うが――少なくとも叉鬼狩夜という一個人は、水の民を擁護する側に回った。生きるためには仕方ない。これが狩夜の結論である。

「ん、わかってくれてありがとうな。ほんじゃあ話を元に戻すけど、そんなこんなで水んなかの食べもんをあらかた食い尽くして、陸に上がって魔物に殺されるか、それとも飢え死ぬかの二択《たく》を迫《せま》られた御先祖様に手を差し伸べて、庇護っちゅう三つめの選択肢《せんたくし》を与《あた》えてくれたのが、イルティナ様の話にも出てきた木の民の王様っちゅうわけやな」

「なるほど」

「水んなかに生き物がおらんから、ウルズ川水系の水はちっとも汚《よご》れへん。マナには浄化《じょうか》作用もあるさかい、水は奇麗になる一方や。せやから今のウルズ川水系は、人間以外の生き物にとってかな～り棲《す》みづらい環境《かんきょう》になっとる。まあ、アタイら水の民からしたら、水は奇麗なほうが快適なんやけど」

水清ければ魚棲《うおす》まず――ということらしい。水道水では魚が長生きできないのと同じだ。

「まあ、魚が食いとうなったら僕の地元のミーミル川水系か、フヴェルゲルミル川水系にいきぃや。そっちの川には魚が普通におるさかいな。光の民や月の民に「役立たずの水の民は出てけ～」「俺《おれ》たちの魚を食うな～」って、御先祖様が追い出されたみたいやから」

「……ごめんなさい」

異世界人であることを隠すため、名目上自身を光の民ということにしている狩夜は、スキュラの女の子に対して深々と頭を下げた。

「気にせんでええよ。僕はほんに真面目な子やね。謝ることなんてな〜んもあらへんよ。アタイらが生まれるずっと、ず〜っと前の話や。その頃はどの民も余裕なんてなかったんやから、しゃーないわ」

スキュラの女の子は「なはは」と笑い、続けた。

「アタイら水の民は、〈厄災〉からこっち、割を食うことが多いんよ。今の大開拓時代かて、ユグドラシル大陸には水棲魔物がおらんさかい、開拓者になれる水の民はほんの一握《ひとにぎ》りやしなぁ……」

「あれ？　でも僕、最強の開拓者は水の民だって聞きましたよ？」

そう、現時点において唯一《ゆいいつ》ハンドレッドサウザンドの高みにまで上り詰めた、イスミンスール最強の開拓者。それが水の民であったはずだ。

『流水』の二つ名を持ち、世界最強の剣士とまで称された、その水の民の名前は——

「えっと確か……フローグ・ガルディアスさん」

「そやねん！　フローグはんは、割を食い続けたアタイら水の民の、希望の星やねん！」

フローグの名前にスキュラの女の子は激しく反応し、その両目を輝かせた。そして、興奮した様子で捲《まく》し立ててくる。

「フローグはんは強くてカッコええ男やで！　両生類系の水の民で、顔や体格はちょ〜っとあれなんやけど……なんて言うんかなぁ……そう、あれや、心のイケメンなんや！　アタイはあの人めっちゃ好きやで〜！　うん、フローグはんになら抱《だ》かれたい！　この体を喜んで差し出すわ！」

「そ、そうですか……」

「僕は運がええで！　今、ちょうどフローグはんがウルザブルンに帰ってきてるんや！　都についたら探してみ！　そら、そうこうしとるうちに到着《とうちゃく》や！」

木と水と風の都、ウルザブルン。その北門付近の舟着き場に狩夜たちは到着した。

イルティナが舟から舟着き場へと飛び移り、狩夜もそれに続いた。そして、舟の最後尾に腰かけるレイラの体を両手で持ち上げる。

狩夜の腕《うで》のなかで、レイラは葉っぱの形状をデフォルトへと戻す。それを見たスキュラの女の子が「え⁉　あの舟、この子の葉っぱでできてたん⁉」と目を丸くするのを尻目《しりめ》に、狩夜は舟着き場に設置されたウルザブルンの簡易地図を見上げた。

どうやらウルザブルンは、中心にそびえる白亜の城――ブレイザブリク城から蜘蛛《くも》の巣状に八本の大通りが広がるという造りらしい。それら大通りの終点には必ず舟着き場があり、陸地に繋《つな》がっているものは一本もない。いや、正確には一本だけあるのだが、そこは跳ね橋になっており、平時は橋が上げられているようだ。

つまり、ここウルザブルンに足を踏み入れるためには、必ず水上を移動しなければならないのである。

水に周囲を囲まれた都。それは天然の要塞《ようさい》だ。水に溶けたマナを嫌《きら》う魔物たちは、空でも飛ばない限りウルザブルンには近づくことさえできないのである。現在のイスミンスールにおいて、最も安全な場所の一つと言えるだろう。

「ここまで大儀《たいぎ》であった。料金の50ラビスだ、受け取ってくれ」

物珍《ものめずら》しげに周囲を見回している狩夜の隣で、イルティナが人魚の青年に料金を支払う。人魚の青年は「はは！　ありがたく頂戴《ちょうだい》します！」と深く頭を下げ、両手で50ラビス幣《しへい》を受け取った。

「では、我々はこれで！」

「ほなな～僕。縁《えん》があったらまた会おうや～」

人魚の青年と、スキュラの女の子が、手を振りながら遠ざかっていく。狩夜はスキュラの女の子に手を振り返し「色々ありがとうございました～」と声を上げた。狩夜の腕のなかではレイラも右手を振っている。

「では、城まで先導しよう。カリヤ殿、ついてきてくれ」

「はい」

狩夜はレイラを定位置である頭上に乗せ、前をゆくイルティナの後を追った。

二人が歩く木造の舟着き場には大勢の水の民がいて、イルティナのことに気がついた者が「あ、イルティナ様だ」「ほんとだ。ティールから帰ってきたんだ」と声を上げ、手を振ってくる。

そのなかには当然女の子もいて、露出《ろしゅつ》の多い水の民が手を振ると、胸がプルプルと揺れて目の保養――ではなく、目に毒だ。

なかには貝殻《かいがら》ビキニや、かなりえぐい水着を身に着けている者もいて、狩夜の視線に気がつくと、ウインクをしたり、投げキッスをしたりしてきた。もっとあからさまに「坊《ぼう》や、おねーさんと遊ばない？」と、直接声をかけてくる者もいる。どうやら水の民は、木の民に比べて性に奔放《ほんぽう》な者が多いらしい。

この露骨な誘惑《ゆうわく》に、煩悩《ぼんのう》にまみれた思春期の脳が、あれやこれやと妄想《もうそう》をかきたてようとした瞬間、狩夜は「いかんいかん！」と激しく頭を振り、ピンク色の思考を脳内から排除《はいじょ》した。突然《とつぜん》左右に揺さぶられたレイラは、慌てて狩夜の頭にしがみつき、振り落とされまいと必死である。

どうにか平常心を取り戻した狩夜は、「よし、もう大丈夫」と小さく呟いた。そして「いきなりなにするんだよ！　も～！」と言いたげなレイラのペシペシ抗議《こうぎ》を頭皮で感じながら、気を引き締《し》めてイルティナの後に続く。

ほどなくして、狩夜とイルティナは舟着き場を後にし、ウルザブルンの北門を潜《くぐ》った。すると、白を基調とした石造りの街並みと、大勢の人混みが狩夜を出迎《でむか》える。大変な賑《にぎ》わいであった。開拓村のティールとは比較《ひかく》にならない。

純血の木の民がいた。ブランの木の民がいた。背中から羽を生やした有翼《ゆうよく》人がいた。半人半鳥のハーピーもいた。彼《かれ》らが風の民。体のどこかに鳥類の特徴を有する有翼種族である。

他にも光の民がいた。闇《やみ》の民、火の民、地の民、月の民の姿もあった。九割以上が木と風の民であったが、ウルザブルンはイスミンスールに生息する人類、その全種族を見事にコンプリートしていた。さすがは首都。実にグローバルな光景である。

「凄《すご》いですね、イルティナ様！」

はじめて目にした多種多様な人種に興奮し、狩夜は鼻息を荒《あら》くする。しかし――

「……」

いつまで待ってもイルティナからの返答がない。何事かと思い狩夜が視線を横に向けてみると、イルティナが呆《ほう》けたようにウルザブルンの人混みを眺《なが》めていた。

「イルティナ様？　どうかしたんですか？」

「あれはパーティ『火竜《かりゅう》の牙《きば》』のシールドホルダーじゃないか……あそこにいるのは『満月』のランサー……それに――」

地元であるはずの街並みを、イルティナはただならぬ様子で見回す。そして、彼女《かのじょ》の視線はなにかに引き寄せられるかのように人混みのある一点へと移動し、盛大《せいだい》に見開かれた。

そこには、大勢の子どもたちに囲まれながら、我先にとサインをせがまれる光の民の姿がある。

金髪《きんぱつ》をオールバックにした、長身骨太の青年だった。ハリウッド男優を彷彿《ほうふつ》させるかなりの美男子であり、筋肉という鎧《よろい》を全身に纏っている。タンクトップとズボンだけというラフな格好《かっこう》であったが、開拓者になって僅か数日の狩夜でも、一目見て理解した。

強い――と。

あの青年は、狩夜が今まで目にしてきた、誰よりも強い。

「ランティス……だと？　なぜ彼がウルザブルンにいる？」

「誰です、あの人？」

「ランティス・クラウザー。光の民のトップ開拓者だ。テンサウザンドの開拓者の一人でもある」

「テンサウザンドの……」

イスミンスールに数十人しかいないというテンサウザンドの開拓者。その一人が彼であるらしい。

「どういうことだ？　目につく開拓者、その誰もが名の知れた者ばかりではないか……フローグ殿も帰ってきているというし……まさか……」

ここでイルティナが大きく天を仰《あお》いだ。そして、震《ふる》える声で呟く。

「第三次精霊解放遠征《えんせい》がはじまる？」

この言葉は、狩夜とレイラにだけ届き、空気に溶け込むように消えていった。

第二章　第三次精霊解放遠征と八人の英傑《えいけつ》

精霊解放遠征。

その名の通り、〈厄災《やくさい》〉の呪《のろ》いによって封印《ふういん》された精霊の解放。もしくは、精霊解放のための手掛《てが》かりを探すための遠征である。

信仰《しんこう》の対象にして、心の拠《よ》り所である精霊。そんな精霊の解放は、イスミンスールに生きるすべての人類の悲願であり、最優先事項《じこう》の一つだ。精霊解放の研究は千年単位でおこなわれており、巨額《きょがく》の費用が毎年投資され、大開拓《かいたく》時代である今も休むことなく続けられている。

ゆえに精霊解放遠征は、時代の節目節目に必ずといっていいほどに計画され、過去に二度実施《じっし》された。

比較的《ひかくてき》豊かで、余裕《よゆう》のある時代に実施された二度の遠征。全種族の協力のもと、その時代において間違《まちが》いなく最強である遠征軍が組織された。彼《かれ》らは「我らの手で精霊を解放するのだ！」と声高《こわだか》に叫《さけ》びながらユグドラシル大陸を飛び出し、ミズガルズ大陸へと渡《わた》る。

しかし――

「誰《だれ》一人として生きて帰った者はいない。そして、失敗した二度の遠征の後には、ミズガルズ大陸からの〈返礼〉がユグドラシル大陸を襲《おそ》い、人類は著《いちじる》しく衰退《すいたい》したという。それが精霊解放遠征だ」

「うぇぇ……」

イルティナの口から語られた精霊解放遠征の概要《がいよう》と歴史。それをすぐ隣《となり》で聞いた狩夜《かりや》は、悲愴《ひそう》感溢《あふ》れる声を小さく漏《も》らす。

「そんないわくつきの遠征の三度目が、近々おこなわれようとしている――と？」

「恐《おそ》らくな。そして、三度目の遠征軍が組織されたというのであれば、あのタイミングでジルがティールを訪《おとず》れたことにも説明がつく」

「どういうことです？」

「メラドが奇病《きびよう》に倒《たお》れるなり、ジルはティールから逃《に》げ出した。この行為《こうい》は多くの不興を買い、ティールでのジルの評判は落ちるところまで落ちた――が、それでもジルはティールへと帰ってきた。なぜだ？　ジルは臆病《おくびよう》だが、馬鹿《ばか》でも愚《おろ》かでもない。奇病が治療《ちりよう》された直後という、逃げ出した者に対して最も風当たりが強いであろう時期になぜ戻《もど》る？」

「ああ、言われてみると不自然ですね……」

「理由はこれだ。遠征軍に参加するのが嫌《いや》だったジルは、婚約者《こんやくしや》である私とティールへの物資運搬《うんぱん》を出汁《だし》にして、ウルザブルンから逃げ出したのだ」

イルティナは、頭痛をこらえるように右手を額に当てながら、盛大《せいだい》に溜息《ためいき》を吐《つ》いた。

「逃げ出した先で死んでどうするのだ。馬鹿者め……今回の遠征は、過去の二度と違って明確な勝算があるのだから、大人しく参加しておけばよかったものを……」

「勝算……ああ、ソウルポイントのことですね」

「そうだ。過去の二度の遠征は、大開拓時代以前に実施されたもので、今回は状況《じようきよう》がまるで違う。

我ら人類は新たな武器を手に入れ、ユグドラシル大陸の外に生息する屈強《くっきょう》な魔物《まもの》を打倒《だとう》する術《すべ》を身につけた。その証拠《しょうこ》に、ユグドラシル大陸とミズガルズ大陸の往復に成功した開拓者は百名を超《こ》え、ミズガルズ大陸の西端《せいたん》には我ら人類の拠点《きょてん》がすでに築かれている」

ここでイルティナは、視線をランティスへと向けた。

「彼、ランティス・クラウザーの存在も、我ら人類の勝算の一つと言えるだろう。彼は本物だよ。紛《まぎ》れもない英傑だ。『極光』の二つ名は伊達《だて》ではない」

「はぁ、凄《すご》い人なんですね……」

『極光』とは、これまた大層な二つ名である。しかし、ウルズ王国の第二王女であるイルティナにここまで言わせるのだから、この二つ名は確固たる実績と実力に裏付けられたものに違いない。

狩夜とイルティナの視線の先で、ランティスは子どもに取り囲まれながら求められるままにサインを書いていく。子どもたちのヒーローという言葉が実にしっくりとくる光景であった。

ほどなくして、サインを書き続けていたランティスの右手が止まる。どうやら最後のサインを書き終えたらしい。ランティスは、サイン片手に走り去る子どもたちを清々《すがすが》しい笑顔《えがお》で見送った後、

「待たせたね」とばかりに狩夜と視線を重ねた。

「さあ、そこの少年。次は君の番だ。こっちへおいで」

「え？　僕《ぼく》……ですか？」

狩夜は突然《とつぜん》のことに動揺《どうよう》し、周囲を二度ほど見回す。そんな狩夜を見て照れているとでも思ったのか、なんとランティスのほうから狩夜に近づいてきた。

「さあ、サインをしてあげよう。なにに書いてほしい？」

「あ、いや、色紙とか持っていませんし――」

「よし！　ならその服にサインだ！」

「ええ⁉」

こう宣言するなりランティスは狩夜に組みつき、身動きを封じる。サウザンドを目前にした開拓者である狩夜が、まったく反応できなかった。凄《すさ》まじい身体能力と身のこなしである。

これがテンサウザンドの開拓者か！　と戦慄《せんりつ》し、狩夜は思わず体の動きを止めてしまった。すると、狩夜がサインを受け入れたとでも思ったのか、ランティスは手にした筆を躊躇《ちゅうちょ》なく上着へと近づけてくる。頭上のレイラは、ランティスに悪意がないからか静観モードだ。

「ちょ、待ってください！　それは僕の一張羅《いっちょうら》なんですぅ！」

「はっはっ！　遠慮《えんりょ》することはないよ少年！　若人《わこうど》に夢と勇気を与《あた》えるのも、私たち先駆者の務めさ！」

「ダメです！　お願いやめて！　ほんとにダメぇ！」

長袖《ながそで》のハーフジップシャツ。イスミンスールに持ち込《こ》むことができた、数少ない日本の品だ。そんな貴重な服に迫《せま》る最大の危機に、狩夜は心底震《ふる》えあがった。

そして、いよいよランティスの筆が、狩夜の上着に触《ふ》れようとした、まさにそのとき――

「こら！　嫌がっているでしょう！　無理《むり》強《じ》いをするのはやめなさい！」

と、力強い女性の怒鳴《どな》り声が周囲に響《ひび》いた。それと同時にゴスッ！　という、なんとも痛そうな音がランティスの後頭部から発生する。

「ぐわぁあぁぁあぁ！　頭が！　頭がぁあぁ！」

組みついていた狩夜から体を放し、ランティスは両手で後頭部を抱《かか》えながら地面を転げ回った。そんなランティスから息を荒《あら》げつつ距離《きょり》を取り、狩夜は自身を助けてくれた救世主のほうへと視線を向ける。

狩夜の視線の先には、龍《りゅう》の装飾《そうしょく》がほどこされた戟《げき》を構える、勇ましい美女がいた。

後頭部でシニヨンにされた真紅《しんく》の髪《かみ》と、それと同色の瞳《ひとみ》をした吊《つ》り目がちの双眸《そうぼう》。赤を基調とした露出《ろしゅつ》過多なチャイナドレスを身に纏《まと》っており、そこからしなやかに伸《の》びた四肢《しし》には、武人らしい筋肉と、女性らしい肉感が見事に共存していた。そして、額から伸びた二本の角と、臀部《でんぶ》から伸びた立派な尻尾《しっぽ》が、彼女《かのじょ》がとある種族であることを示している。

「ドラゴニュート。火の民《たみ》か……」

そう、彼女は火の民。竜《りゅう》、もしくは爬虫類《はちゅうるい》の特徴《とくちょう》を体のどこかに有する種族である。〈厄災〉によって弱体化した種族としての特徴は、最大の武器であるブレス。

しかし、なんとも自己主張の激しい女性であった。髪も派手、服も派手、武器も派手、種族としての特徴も派手。すれ違えば誰もが振《ふ》り返り、彼女が放つ圧倒《あっとう》的な熱量を目に焼きつけることとなるだろう。だが、決して下品ではない。その派手な装《よそお》いのなかには、確かな気品が存在していた。

特徴の塊《かたまり》ともいえる女性であるが、一番の特徴は——やはり、チャイナドレスを下から猛然《もうぜん》と押《お》し上げる胸部の双丘《そうきゅう》だろう。でかい。とにかくでかい。非常にでかい。

露出過多なチャイナドレスはぱっつんぱっつんで、今にも彼女の乳圧に負けそうだ。いつ破れてもおかしくない——というか、服のサイズが合っていないように思えた。

エロチャイナ。格ゲーのお色気担当。そんな言葉が実にしっくりくる。

「君、もう大丈夫《だいじょうぶ》ですよ。私の知人がご迷惑《めいわく》をおかけしました。代わりに謝罪いたします。申し訳ない。ですが、彼も悪気はないのです。許してあげてください」

「は、はぁ……服が無事でしたので、僕は気にしていませんが……」

火の民の女性が身を屈《かが》め、目線を狩夜の高さに合わせながら語り掛《か》けてくる。胸の谷間が狩夜の目前に迫り、視界が幸せすぎた。今ならなんでも許せてしまいそうだ。

「ぐうぅ……カロン、石突《いしづ》きで後頭部はさすがに酷《ひど》くないかい？　私でなければ死んでいるよ？」

頭上のレイラが「どこ見てるんだ～！」と狩夜の頭をペシペシ叩《たた》くなか、復活したランティスが、後頭部を右手で摩《さす》りながら立ち上がった。すると、火の民の美女――カロンが、背筋を伸ばしながら威圧《いあつ》するように言う。

「悪いのはあなたでしょう。ファンサービスも結構ですが、先ほどのはやりすぎです。司令官たるあなたのおこないは、遠征軍全体の評判に関《かか》わるのですからね。自重しなさい」

「手厳しいね、相変わらず」

ランティスは困ったように苦笑いを浮《う》かべる。後頭部をど突かれたことに関しては別段怒《おこ》っていないらしい。ランティス・クラウザー。なんとも器《うつわ》の大きい男である。

「そうか、やはり第三次精霊解放遠征がはじまるのだな？」

カロンから放たれた遠征軍という言葉にイルティナが反応する。すると、ランティスとカロンが向き直った。

「やあ、イルティナ。久しぶりだね。直接会うのは何年ぶりかな？」

「スターヴ大平原攻略《こうりゃく》戦以来なのですから、二年半前ですよ。というか、相手はウルズ王国の姫君《ひめぎみ》。

敬語を使いなさい」

「ふふ、構わんさ。堅苦《かたくる》しいのは苦手だ。しかし、本当に久しぶりだな、二人とも」

どうやら三人は顔見知りらしい。狩夜の知らない過去を話題にして、再会を喜んでいる。

「テンサウザンドにまで上り詰《つ》めた二人の偉業《いぎょう》は、我《わ》がティールにまで届いているぞ。私も、かつての戦友として鼻が高い」

「かつて……か。少し期待していたのだが、やはり君は開拓者としては一線を退いたままかい？」

「ああ、私にはティールと、そこで暮らす守るべき村民たちがいるからな。もう開拓者として積極的に活動する気はない」

「では、この度《たび》の遠征にイルティナ様は――」

「参加しない。というより、遠征軍が組織されたことを知ったのがついさっきだ。ランティスの姿を見たときは驚《おどろ》いたよ」

「なら、なんで今ここに？　里帰りかい？　それともバカンス？」

「なに、父上に会わせたい者がいてな。カリヤ・マタギ殿《どの》だ。我が命とティールの危機を救い、開拓者になって一週間足らずで主を仕留めた逸材《いつざい》だぞ」

「は、はじめまして」

ランティスとカロンの口から「ほう」という声が漏れ、その双眸が細められた。その視線は、間違いなく狩夜を値踏《ねぶ》みしている。

「一週間足らずで主を……だとしたら、間違いなく最短記録だね。これはすごい。私はランティス・クラウザー。パーティ『栄光の道《ロード・オブ・グローリー》』のリーダーで、『極光』なんて呼ばれたりもする。よろしくね」

「カロンです。火の民なので姓《せい》はありません。パーティ『火竜の牙《きば》』を率いています。二つ名は『爆《ばく》炎《えん》』。以後、見知りおきなさい」

「か、カリヤ・マタギ……です。こ、こちらこそ、よろしく、お願いします……」

英傑二人からの値踏みにすっかり萎《い》縮《しゅく》してしまい、狩夜はガチガチであった。

「カリヤ――君は、まだハンドレッドだよね？」

「は、はい。まだハンドレッドの開拓者です」

今夜にもサウザンドになるだろうが、今はまだハンドレッドである。狩夜はランティスの問いかけに素直《すなお》に頷《うなず》いた。すると、ランティスは申し訳なさそうな顔で首をひねる。

「そうか、まだハンドレッドか。なら、今回の遠征に参加させるわけにはいかないな。今回の遠征は、サウザンドの開拓者であることが参加の最低条件だからね。友人の命の恩人とはいえ、特別扱《あつか》いはできない。遠征軍全体の士気に関わる」

「無念でしょうが、今回は諦《あきら》めなさい」

ランティスに続き、カロンもまた申し訳なさそうな顔で狩夜に遠征軍への参加を諦めるよう促《うなが》してくる。だが、狩夜はなぜ二人がそんな顔をしていて、こんな話を自分にしているのか理解できなかった。

諦めるもなにも、狩夜は遠征軍とやらに参加するつもりなど毛頭ない。なぜなら、精霊の解放にも、ユグドラシル大陸の外にも、まったく興味がないからである。

狩夜が開拓者になったのは、右も左もわからない異世界で衣食住を確保するためだ。それ以上でも以下でもない。その過程で助けられる人は助けようと思うし、情が移った相手には優《やさ》しくしようと思うが、それだけだ。精霊の解放などという面倒事《めんどうごと》に巻き込まれるのは御免《ごめん》である。

なぜ二人は自分にこんな話をするのだろう？　まるで「開拓者ならばユグドラシル大陸の外を目指して当然」とでも言いたげだ。

「あの、なんでお二人はそんな顔をして、僕にそんなことを言うんですか？　僕は遠征軍とやらに参加するつもりはないいんですけど……」

ランティスとカロンは目を丸くして「なにを言っているんだこの子は？」と言いたげな反応をする。狩夜は困惑《こんわく》するばかりだった。

「遠征軍に参加するつもりはない……か。カリヤ君はそれでいいのかい？　第二次精霊解放遠征が実施されたのは、今から二百年近くも前の話だ。今を逃《のが》したら、君が精霊解放遠征に参加する機会は二度とないかもしれないよ？」

「え？　はい。それでいいです。僕は自分のことだけで……この過酷《かこく》な世界で生きていくのに精一杯《せいいっぱい》です。ユグドラシル大陸の外に目を向ける余裕なんてありません」

ランティスとカロンは目を閉じてしまった。値踏みの視線からようやく解放され、狩夜はほっとする。

「そうか、それは残念だ」

ランティスがゆっくりと目を開く。そして、さっきの子どもたちに向けていたのとなんら変わらない、とても優しい視線で狩夜を見つめた。

「本当に……本当に、残念だよ」

それは言葉通りの、心底残念そうな声であった。

「あの、今度は僕から質問いいでしょうか？」

値踏みという重圧から解放された狩夜は、今度はこちらから話を振ってみようと、右手を肩《かた》のあたりにまで上げ、恐る恐る声を発した。すると、ランティスもカロンもすぐさま首を縦に振る。

「ああ。かまわないよ」

「知人が迷惑をかけましたからね。その質問とやらに答えます。遠慮なく言いなさい」

ランティスは笑顔であり、カロンは口調こそ硬《かた》いものの口元には微笑《びしょう》を浮かべている。そんな二人の笑みに狩夜は安堵《あんど》した。

「なら遠慮なく。カロンさんに質問なんですけど――」

「にょほほ。少年よ、その質問にはこのわしが答えよう。ズバリ、カロンのスリーサイズはＢ１０５・Ｗ58・Ｈ83のＮカップじゃ！」

「いきなり横からしゃしゃり出て、人の身体情報を暴露《ばくろ》するのはやめなさい‼」

狩夜の質問を上書きするかのように、突然横から飛び出してきた声。その声が世に知らしめた驚愕《きょうがく》の数値に、狩夜とランティスは頬《ほほ》を染めながら気まずそうに顔を横に向け、カロンは顔を真っ赤にしながら激昂《げっこう》した。

カロンが戟を両手で振りかぶり、声が聞こえてきた方向へと躊躇なく振り下ろす。テンサウザンドの身体能力で振るわれたその一撃《いちげき》は、常人では視認することすらかなわない速度で声の主に迫った。

まごうことなき必殺の一撃。その一撃を前にして、声の主は――

「ふん！」

手にした戦斧《せんぷ》を振るい、真正面から迎《むか》え撃《う》った。

一日で業物《わざもの》とわかる戟と斧《おの》とがぶつかり合い、大量の火花が飛ぶ。そして、甲高《かんだか》い轟音《ごうおん》と共に、凄まじい衝撃波《しょうげきは》がウルザブルンの街並みを駆《か》け抜《ぬ》けていった。

音に聞こえた英雄豪傑《えいゆうごうけつ》を一目見ようと周囲に集まっていた住人たちが、蜘蛛《くも》の子を散らすように逃げ去っていくなか、カロンが吠《ほ》える。

「今度ハレンチな発言をしたら許さない――私は以前、あなたに対してそう忠告したはずです。言ったからには相応《そうおう》の覚悟《かくご》はできているのでしょうね？　ガリム！」

「にょほほ。わしも、この程度でうろたえていてはパーティリーダーは務まらない――そう助言したはずじゃぞ、カロンよ。乳は必要以上にでかくなったが、やはりまだまだ小娘《こむすめ》じゃな」

声の主――ガリムは、そう言葉を返しながら両手に更《さら》なる力を込め、カロンの戟を弾《はじ》き飛ばした。

力負けしたカロンは「っく！」と悔《くや》しげに呻《うめ》きながら、後方に飛び退《の》く。

「ガリム・アイアンハート。ユグドラシル大陸随一《ずいいち》の鍛冶師《かじし》にして、テンサウザンドの開拓者……彼も遠征軍に参加するのか」

イルティナの独白を聞きながら、狩夜は視線をガリムへと向け、その容姿を観察する。

鉄兜《てつかぶと》を被《かぶ》った厳《いか》つい顔と、腹部にまで届く立派な髭《ひげ》。筋骨隆々《きんこつりゅうりゅう》で、岩石のような体は五頭身。身長は童顔チビを自称《じしょう》する狩夜よりも低く、目算で百二十センチといったところだろう。

だが――でかい。

身長や体格ではなく、存在感がでかい。標高うん千メートルの大山を、無理矢理人の形に凝縮《ぎょうしゅく》したかのような重さと厚さ。そんなでかさを、狩夜はガリムから感じ取る。

小さな巨人。それを体現したかのような『でかい男』がそこにいた。

「ドワーフ……じゃなくて、地の民か」

地の民。小柄《こがら》で、筋肉質。女性であっても髭が生える、地球で言うところのドワーフにとてもよく似た種族である。〈厄災〉によって弱体化した種族としての特徴は、腕力《わんりょく》。普通《ふつう》の人間と大差ないものにまで弱体化したとのこと。

だが、ガリムを見ていると、腕力が弱体化しているなどとはとても思えない。三十キロは下らないであろう巨大な戦斧を軽々と振り回している。基礎《きそ》能力の向上は『筋力』を重視しているに違いない。

「というか、なぜあなたが私の身体情報を詳《くわ》しく知っているのですか⁉　遠征軍の武器防具の整備を統括《とうかつ》する立場にあるとはいえ、そこまで詳細《しょうさい》な数字がわかるわけがありません！　なぜなら私は――」

「む、その口振り。やはり恥《は》ずかしがって、本来の数値より小さく申告《しんこく》しておったな？　困るんじゃよ。正確な数字がわからんと、わしらの仕事に支障が――」

「急に真面目《まじめ》になるのはやめなさい！　そして、早く私の質問に答えなさい！」

「わかったわかった、そう荒ぶるでない。なぜもなにも〔鑑定《かんてい》〕スキルの力じゃよ。この遠征のためにＬｖ５まで鍛《きた》えてな。体のサイズぐらいなら、直接触《さわ》らずとも一目でわかる」

「な……⁉」

「どれ、木の民の姫様の発育具合はどんなものじゃ？　ふむふむ、ほほう……これはまた……」

カロンから視線を逸《そ》らしたガリムは、イルティナの体を舐《な》めるように見つめはじめた。イルティナは両手で自身の体を抱《だ》き締《し》めながら身を捩《よじ》り、カロンは「私の友人にやらしい視線を向けるのをやめなさい！」と叫ぶ。

「あと、先ほど口にした『えぬかっぷ』とはどういう意味ですか!?　私の知らない恥ずかしい言葉で、私の尊厳を貶《おとし》めるのはやめなさい！」

「ああ、それはわしにもよくわからん。胸のすぐ横に表示されておるから、胸に関わるものだとは思うのじゃが……」

「自分でもよくわからない言葉を使うのはやめなさい！　〈厄災〉以前の大昔に使われていた、口にするのもはばかられる卑猥《ひわい》な言葉とかだったらどうするのですか!?」

二人の言葉から察するに、現在のイスミンスールには、胸の大きさの基準になるカップという単位は存在しないらしい。その言葉の意味を正しく理解し「Nカップとかまじぱねぇ！」と、心のなかで雄叫《おたけ》びを上げることができるのは、どうやら狩夜だけのようだ。

というか、カップなんて単位がなんでイスミンスールに存在するのだろう？　以前この世界にやって来たという異世界人たちが持ち込み、広めたのだろうか？

「まあまあ、落ち着いてくれよカロン。ガリム殿も、あまりカロンをからかわないでください。これでは話が先に進まないじゃないですか。今は前途《ぜんと》有望な新人の質問に答えるのが先です。さあ、カリヤ君。質問の続きを。まさかとは思うけど、カロンの体の数値が知りたかったわけではないだろう？」

「あ、はい。もちろんです。まあ、まったく無関係というわけでもありませんけど……」

狩夜は「司令官のあなたがそう言うならしかたありませんね」と、不満げに戟を下ろすカロンと向き直った。

「あの、カロンさん。失礼ですが、お洗濯《せんたく》……苦手ですか？」

すごく遠回しに「なんでそんなサイズの合っていない服を着ているんですか？」と問われ、カロンの表情が引きつった。だが、ガリムのときのように激昂することはなく、しどろもどろになりながらも、狩夜の質問に答えようと口を動かしはじめる。

「あ、いや、その……これは縮んだわけではなくてですね……かといって私の趣味《しゅみ》というわけでもなく……言うに言われぬ事情がありまして……その……」

「にょっほっほ！　なるほどなるほど！　確かに前途有望だわい！　小僧《こぞう》、カロンがぱっつんぱっつんなのは、服が縮んだからではない！　カロンの胸がでかくなり過ぎただけのことじゃよ！　二年ほど前まではぴったりだったのじゃ！」

いつまでたっても具体的な理由を口にしないカロンに代わり、ガリムが説明を引き継《つ》いだ。カロンも恥ずかしげに唇《くちびる》を噛《か》むだけで反論しないところを見ると、嘘《うそ》ではないようである。

「でも、それなら服を買い替《か》えれば――」

「それができんのじゃよ！　カロンが着ている服は竜神衣《りゅうじんい》といって、竜髪《りゅうはつ》を使って織られた特別なものじゃ。その防御力《ぼうぎょりょく》は折り紙つき。現存する魔法防具のなかでも一、二を争う性能じゃ。ドラゴニュートの全能力を強化する伝説の防具に替わりなどありはせん。羞恥《しゅうち》に耐《た》えながらも着続ける価値がある！」

「仕立て直しは？」

「それもできん！　竜神衣の製法は既《すで》に失われておるからな。すべて解《ほど》いて縫《ぬ》い直すなど、怖《こわ》くて誰もできん！　わしだって御免じゃ。責任とれんからな」

「はあ、なるほど。そういう理由があったんですね」

「……はい。けして趣味で着ているわけではないと理解なさい」

「でも、重ね着ぐらいはできるんじゃ……」

「この竜神衣は、火の民の王から下賜《かし》された国宝です。下賤《げせん》な服の下に押し込めることなどできないと知りなさい」

「……大変ですね」

「ええ、大変です。ですが、この程度の辱《はずかし》めに私は負けません！　他者からどのような目で見られようと、私はこの竜神衣と共に戦い続け、いつの日か必ず、火の民の故郷であるムスペルへイム大陸を、邪悪《じゃあく》なる魔物から取り戻すのです！　見ていなさい！」

　使命感という炎《ほのお》を瞳のなかで燃やしながら、カロンは己《おの》が決意を口にする。狩夜とレイラはそんなカロンを見つめながら拍手《はくしゅ》をし、その決意を称《たた》えた。

　ここで話が終われば、奇麗《きれい》に終わっていたのだろうが――

「まあ、さっきも言ったように竜神衣の防御力は折り紙つきじゃ。戦闘《せんとう》中に縫い目が弾け飛んでポロリなんて展開はまずない。まったくもって残念じゃ。まあ、事情の知らない若いもんが、守りが薄《うす》いようで硬い上半身に視線を集中しとる隙《すき》に、わしは下半身を注視して、パンチラを独り占《じ》め――」

「だから！　卑猥な言葉を使って私を辱めるのをやめなさい！」

　横からガリムの茶々が入り、状況がややこしくなる。

「もう我慢《がまん》なりません！　遠征軍の幹部の一人として、司令官のランティスに進言します！　ガリム・アイアンハートの存在は、遠征軍の風紀を著しく乱しています！　今すぐに遠征軍から追放すべきかと！」

カロンはランティスに詰め寄りながら声を張り上げる。そんなカロンを見つめながら、ガリムは鼻で笑った。

「ふん、わしだって幹部の一人じゃ。それに、ふしだらな胸と装備で、一番風紀を乱しとる小娘に言われとうないのう」

次の瞬間《しゅんかん》、カロンの頭部からブチィ！　という音がするのを、狩夜は確かに聞いた。どうやらガリムの発言は、カロンの逆鱗《げきりん》に触れてしまったらしい。

カロンの全身から凄まじい怒気と熱気が放出される。失われたはずの竜のブレスが、今にも口から噴《ふ》き出しそうだ。

「この私を本気で怒らせましたね、ガリム・アイアンハート！　心のなかに火がつきました！　もう消火できないと知りなさい！」

「ふん、装備に頼《たよ》り切りのしょんべん臭《くさ》い小娘が、いっちょ前に怒ったか！　消火できなければなんだというのじゃ!?」

「決まっています、決闘です！　私が勝ったら、卑猥な言葉の源である股間《こかん》の一物《いちもつ》を切り落とさせてもらいます！　覚悟しなさい！」

「ほう！　このわしに一物を賭《か》けて決闘しろと言うか！　面白《おもしろ》い！　じゃが、わしに一物を賭けろと言うなら、貴様にも相応のものを賭けてもらうぞ！　わしが勝ったら、遠征期間中貴様はわしの慰《なぐさ》み者じゃ！　小娘の腹のなかに、わしの子どもを仕込んでくれる！」

カロン、ガリムの双方《そうほう》が、武器を構えながら怒鳴り散らす。まさに一触即発《いっしょくそくはつ》といった様相であった。だが、狩夜としてはオロオロしながら右往左往するしかない。相手はテンサウザンドの開拓者だ。格下の狩夜が下手に介入《かいにゅう》すると、大怪我《けが》どころか命が危ない。レイラは狩夜が当事者ではないので、今回も静観モードである。

「二人とも、いい加減に――」

見かねたランティスが制止を促そうとした、次の瞬間――

「なんだランティス。もめごとか？」

という、抜身《ぬきみ》の日本刀のような鋭《するど》い声が、水面に走る波紋《はもん》の如《ごと》く周囲に響き渡った。

「「「「――っ!?」」」」

その声が耳に届いた瞬間、狩夜の――そして、ランティス、カロン、ガリム、イルティナの肩が、一様に上へと跳《は》ね上がる。次いで、彼らの視線が一斉《いっせい》に声がした方向へと注がれた。

狩夜たちの視線の先、そこには――

「このウルザブルンの平穏《へいおん》を脅《おびや》かすというのであれば、この俺《おれ》が相手になるぞ」

規格外の剣気《けんき》と威圧感を放つ、カエル男が仁王立《におうだ》ちしていた。

「なん……だ？　あの人……？」

いや、そもそも人なのかどうかすら怪《あや》しい。それほどまでに、あのカエル男の存在は異質である。

いままで狩夜が目にしてきたイスミンスールの住人は、水の民にしろ風の民にしろ、基本的には人間だった。魚類や鳥類の特徴が体のどこかにあるが、顔は人間のそれだったし、体や四肢の造形も、下半身が魚だったり、両腕《りょううで》が翼《つばさ》だったりもしたが、忌避《きひ》感を覚えないほどには人間だった。

だが、このカエル男は違う。どう見ても人間じゃない。

黒のフードから覗《のぞ》く顔は口から上が緑で、口から下が白の二色であり、その肌《はだ》は油を塗《ぬ》りたくったかのように艶《つや》めいている。眼球は黄色で瞳孔《どうこう》は細長く、口は三角形に突き出ていて非常に大きく、その大きな口の上には鼻孔《びこう》が二つ存在していた。

体は人間と似たような造形をしていて、服を着こみ、金属製の鎧《よろい》と剣で武装しているが、いろいろと比率がおかしい。身長はとても低く一メートルほど、頭が平たくて首がなく、五頭身。指の本数は四本で、手袋《てぶくろ》をしているため定《さだ》かではないが、指と指との間には水かきがあるのではなかろうか？　服の隙間から覗く肌の色は、やはり緑と白の二色であり、境目がはっきりしている。

カエルである。カエルっぽい人間ではない。カエル人間だ。ベースがカエルで、人間が後付けである。いや、あれは人間というよりも、むしろ――

「魔物？」

狩夜は、誰にも聞こえないほどの小さい声でそう呟《つぶや》いた。

人間よりも魔物に近い。もしくは、人間と魔物のちょうど中間。そんな印象を、狩夜はカエル男から感じた。

だが、状況と先ほどの発言からして、カエル男が魔物でないのは明白である。そして、事前情報と、この規格外の剣気、威圧感から察するに、彼が現在唯一《ゆいいつ》のハンドレッドサウザンドの開拓者にして、世界最強の剣士である――

「「「「フローグ・ガルディアス」」」」

この場にいるすべての者の声が意図せずに重なった。その直後、カロンが慌《あわ》てたように身を翻《ひるがえ》す。

「急用を思い出しました！　ガリム、決闘はなしです！　今後は口を慎むよう心掛けなさい！」

ガリムを一睨《ひとにら》みしてから走り出し、カロンは瞬《またた》く間に街並みのなかに消えていった。

「あやつ、相変わらずフローグが苦手みたいじゃのう……」

「カロンはカエル嫌《ぎら》いですからね」

ランティスはそう言いながら苦笑いを浮かべ、「興がそがれたわい」と戦斧を背中に担《かつ》ぐガリムと向き直った。

「それでガリム殿、結局あなたはなにをしに来たのですか？　用があったのはカロンにではなく、私にでは？」

「おお、そうじゃった。頼《たの》まれていた鎧の整備があらかた終わったぞ。ここから先は、お前さんに着てもらわんと作業が進まんでな。工房《こうぼう》まで足労願うぞ」

「わかりました」

「うむ。では、わしは一足先に工房にいっとるからな。フローグの奴《やつ》にはうまいこと言っといてくれい」

「それはかまいませんが……今後は先ほどのようなことがないよう、お願いいたします」

「わかっとる。そう、わかってはおるんじゃが……どうにもカロンの奴はからかいたくなってしまうんじゃよ」

「にょほほ」と悪びれた様子もなく笑うガリムに対し、ランティスはほんの僅《わず》かに両目を細めてみせた。次いで、やや低くなった声でこう告げる。

「ガリム殿、できれば命令はしたくないのですがね？」

「む……承知した。善処しよう」

「ええ、そうしてください」

　このやり取りを最後に、ガリムは狩夜たちに背を向け、工房とやらを目指して歩き出した。そして、そんなガリムと入れ替わるようにフローグがランティスの前にやってくる。

「どうやら穏便《おんびん》に済んだようだな」

「はい、おかげで助かりました。やはり火には水ですね。フローグ殿の一言で、カロンもすっかり頭が冷えたようです。ありがとうございました」

「それはいいんだが……カロンがああなる前に止めようとは思わなかったのか？」

「止めようとはしました。ですが、なにぶんカロンとガリム殿は相性《あいしょう》が悪く、一緒《いっしょ》にいるといつも以上にカロンの沸点《ふってん》が低くなるのですよ。困ったものです」

「そいつらの手綱《たづな》を握《にぎ》って、相性が良かろうが悪かろうが、うまいこと誘導《ゆうどう》するのが司令官の仕事だろうが。お前がそんなことでどうする」

「いやはや、返す言葉もありません。自らの力不足を痛感していますよ」

　ランティスは申し訳なさげに右手で頭をかきながら、自身の半分ほどの身長しかない相手に何度も頭を下げた。

「やはり、私のような若輩《じゃくはい》ではなく、フローグ殿が司令官を務めるべきではないでしょうか？　演説は明日です。今ならまだ――」

「馬鹿を言うな。俺のような訳ありの強面《こわもて》に司令官が務まるか。それに、遠征軍には女の開拓者も多く参加する。美形のお前がやったほうが士気も上がるさ」

フローグはそう言って、ランティスの厚い胸板《むないた》を右手で小突いた。それと同時に鳴き袋が大きく膨《ふく》らむ。わかりづらいが、どうやら笑っているらしい。

「工房でガリムが待っているんじゃないのか？　早くいけ」

「……わかりました。ではフローグ殿、また後ほど。それじゃイルティナ、私はこれで失礼するよ。今日は会えて嬉《うれ》しかった。また会おう」

ランティスはこう言うと、踵《きびす》を返して歩き出した。が、すぐに足を止めて上半身だけで振り返る。そして、狩夜とレイラを見つめた。

「カリヤ君。私たち遠征軍は、明日ここウルザブルンで演説をした後、各国の主要都市を回ってから、ミズガルズ大陸に向かう手筈《てはず》になっている」

意思統一のためのプロパガンダか——と、狩夜はランティスの言葉を冷静に分析《ぶんせき》した。全人類が協力して、魔物から大地を取り戻そう！　と声高に叫び、民衆からの理解と寄付を得るのが狙《ねら》いだろう。

ユグドラシル大陸の南に位置するウルズ王国から時計回りに移動して、フヴェルゲルミル帝国《ていこく》を経由し、ユグドラシル大陸の東に位置するミーミル王国へ——というのが遠征軍の順路になるはずだ。目的地であるミズガルズ大陸がユグドラシル大陸の真東にあることを考えれば、まず間違いない。

「だから、遠征軍がユグドラシル大陸を発《た》つまでにはまだ時間がある。それまでにサウザンドの開拓者になり、気が変わったのなら私に声をかけてくれ」

「え……」

「先にいって待っているよ。君たちならこれる」

そう言い残すと、今度こそランティスはいってしまった。狩夜は「だから興味ないっつーの」と、胸中で呟きながらランティスを見送る。

「イルティナ様、先ほどは大変ご無礼をいたしました。カロンとガリムの衝突《しょうとつ》を止めるためとはいえ、貴方《あなた》様にまで剣気を向けてしまい弁解の余地もございません。いかなる処罰《しょばつ》も甘《あま》んじて受ける所存でございますが、此度《こたび》の遠征が終わるまで待っていただけますと幸いです」

「よい、不問だ。あの状況ではあれが最善であろう。よく二人を止めてくれたな。感謝する」

「は、光栄の至りです」

狩夜がランティスと話をしているすぐ横では、フローグがイルティナの前で膝《ひざ》をついていた。そのやり取りは妙《みょう》に様になっており、姫とそれに仕える騎士《きし》といった感じである。フローグの持つ高い教養を、見ているだけで感じ取ることができた。

見かけとは裏腹に、随分と教育の行き届いたカエルである。少なくとも、礼儀作法《れいぎさほう》では完全に狩夜の負けであった。

「では、我が王に顔を出すよう言われておりますので、これにて失礼いたします。道中お気をつけて」

フローグは立ち上がると、イルティナに向けて深く頭を下げた。そして、歩きながら狩夜のほうへと視線を向ける。

「――っ」

人ならざる視線に射貫《いぬ》かれ、狩夜は思わず息を呑《の》む。だが、すぐにそれが勘違《かんちが》いであることに気づいた。フローグは、狩夜のことなど見てはいない。フローグが見ているのは、狩夜の頭上にいるレイラであった。

フローグは、しばらくレイラを見つめた後「ふっ」となにやら意味深に笑い、その後、興味を失ったかのように視線を前へと向けた。そして、北門に向かって悠然《ゆうぜん》と歩みを進める。

そんなフローグの後ろ姿を、狩夜は安堵の息を吐《は》きながら見つめた。

「あの……両生類系の水の民って、皆《みな》さんあんな感じなんですか?」

「違う。フローグ殿は特別だ」

狩夜の質問を予期していたのか、間髪《かんはつ》入れずに答えが返ってきた。そして、イルティナの予期はこれだけに留《とど》まらない。

「カリヤ殿の言いたいことはわかる。フローグ殿の容姿は、あまりにも人間からかけ離《はな》れていると言いたいのだろう? そして、カリヤ殿はこうも考えているはずだ。フローグ・ガルディアスは本当に人間なのか? もしかしたら魔物なんじゃないのか? とな」

「……図星です」

「だろうな。かく言う私も、はじめてフローグ殿を目にしたときはそう思ったものだ。そしてその疑問は、彼を目にしたすべての人間が抱くものでもある」

イルティナは自嘲《じちょう》気味に笑い、続けた。

「彼の出自を疑う理由は容姿だけに留まらない。フローグ殿は、ソウルポイントの吸収にテイムした魔物を必要としないのだ。魔物の魂《たましい》の吸収と、白い部屋での自己強化。それらすべてをその身一ってこなす」

「それは完全に魔物の特徴です！」

狩夜がつい声を荒げるも、イルティナは静かに首を左右に振った。

「だが、その一方で、フローグ殿はマナによる弱体化もしないのだ」

「え……？」

「水の民の王による公式発表では『フローグ・ガルディアスは、水の民の王族が秘密裏《ひみつり》におこなっていた人体実験により生まれた、人間と魔物の双方の特性を有した生体兵器であり、その唯一の成功例である』とのことだ」

「証拠は……」

「ない。その実験がおこなわれたという施設《しせつ》は、ウルズの泉の底の底。施設のなかには空気こそあるらしいが、水の民以外ではとても立ち入れぬ場所だ。真実は水のなかというわけだな」

イルティナは、その施設とやらが沈《しず》んでいるウルズの泉を見つめた。狩夜も釣《つ》られるようにそちらに目を向ける。

狩夜とイルティナは、しばし無言でウルズの泉を見つめた。だが、ウルズの泉はなにも言ってはくれない。ただただそこに存在し、陽光を受けて美しくきらめいている。

イルティナが言うように、フローグ・ガルディアスの真実は水のなかだ。その真実を知る術は、狩夜にはない。

「だから、フローグ殿の周りには常に疑惑《ぎわく》が絶えない。いわく『フローグ・ガルディアスは、魔物がユグドラシル大陸に送り込んだスパイである』。いわく『フローグ・ガルディアスは、〈厄災〉の呪いを最も色濃《いろこ》く生をうけた、呪われた人間である』。他にも、他にも……フローグ殿も言っていたではないか。自分は訳ありだ――とな」

「そんな訳ありの人が、どうして遠征軍に？　それに、イルティナ様やランティスさんたちの様子を見れば、過去はどうあれ、今はとても信頼《しんらい》されていることはわかります。フローグさんは、いったいどうやってそれほどの信頼を得たんですか？」

「それは――」

「功績ですよ」

突然会話に割り込んできた穏《おだ》やかな声。狩夜はウルズの泉へと向けていた視線を、反射的に声が聞こえた方向へと動かす。

「彼は、大多数の予想に反して、我々人類の味方であり続けた。そして、誰もが認める功績を上げ続けた。スターヴ大平原攻略戦での主討伐《とうばつ》。ミズガルズ大陸奥地《おくち》への単独先行偵察《ていさつ》。不可能とされていたアルフヘイム大陸と、ヨトゥンヘイム大陸の発見と上陸。此度の遠征の要である、ミズガルズ大陸西端での拠点設営も、彼の協力なしでは不可能だったでしょうね」

「ジルさん⁉」

つらつらとフローグの功績を口にする声の主は、なんとヴェノムティック・クイーンとの戦いで死んだはずの開拓者、『七色の剣士』ジル・ジャンルオンであった。

え⁉　生きてたの⁉　どうしてここに⁉　と、狩夜が目を見開くなか、隣に立つイルティナが気まずそうにしていた。

「ギル戦士団長……」

「……え？　ギル？　ジルさんじゃ……ない？　あ、そっか……あの人が……」

どうやら、ジルと瓜二つ《うりふた》のこの男こそが、ウルズ王国戦士団・団長にして、ジルの父親である、ギル・ジャンルオンその人であるらしい。

確かによく見れば、ジルにはない大人の渋《しぶ》みというか、落ち着きというか、色気というか、おこちゃまな狩夜にはよくわからないなにかが全身から滲《にじ》み出ているような気がした。ナイスミドルとはこういう男のことを言うのだろう。

今日はオフなのか、ギルは長方形のレンズをした眼鏡をかけ、白を基調としたゆとりのある服装であった。右手には買い物袋を抱えており、その買い物袋には、フランスパンによく似たパンと、色とりどりの野菜が入っている。

「このように、フローグ君の功績を挙げれば切りがありません。フローグ君は、こうした功績を積み重ねることで、今の名声と、信頼を手にしたのですよ。まあ、出自と見た目があれですから、疑惑がなくなることもありませんがね。成功者への妬《ねた》みもあるのでしょうが……愚かなことこの上ない行為です。もしフローグ君がスパイであったのなら、とうの昔に人類は滅《ほろ》んでいますよ」

ギルはゆっくりと歩み寄り、遠くもなく近くもなく、初対面の相手に不快感も警戒《けいかい》感も抱《いだ》かせない絶妙な距離で立ち止まった。動作の一つ一つに滲み出る相手への気遣《きづか》いに、狩夜は心のなかで盛大な拍手を送る。

「今の説明で納得《なっとく》できたかな？　カリヤ・マタギ君」

「あれ、なんで僕の名前……？」

「イルティナ様からの報告で聞いていますよ。ティールの危機に颯爽《さっそう》と現れ、瞬く間に奇病を治療した光の民の開拓者。本当にありがとう。君の功績は、未来永劫《みらいえいごう》語り継がれるべき素晴らしいものです。ウルズ王国戦士団・団長として、心よりの感謝を君に」

ギルは狩夜に向かって優雅《ゆうが》に頭を下げた。そして、頭を上げると今度はイルティナと向き直り、すぐさま膝を折ろうとする。だが、そんなギルを「きょ、今日は立ったままでよい、戦士団長」と、イルティナが慌てて止めた。普段と様子の違うイルティナに、ギルは一瞬だけ怪訝《けげん》そうな顔をする。

「イルティナ様、御無事でなによりです。ウルズ王国第二王女倒るるの報に、城のなかは大混乱でございましたよ。私も本心ではティールへと急行したかったのですが、奇病による被害《ひがい》拡大を防ぐため、王命により隔離《かくり》という処置をとらせていただきました。まことに申し訳ございません」

「いや、的確な判断だ。戦士長も父上も、なにも間違ってはいない」

「そう言っていただけますと幸いです。しかし、どうして今ウルザブルンに？　物資の第一陣はそろそろ到着《とうちゃく》したころだと思うのですが、なにか手違いでもございましたでしょうか？　それとも、ジルがまたなにかやらかしましたか？」

「……っ」

ギルの口からジルの名前が出たことで、イルティナの顔が盛大に曇《くも》った。それを見て取ったギルは顔をしかめ、そのしかめっ面《つら》を隠《かく》すように左手で顔を覆《おお》う。

「そうですか、あの馬鹿息子《むすこ》がまたやらかしたんですね。今度はなにをやらかしたんですか？　遠征軍に参加するのが嫌で逃げ出して、その逃げた先でいったいなにをやらかしたんですか？　イルティナ様にどのようなご迷惑をかけたんですか？　遠慮せずに言ってください。私のほうからきつく……ええ、本当にきつく言い含《ふく》めておきますから」

「……ああ。今日はそのジルのことで、父上と戦士団長に話をしに来たんだ。それで……その、少し込み入った話でな。ここでは話せない。今夜にでも時間をいただけないだろうか？」

「今夜……ですか？　まことに申し訳ございません。見ての通り、今日は非番でして。明日からはじまる精霊解放遠征には私も参加しますので、今夜は妻と家族水入らずで過ごすつもりです」

「ウルザブルンの防衛の要である戦士団長までもが、遠征軍に参加するというのか⁉」

「はい。今回の遠征、国王陛下もそれだけ本気ということです。本来は許されざることですが、今の私は生きてこの街に帰れるかどうかもわからぬ身の上。今夜は愛する妻との時間を優先させていただきます。これは国王陛下も認めてくださったこと。最後やもしれない妻との時間。誰にも邪魔《じゃま》はさせません」

「ぐぬ……わかった。このような日に奥方との時間を潰《つぶ》させるわけにはいかんな。よし、夜は諦めよう。なら、今から戦士団長の家で、奥方を交えてならばどうか？　ジルについては、奥方ともぜひ話をしておきたい」

「今からですか？　まあ、それならば……しかし、姫様がそこまで言うなんて、本当になにをやらかしたんですか、ジルは？」

ギルの了承《りょうしょう》を得たイルティナは安堵の息を吐いた。が、すぐに表情を引き締める。

「突然のことで申し訳ないが、これからお邪魔させていただく。カリヤ殿、少しいいだろうか？」

「あ、はい。なんですか？」

「すまないが、聞いていた通りだ。私はこれから戦士団長の自宅に向かわなければならない。城への案内は少し待ってくれ。待ち合わせ場所は……開拓者ギルドでかまわないだろうか？」

「わかりました」

はじめて来た街だが、開拓者ギルドの場所ぐらいわかるだろう。いざとなれば道行く人に聞けばいい。

「僕は大丈夫ですから……その……お話、ちゃんとしてきてください」

「……ああ」

イルティナは狩夜と別れ、ギルと共に歩いていった。亡《な》くなった婚約者、その名誉《めいよ》を守るために。

そして、死なせてしまった幼馴染《おさななじみ》、その両親にケジメをつけにいくために。


「えっと……開拓者ギルドは……こっちか」

イルティナと別れた狩夜は、レイラを頭に乗せながらウルザブルンを探索《たんさく》していた。要所要所に設置された簡易地図や、案内標識を頼りに、開拓者ギルドを目指す。

イスミンスールに来てはじめての都会である。多種多様な種族が道を歩き、異種族間で語らい、笑い、交渉《こうしょう》している。価値観や文化の相違《そうい》による衝突もそこかしこで見かけたが、ウルザブルンは基本的に平和であった。

両生類系の水の民も何度か見かけたが、目や口が大きいカエル顔というだけで、男女ともにきちんと人間の範疇《はんちゅう》に収まっていた。やはりフローグが特別なのだろう。

道行く人々の話題は、当然だが精霊解放遠征関連が多い。精霊の解放、もしくは人間の支配地域拡張への期待感に、多くの人が目を輝《かがや》かせ、声を弾《はず》ませている。

周囲の明るい雰囲気《ふんいき》と、魔物に襲われる心配のない水上都市のなかという安心感から、狩夜の表情も自然と緩《ゆる》む。美味《おい》しそうな匂《にお》いを発する屋台や、食事処《どころ》に目を向け「ちょっと無駄遣《むだづか》いしちゃおっかな～」と、表情だけでなく、財布《さいふ》の紐《ひも》までも緩みそうになった、そのとき――

『おおぉおぉおぉお‼』

という、大勢の歓声《かんせい》がウルザブルンに響く。何事かと思い、歓声の聞こえた方向へと狩夜が目を向けると、なにやら不自然な人混みが見えた。

「すげぇな。これで二十人抜きだぜ」

「ああ、聞きしに勝《まさ》る強さだ」

人混みの一部。開拓者と思《おぼ》しき二人組が声を上げた。誰かが戦っているのかな？　と、狩夜は首を傾《かし》げ、刺激《しげき》された好奇心《こうきしん》に逆らうことなく、その人混みのほうへと歩を進める。

「相手にとって不足でやがります！　もっと強い奴はいないでやがりますか⁉」

人混みの中心から、勇ましいのか可愛《かわい》らしいのか、敬語なのかそうじゃないのか、なんとも判断に迷う声が聞こえてきた。だが、人混みが邪魔をして声の主が見えない。狩夜はチビの哀愁《あいしゅう》を感じながら上半身を左右に振り、隙間から声の主の姿を探した。

「紅葉《もみじ》に一撃入れることができれば、たとえサウザンドでなくとも遠征軍に参加できるよう、司令官殿に口利《くちき》きしてあげてもいいのでやがりますよ？　さあ、誰かいないでやがりますか？　我こそはという猛者《もさ》がいるなら名乗りを上げやがるです！」

この挑発《ちょうはつ》とも取れる発言に「よし、俺が相手だ！」と、ちょうど狩夜の目の前にいた大柄な男が鼻息荒く歩み出た。ようやく視界が開け、声の主の姿が狩夜の目に映る。

それは、満月のように輝く一本の長槍《ちようそう》を担ぐ、若草色の髪をした女の子であった。

身長と年齢《ねんれい》は狩夜と同じくらい。上半身には袖なしの白衣《しらぎぬ》、下半身には丈《たけ》の短い膝上袴《はかま》と、太ももまで届く長足袋《ながたび》をはいていた。両手両足を籠手《こて》と脛当《すねあ》て、二の腕を鎧袖《がいしゆう》で武装している。

髪形はセミロング。発育はあまりよくないらしく、胸は見事なまでにぺったんこだ。だが、女性としての魅力《みりよく》が乏《とぼ》しいというわけでは決してない。特に両目。翠玉《すいぎよく》のように輝くどんぐり眼《まなこ》が実にチャーミングだ。身長が同じくらいで、遠い故郷である日本の匂いを、その名前、その服装、その言動で感じさせてくれるところも、狩夜には好印象だった。

「次はお兄さんが紅葉の相手でやがりますか？　いいでやがりますよ。紅葉はいつ、何時、どんな相手からの挑戦も受けやがるです。いざ尋常《じんじよう》に勝負でやがります！」

自身よりも一回りも二回りも大きい相手を前に、嬉々《きき》として槍を振り回す女の子――紅葉。相手の大男が体をほぐし、武器を構えるのを楽しげに待つその姿を見つめながら、狩夜は一人首を捻《ひね》った。

――あの子、種族はなんだ？

光の民かと思ったが、違う。紅葉が光の民でないという確固たる証拠が、狩夜の視界のなかにある。

それは、二本の角。紅葉の額には、前髪の生え際《ぎわ》あたりから顔を出す、丸みを帯びた短い角があるのだ。

光の民ではない。かといって火の民とも違う。あの角は、竜というよりもむしろ――

「鬼《おに》？」

狩夜が存在しないはずの種族の名を口にした瞬間、ニコニコ笑顔で槍を構えていた紅葉の雰囲気が変わった。そして「いくぞ！」と石斧を構えて走り出す大男目掛け、無造作に槍を振るう。

次の瞬間――

「ぐぼふぉおおぉおおぉ!?」

槍の柄《え》に腹を殴《なぐ》られた大男が宙を舞《ま》った。そのまま狩夜の視界から消え、ウルズの泉のほうへと飛んでいく。

どこか遠くで、なにかが水に飛び込む音がした。

「だぁ～れぇ～でぇ～やぁ～がぁ～りぃ～まぁ～すぅ～かぁ～？　紅葉のことを鬼って呼びやがりました奴はぁ～？」

全身から凄まじい怒気を放ちながら、紅葉が狩夜のほうへとゆっくり視線を向ける。その視線を受け「やばい地雷踏《じらいふ》んだ！」と狩夜は体を硬直《こうちょく》させ、人混みを形成していた他の者たちは、血相を変えて慌ただしく動き出した。

「うわぁ！　皆《みんな》逃げろ！　モミジさんがキレた！」

「モミジ様を鬼と呼んだ馬鹿がいるぞ！」

「テンサウザンドの開拓者であるモミジさんのことを知らないなんて、どこの田舎者《いなかもの》よ！」

「嫌だぁ死にたくねぇ！　巻き添《ぞ》えは御免だぁ！」

悲痛な声を上げながら、人々が蜘蛛の子を散らすように逃げていく。ほどなくして誰も居なくなり、その場には狩夜とレイラ、そして、紅葉が残される。

紅葉は、どんぐり眼を限界まで見開きつつ狩夜を見据《みす》えた。

「お前でやがりますか？　紅葉を鬼と呼びやがりました無礼者は？」

「あ、あの……その……」

「紅葉を鬼と呼んだ以上、覚悟はできてやがりますね？　紅葉は紅葉を鬼と呼びやがった奴を、例外なくぶっ飛ばすことにしていやがるです」

「ふ、ふぇぇぇぇ⁉　も、紅葉――さんは、鬼じゃないんですか⁉　鬼じゃないなら、いったいなんなんですか⁉」

「『鹿《しか》』でやがりますぅ！　鬼じゃなくて鹿でやがりますよ！　まったくもう、皆して紅葉のことを『戦鬼《せんき》』だの、戦狂《いくさぐる》いだの呼んで、失礼でやがります！　紅葉はこんなに可愛い女の子でやがりますのにぃ～！」

「鹿⁉　あ、そうか、月の民か！」

月の民。体のどこかに人間以外の哺乳類《ほにゅうるい》の特徴を有する種族。つまりは獣人《じゅうじん》。〈厄災〉によって弱体化した種族としての特徴は、月の下での獣化能力。

紅葉は、どうやら鹿の特徴を有した月の民であるらしい。あの角は、鬼の角ではなく、鹿の角だったのだ。

だが、だとしたら一つ疑問が残る。

「あれ？　でも雌鹿《めじか》なのにどうして角が？　鹿の角は雄《おす》にしか生えないはず――」

「あああぁぁぁぁ‼　また紅葉が気にしていることを言いやがりましたね⁉　お前も紅葉のことを『胸ぺったんこだし、角は生えてるし、ほんとは男なんじゃねぇの？』とか思ってやがりますか⁉

紅葉に角が生えていて、お前の人生になにか迷惑かけやがりましたかぁ⁉」

「ああ、すみません！　ごめんなさい！」

地雷二つ目。どうやらコンプレックスだったらしい。紅葉は涙目《なみだめ》で狩夜を糾弾《きゅうだん》してきた。口は禍《わざわい》の門《かど》とはこのことである。

「鬼と呼んでしまったことは何度でも謝罪しますし、先ほどの発言も撤回《てっかい》いたします！　賠償《ばいしょう》しろと仰《おっしゃ》るならしますから、どうか穏便に――」

「却下《きゃっか》でやがります！　紅葉を鬼と呼んだ時点で許す気はまったくありませんでしたが、さっきので完全に堪忍袋《かんにんぶくろ》の緒《お》が切れやがりました！　さあ、歯を食い縛《しば》るでやがりますぅ！」

紅葉は槍を振りかぶり、石突きを狩夜に向けて突き出してきた。刃《は》のほうで切りかかってこないのは、せめてもの慈悲《じひ》なのだろう。もっとも、テンサウザンドの開拓者であるらしい紅葉の剛撃《ごうげき》である。石突きだろうと、白刃《はくじん》だろうと、いまだハンドレッドである狩夜にとっては致命《ちめい》的な一撃であることに違いはない。避《さ》けることも防ぐこともできないだろう。

一秒も待たずして襲い来る激痛と衝撃《しょうげき》に備え、狩夜は歯を食い縛る。だが、その備えは徒労に終わった。

「……」

ウルザブルンに来てからずっと大人しかったレイラがここで動き、右側の葉っぱで狩夜を守ったのだ。

レイラの葉っぱと、紅葉の石突きが激突《げきとつ》し、和太鼓《わだいこ》を叩いたかのような音が周囲に響く。

「むむぅ⁉」

防がれるとは思っていなかったのか、レイラの葉っぱに阻《はば》まれた石突きを見つめながら紅葉が目を見開いた。そんな紅葉を前に、自身を守ってくれたレイラに胸中で何度も礼を述べながら、狩夜が安堵の息を吐こうとした、次の瞬間――

「うりゃーーでやがります！」

狩夜の視界から槍が消えた。いや、槍だけではない、紅葉の両腕も消えている。紅葉の腕、その動きが速すぎて、狩夜では視認できないのだ。そして、それはレイラの葉っぱも同様である。どうやら、紅葉とレイラの攻防《こうぼう》は、まだ終わっていないらしい。

狩夜の前方、半径二メートルほどの範囲《はんい》で、無数の火花が飛んだ。その火花は巨大な線香《せんこう》花火の如く何度もきらめき、これまた線香花火の如く唐突《とうとつ》に終わった。このままでは埒《らち》があかないと判断したのか、紅葉が後方に大きく飛び退き、必要以上に広く間合いを取ったのである。

しばしの沈黙《ちんもく》。狩夜とレイラ、そして紅葉しかいないウルザブルンの一角に、不自然な静寂《せいじゃく》が訪れる。

「すぅー……はぁー……」

気持ちを落ち着けるように、紅葉が大きく深呼吸をする。対するレイラはいつもとなんら変わらない。頭頂部から生える大きな葉っぱ二枚を風に任せて揺《ゆ》らしている。狩夜は完全に蚊帳《かや》の外だ。

「紅葉を本気にさせやがりましたね」

槍を地面に突き刺《さ》した後、紅葉は《魔法の道具袋》と思しき革袋《かわぶくろ》から、鹿の角を模したヘアバングルを取り出し、セミロングだった髪の毛を後頭部で手早くまとめた。髪形がポニーテールになったことで、被毛《ひもう》と同色の髪に紛れていた獣耳《けもみみ》の姿があらわになる。

次いで、地面から引き抜いた槍を頭上で二回転させた紅葉は、その穂先《ほさき》を狩夜とレイラに向け、足を大きく開き、腰《こし》を深く落とした。そして、獣《けもの》のような鋭い眼光で前を見据え、戦国武将の如く高らかに名乗りを上げる。

「美月家臣団《みつきかしんだん》が筆頭、鹿角《かづの》家当主にして精霊解放軍が一番槍！　鹿角紅葉《かづのもみじ》！　推《お》して参るのでやがります‼」

直後、紅葉は全力で地面を蹴《け》り、一陣の風となった。十メートルはあったであろう間合いを一瞬で詰め、己《おの》が得物の威力《いりょく》を最大限に発揮できる場所に軸足《じくあし》を叩きつける。

人工島であるウルザブルン。それ全体が揺らぐかのような踏み込み。そして、そこから繰《く》り出される超《ちょう》神速の刺突《しとつ》。

レイラは二枚の葉っぱを交差して、槍の進行方向上に配置する。真正面から紅葉の刺突を抑《おさ》え込もうとした。しかし――

「――っ⁉」

狩夜、そしてレイラの表情が驚愕に歪《ゆが》む。

貫《つらぬ》かれた。

今の今まであらゆる攻撃を防ぎ、狩夜を守り続けたレイラの葉っぱ。絶対と思われていたその防御《ぼうぎょ》が破られ、月光の刃が一直線に狩夜へと迫る。

「殺《と》ったでやがります！」

勝利を確信した紅葉が、槍を更に突き出しながら雄叫びを上げた。が、レイラの葉っぱを貫きはしたものの、紅葉のほうも相応の代償《だいしょう》を支払《しはら》ったらしい。

紅葉が突き出す槍の速度は目に見えて――というか、狩夜の動体視力でも、どうにか視認できるくらいの速度にまでは落ちていた。

ついさっきまでは、まったく見ることができなかった月光の槍。その穂先が自身の胸に近づいていく光景を、狩夜は他人事《ひとごと》のように眺《なが》める。爆発的に膨張《ぼうちょう》するレイラの存在感と質量、その双方を頭皮で感じながら。

レイラは、全身から枝、蔓《つる》、根を無数に出現させ、狩夜に迫る槍をなんとしても止めるべく、あらゆる手を尽《つ》くしていた。その動きにいつもの余裕は一切《いっさい》なく「油断した！」「本気になるのが遅《おそ》かった！」という後悔《こうかい》の声が聞こえてきそうである。そんなレイラを睨みつけ、紅葉はなおも槍を前へと突き出してきた。

正面から迫る槍。その動きは狩夜の胸に近づくにつれ、徐々《じょじょ》に遅くなっていくように見えた。

――ああ、これが死ぬ直前の、時間が圧縮された世界ってやつか。

一瞬が永遠に引き延ばされていくような感覚に浸《つ》かりながら、狩夜は自身の胸へと近づいてくる槍の穂先を見つめ続ける。そして、視界の端《はし》にレイラの枝や蔓が映ったとき、狩夜の世界は完全に停止した。

槍の穂先も、レイラの体の一部も、完全に動きを止めている。死を目前にして、内に秘《ひ》められたなにかがついに覚醒《かくせい》したのか――と、凡人《ぼんじん》にありがちな勘違いをしかけたところで、狩夜はあることに気づく。

「あれ？　これ、レイラも紅葉さんも……ほんとに止まってない？　っていうか、僕の体も動かないんですけど⁉」

狩夜は突然動かなくなった体をどうにかして動かそうと力を込めるが、体は小刻みに震えるだけでまったく動こうとしなかった。レイラ、紅葉の両名も、何事かと困惑した顔で体を小刻みに震わせている。狩夜同様、まともに動けないらしい。

「いったい、なにが――」

「はーい、そこまでですわぁ。その勝負、このわたくしが預かります」

狩夜の言葉を遮《さえぎ》るように、微熱を孕んだ艶っぽい声が周囲に響く。その瞬間、狩夜の男の子の部分に血が集まり、鎌首《かまくび》をもたげ、声の主を探すようにズボンのなかで蠢《うごめ》いた。

自身の体の反応に狩夜は慌てふためく。いくら思春期真っ只《ただ》なかの十四歳《さい》とはいえ、この体の反応は異常だ。さすがに節操がなさすぎる。

媚薬《びやく》を鼓膜《こまく》から注入されたかのような感覚に囚《とら》われながら、狩夜は声が聞こえた方向に顔を向けようとして――失敗。全身が動かないのだから、顔の向きを変えられるはずもない。目だけは動かせたので、限界まで横に動かしてはみたが、魅惑《みわく》の声の主は視界の外のままだった。

「この声……アルカナ！　アルカナ・ジャガーノートでやがりますね⁉　ということは、体が動かない原因は、お前の影縫《かげぬ》いでやがりますか！」

影縫い。漫画《まんが》やアニメでよく聞く言葉に反応し、狩夜は目を下に向けた。すると、自身と紅葉の影に深々と突き刺さる、紫色《むらさきいろ》の宝石が付いた太くて長い針が見えた。にわかには信じがたいが、魅惑の声の主――アルカナは、この針で狩夜たちの動きを封じているらしい。

「……‼」

レイラが「こんなもの～！」とでも言いたげに、全身に血管のようなしわを浮き上がらせながら力を込める。すると、緩慢《かんまん》な動きではあったが、葉っぱや蔓が一斉に動き出した。それを見たアルカナが感心したように言う。

「あらあら、とんでもない力ですわねぇ。でも、そんなことをすると、あなたはともかく、あなたのご主人様が大変なことになりますわよ？」

「痛たた！　痛い！　レイラ止まって！　動かないで！　体が千切れる！　痛い痛い！」

「……!?」

影が繋《つな》がっているせいか、レイラが無理に動こうとすると、狩夜の体に激痛が走った。レイラはすぐさま体から力を抜き「大丈夫!?　ねぇ大丈夫!?」と言いたげな視線を狩夜に向けてくる。

「皆さんに危害を加えるつもりはありませんので、無理に動こうとしないでくださいまし。この影縫いは、力尽《ちからず》くで外そうとすると――」

「うがーーでやがります！」

アルカナの制止を無視して、紅葉が大声と共に両腕を突き上げた。すると、紅葉の影から音を立てて針が弾け飛び、地面を転がる。

槍の穂先が天に向いたことに安堵しつつも、狩夜はポカンとした顔で紅葉を見つめた。一方の紅葉は狩夜の視線などまるで気にすることなく体を動かし、異常がないかどうか調べている。そして、あらかた確認が終わった後、満面の笑みでぶりっ子のポーズを炸裂《さくれつ》させた。

「うん、外れたでやがりますね♪」

「……大変危険で最悪死んでしまいますから、絶対にやめてください――そう忠告するところでしたのに、力尽くで外さないでくださいまし。しかも無傷だなんて、相も変わらず化け物じみた方ですわねぇ」

アルカナは溜息まじりにそう言うと、地面に転がった針を拾うべく歩き出した。女性物の靴《くつ》、その硬いヒールが地面を叩く音が徐々に近づき、アルカナの容姿がようやく狩夜の視界に入る。

「っぶ⁉︎」

アルカナの姿を見た瞬間、狩夜の口から驚愕の声が漏れた。聞く媚薬とも表現できそうな声から推測し、アルカナは色っぽくて美人なお姉さんなんだろうな——と想像していた狩夜であったが、その姿は想像のはるか上をいっていた。

歳《とし》は二十代前半で、顔の造形は思わずぞっとするほどに整っていた。プルンと柔《やわ》らかそうな唇には紅《べに》が差されており、大人の女性らしくアップにまとめられた髪は夜天のような優しい闇《やみ》色で、影縫いに使用されたものと同じ針が、簪《かんざし》の如く多数刺さっている。

スタイルはやらしいの一言。胸は大きすぎず、小さすぎずの、万人《ばんにん》受けするサイズで、とにかく形が素晴らしい。ウエストはきゅっと引き締まっており、くびれが凄い。腰から下はムッチリとした安産型で、初心《うぶ》で女性経験のない狩夜ですら、思わず穢《けが》したくなるほどに蠱惑《こわく》的な魅力に溢れていた。

なぜこれほどまでにアルカナの体を詳しく描写《びようしや》できるのか？　と問われれば、答えは一つ。アルカナは、男の大多数が求めてやまない魅力的なその肢体を、ほとんど隠していないのである。

アルカナが身に着けている衣服は、スリングショットの黒水着のような服だけで、比喩《ひゆ》でも大袈《おおげ》裟《さ》でもなく、局部と乳首《ちくび》しか隠れていない。そして、大事なところしか隠していないので、彼女の種族としての特徴、小さすぎてどうやっても飛べないであろうコウモリのような羽と、先端にハート形の突起が付いた細長い尻尾が背中越《ご》しに見えた。

「闇の民……か」

闇の民。地球でいえば、悪魔や魔族にとてもよく似た種族である。〈厄災〉によって弱体化した種族としての特徴は、性別すら自在に操作したというメタモルフォーゼ。

「見たければ好きに見てくださいい。むしろ見てくれた方が嬉しいです」そう言わんばかりのアルカナの肢体に視線を向けたり外したりしながら「サキュバスだ……リアルサキュバスがいる……」と狩夜は独りごちた。一方のアルカナは、狩夜などまるで意に介《かい》さず、身を屈めて手を伸ばし、地面に転がった針を拾い上げる。

針についた汚《よご》れを落とし、アップにされた髪に刺し込んだ後、アルカナは狩夜と向き直り、妖艶《ようえん》に微笑《ほほえ》む。

「坊《ぼう》や、もう少し辛抱《しんぼう》してくださいましね。すぐに抜いて楽にして差し上げますから。ふふ」

「は、はひ！」

狩夜が声を裏返して返事をすると、アルカナは右手を口元に運びながら笑みを濃くし、舌なめずりと共に「あら、初心な反応ですわね。かわいい」と呟いた。

狩夜がゴクリと生唾《なまつば》を飲むなか、アルカナは歩いて狩夜に近づき、狩夜の影に突き刺さった針を抜くべく身を屈める。

「っぷ⁉」

ここで、さっきと同じように驚愕の声が漏れた。アルカナがすぐ横で身を屈めたことで彼女の背中が見えたのだが、どうやらあのスリングショットは、首と、腰のあたりにある尻尾の付け根で両端を固定しているらしく、背後から見ると首紐と腰までのアイバックしか見えない。つまりはほぼ全裸《ぜんら》に見えるのだ。正直言ってエロすぎる。狩夜は「見ちゃだめだ！」と胸中で叫び、理性を総動員してアルカナから目をそらす。

「ふふ」

アルカナは針を抜いて身を起こした後、眼球を上に向けていた狩夜を見下ろし、視線を重ねながら楽しげに笑う。男に自分がどのように見られているか理解し、その上で、相手の反応を心から楽しんでいる。

アルカナ・ジャガーノート。存在自体が限りなくエロい女であった。

「……！　……！」

影縫いが外れるや否や、頭上からレイラが飛び降りてきた。そして、狩夜の胸元に縋《すが》りつく。その後、狩夜の顔を上目遣《うわめづか》いに見つめながら「痛くしてごめんね。油断してごめんね。治療する？」と涙目で訴《うった》えてきた。

狩夜はそんなレイラに微笑み返し「大丈夫だよ」と言いながら額と額をくっつけてやった。するとレイラは満面の笑みを浮かべ、狩夜の顔に頬擦《ほおず》りする。

「あらあら。仲睦《むつ》まじいですわね」

狩夜とレイラのやり取りをすぐ近くで見つめていたアルカナが、穏やかな声色でそう呟き――

「って、アルカナはいったいなんの用でやがりますか？　紅葉の戦いに横槍を入れた以上、相応の理由と覚悟はありやがるのでしょうね？」

紅葉が、やや剣呑《けんのん》な声色でそう言った。

紅葉の立ち位置は、狩夜とレイラ、そしてアルカナから四メートルほど離れた場所である。己が得物である槍、その威力を誰に対しても最大限に発揮できる場所を陣取っていた。つまりは、まだまだやる気満々なのである。

アルカナは「やれやれ」と踵を返し、紅葉と正面から相対した。そして狩夜は、踵を返したことで再び目に飛び込んできたアルカナの背中から、慌てて視線をそらす。

――アルカナさん。お願いですから背中をこちらに向けないでください。理性が焼き切れてしまいそうです。

狩夜は、体の内側で荒《あ》れ狂《くる》うリビドーを抑え込むために、レイラを両手で強く抱きしめた。

「別にモミジさんにご用があるわけではありませんわよ。わたくしは、こちらの坊やにお話があって来たのですわぁ」

「え？　僕に？」

「ええ、ええ。ですので、今モミジさんに坊やを殺されてしまいますと、わたくしとてもとても困ってしまいますの。お話の結果いかんでは、わたくしはすぐにでも立ち去ります。ですので、私闘は後回しにしていただけませんこと？　もし耳を貸さないと言うのであれば、わたくし、アルカナ・ジャガーノートは、この坊やに加勢させていただきますわよ？」

「む……」

狩夜に加勢するというアルカナの言葉に、紅葉の顔つきが変わった。レイラとアルカナを敵に回した二対一（狩夜は数に入らない）では、さすがに不利と考えたのだろう。

ほどなくして、紅葉は諦めたように小さく溜息を吐いた。槍を担ぎ直し、近くに偶然《ぐうぜん》あった木箱の上に腰かける。

「わかったでやがりますよ。同郷のよしみで一旦《いったん》引いてやりやがります。でも、紅葉を鬼と呼びやがりました以上、一回ぶっ飛ばすまでは矛《ほこ》を収める気はねーでやがります。待っててやがりますから、なるべく早くすませやがるですよ」

「助かりますわぁ」

アルカナが小さく会釈《えしやく》し、二人の会話は終わった。アルカナが再度体の向きを変え、狩夜を正面から見下ろしてくる。

「坊や、お名前は？」

「えっと……狩夜。カリヤ・マタギです」

狩夜が名乗るとアルカナが目を丸くした。少し離れた木箱の上で、紅葉も驚いている。

「カリヤ・マタギ……いえ、マタギ・カリヤのほうがしっくりきますわねぇ。ひょっとして、そちらのほうが正しいのではありませんこと？」

「え？　あ、はい。そうです」

「光の民なのに、月の民の名前なのですわねぇ。珍《めずら》しい。ひょっとして、あなたには月の民の血が混じっておりますの？」

「そ、そんな感じです」

「おい、お前。お前の名前、漢字だとどう書きやがりますか？」

紅葉が狩夜のことを興味深げに見つめる。故郷である日本でも何度かされた質問に、狩夜は懐《なつ》かしさを感じた。

「なかに点がある叉《また》。頭に角の生えた鬼。狩人《かりゅうど》の狩《か》りに、夜空の夜で、叉鬼狩夜です。これでわかりますか？」

「わかるでやがりますよ。ふーん……漢字だとそう書くでやがりますか……」

「はい。紅葉さんは、鹿の角で鹿角《かづの》。紅葉《こうよう》と書いてもみじと読む――であってますか？」

「あってるでやがりますよ。漢字に詳しいのでやがりますね」

紅葉は小さく笑った。狩夜は「ようやく笑ってくれたよ」と胸中で呟き、紅葉に笑い返す。

「なるほど。カリヤとは、夜の狩人という意味なのですわねぇ……素敵なお名前……わたくし、とてもとても気に入りましたわぁ。ふふ……」

名前を舌の上で舐め転がすように呟かれ、狩夜は背筋をゾクゾクと震わせながら、視線をアルカナへと戻した。

「ではカリヤさん。わたくし、カリヤさんがお連れしているその魔物について、少々おたずねしたいことがあるのですが――よろしいですか？」

「レイラがどうかしました？」

「レイラさんというお名前ですのねぇ。そのレイラさんなのですが……もしかして、サキュバス・キャロットではございませんこと？」

「サキュバス・キャロット？」

聞いたことのない名称に狩夜は首を傾げた。

「その反応からして、どうやら違うようですわねぇ……ウルズの泉で泳いでいるときに遠目からお見掛けして、もしやと思い、着替《きが》える時間も惜《お》しんで後を追ってきましたが、無駄足でございましたか……」

　どうやらアルカナのスリングショットは、普段着ではなく水着であったらしい。普段着はもう少し露出が少なければいいな――と、狩夜は思った。

「そのサキュバス・キャロットって、どんな魔物なんですか？」

「わたくしたち闇の民の故郷である、ヘルヘイム大陸に生息する固有種です。二足歩行する根野菜のような魔物で、精力剤《せいりょくざい》や媚薬の材料として重宝されていたと伝え聞いておりますわぁ」

「せ、精力剤や媚薬……ですか」

「ええ、ええ。仕事柄よくお世話になるのです。レイラさんがもしサキュバス・キャロットならば、素材を少し提供していただければと考えていたのですが……」

「すみません。レイラはマンドラゴラという魔物です。サキュバス・キャロットではありません」

「そうですか……残念ですわぁ。本当に残念ですわぁ」

　アルカナが目に見えて落胆《らくたん》する。そして、美人がそんな顔をしていると、助けてあげたくなるのが男の性《さが》だ。

「あ、あの、諦めるのは早いです！　精力剤や媚薬なら、マンドラゴラからでも作れるはずですから！」

　というか、それこそがマンドラゴラの真骨頂のはずだ。狩夜は「そうだよね？」と胸のなかのレイラに視線を向け、次いで驚いた。レイラが、今まで見せたことのない、とても渋い顔をしていたからだ。どうやら、アルカナに協力するのは気乗りしないらしい。

　レイラは「え？　この私に媚薬を出せっての？　やだ」と言いたげな雰囲気を全身から放ってい

た。狩夜はそんなレイラに顔を寄せ「危ないところ助けてもらっただろ」と小声で言い聞かせる。痛い所を突かれたレイラは、葛藤《かっとう》のすえ——折れた。渋い顔のままアルカナに向けて右手を突き出す。

次の瞬間、レイラの右手から百合《ゆり》のような白い花が咲《さ》いた。レイラはその花を、あたかもティーポットのように傾《かたむ》ける。

レイラの意図を察し、アルカナが慌てて右の掌《てのひら》を差し出す。ほどなくして、その掌の上に一滴《いってき》の蜜《みつ》が落ちた。己の掌の上に広がる薄いピンク色の蜜を、アルカナはまじまじと見つめる。

「この蜜が精力剤と媚薬の素材ですの？」

アルカナの問いに、レイラは渋い顔を継続《けいぞく》したままコクコクと頷く。

「ふむ……嗅《か》ぐだけで体が火照《ほて》るこの甘い香《かお》り……これは極上《ごくじょう》の素材になりそうですわねぇ……では、早速《さっそく》検分を……」

アルカナは右手をおもむろに動かし、口元へと運んだ。どうやらあの蜜を舐めてみるつもりらしい。そんなアルカナを、狩夜は慌てて制止する。

「ちょ、アルカナさん！　いきなり口に入れるのはさすがに……」

「ふふ、大丈夫ですわよ。わたくしの二つ名は『百薬』。テンサウザンドの開拓者にして、此度の遠征軍では医薬品の管理製造の責任者をしております。〔耐《たい》異常〕スキルもすでにＬｖ５。なんの心配もいりませんわぁ」

狩夜を安心させるように優しく微笑むと、アルカナは自身の掌に舌を這《は》わせ、レイラの蜜を奇麗に舐めとった。その仕草が妙に淫靡《いんび》で、狩夜は凝視してしまう。

狩夜の視線の先で、アルカナの喉《のど》が少し大きめに動いた。どうやら蜜を飲み込んだらしい。

「……」

「アルカナさん？」

「……」

「アルカナさーん？」

レイラの蜜を飲み込んだ直後、アルカナが動かなくなった。いや、それだけじゃない。瞳は虚《うつ》ろになり、両腕は力なくだらりと下げられ、無言で立ち尽くしている。

「アルカナさん⁉　ちょっ、大丈夫ですか⁉　返事をしてください！」

狩夜は慌ててアルカナに駆け寄り、その体を前後に揺さぶった。だが、アルカナからはなんの反応も返ってこない。

いよいよ不安になった狩夜が、遠巻きにこちらを眺めている紅葉に助けを求めようとしたとき――

「……ます」

アルカナの虚ろだった瞳が光を帯びた。その瞳が狩夜の顔を捉《とら》え、そこで固定される。

狩夜は強く安堵しながらアルカナと視線を重ねた。

「アルカナさん！　大丈夫ですか⁉　意識はありますか⁉」

「あな……を……い……て……ます」

「なんですか⁉　もっと大きな声でお願いします！」

「あなたを……カリヤさんを……わたくしは……」

「僕？　僕がどうしました？　僕にできること、してほしいことがあったら遠慮なく――」

「愛しています……」

「へ？」

「愛しています。愛しています！　愛しています‼　カリヤさん好き！　好き好き大好き‼　ああん我慢できませんわぁ‼」

次の瞬間、狩夜は瞳のなかにハートマークを浮かべたアルカナに地面に組み伏《ふ》せられていた。抵《てい》抗《こう》はおろか反応すらできない。やはりテンサウザンドの開拓者の身体能力は――

「って感心してる場合じゃない！　ちょ、なにこれ⁉　なにこれぇ⁉　アルカナさん、お願いですから落ち着いて――」

「今すぐ口づけをくださいませ！　今ここで抱いてくださいませ！　結《けっ》婚《こん》してくれなどと分不相応なことは申しません！　わたくしはカリヤさんの奴《ど》隷《れい》です！　ときたまお情けをいただければこれ以上の幸せはありません！　カリヤさん好き好きぃん！」

「聞こえてないぃぃいぃ⁉　レイラ、アルカナさんになにを渡した⁉　これ媚薬なんてもんじゃないだろ⁉　もう惚《ほ》れ薬だろこれ⁉」

狩夜は口を高速で動かしながら、自身の胸とアルカナの胸にプレスされているレイラに視線を向けた。一方のレイラは「だから嫌だったんだよ……」と言いたげな顔で口を尖《とが》らせている。

レイラとしては、今すぐ力尽くでアルカナを狩夜から引き剥《は》がしたいところだろうが、助けてもらった手前強くは出られないらしく、狩夜の服を脱《ぬ》がさんとするアルカナの手を、二枚の葉っぱで逐《ちく》一《いち》はたき落とすまでに留めていた。

だが、敵もさる者。動きに慣れたのか、アルカナは両手で一枚ずつ葉っぱを掴《つか》み、その動きを封じた。次いで、顔を躊躇なく狩夜の股間に埋《うず》めてくる。

「おふう⁉」

思わず変な声を漏らす狩夜に「両手が使えなければ口を使えばいいじゃない」と妖艶な瞳を向け、アルカナはトレッキングパンツのファスナーを顔の触覚《しょっかく》だけで探し当て、それを唇にくわえた。

——もはや一刻の猶予《ゆうよ》もない‼

「レイラ！　治療！　今すぐアルカナさんを治療して！　早くぅ！」

自分の薬で暴走した相手を自分で治療する。不本意極《きわ》まりないだろうが、レイラは「やれやれ」と言いたげに狩夜の指示に従った。右手から先端に針のついた治療用の蔓を出現させ、アルカナの首筋目掛けて高速で伸ばす。

普段のアルカナならばかわせたのかもしれないが、今は狩夜のことしか見ていない。レイラの蔓は容易《たやす》くアルカナの首筋に辿《たど》り着き、そのまま一突き。

効果はいつも通り劇的だった。一度体を大きく震わせた後、アルカナは動きを止め——

「あら？　あらあら？　わたくしはいったいなにを？」

狩夜の股間に顔を埋めながら、両目をパチクリさせた。その両目には、すでにハートマークはない。

「あ、アルカナさん！　よかった！　正気に戻ったんですね！」

アルカナは狩夜の言葉を無視し、視線を左右に巡《めぐ》らせ、油断なく現状を確認する。そして、自身が狩夜の股間に顔を埋めていることを理解すると——

「ふふ」

男を求める雌の顔と、獲物を狩る肉食獣の顔。それらを見事に両立させた表情を浮かべ、淫靡に微笑んだ。次いで、再び顔の触覚だけでファスナーを見つけ出し、躊躇なくパクリ。そして、ゆっくりとじらすように、ファスナーを下ろしはじめた。

「にゃぁぁあぁぁあぁあぁぁあぁぁ⁉」

狩夜はたまらず絶叫《ぜっきょう》した。忘れていた。アルカナ・ジャガーノートは、たとえ薬の影響《えいきょう》下になくとも、この上なくエロい女であったのだ。

今度こそ終わりだ——と、狩夜が星になる覚悟を決めたとき——

「まったく……いつまで盛《さか》ってるつもりでやがりますか！」

と、いつの間にか近くにきていた紅葉が、文字通り横槍を入れてきた。

「あん。いいところでしたのに……」

アルカナはファスナーから口を放してそう呟き、名残惜《なごりお》し気に身を起こして狩夜から離れた。直後、さっきまでアルカナの頭があった場所を、紅葉が繰り出した槍が通過していく。

槍の穂先が自らの股間の上を通過していくその光景を、狩夜は息を呑みながら見つめ、無言のまま見送った。

「男と女の睦事に横槍を入れるなどと……無粋《ぶすい》ですわねぇ。闇の民の情事を邪魔したらどうなるか、知らないとは言わせませんわよ？」

「それを言うなら、先に横槍を入れてきやがりましたのはそっちでやがりましょう？　これでお相子でやがります。それに、お天道様がまだこんなに高いでやがりますのに、天下の往来でなにをおっぱじめる気でやがりますか。時と場所をわきまえるでやがりますよ」

紅葉は半眼でアルカナを睨みつけると、小さく溜息を吐いた。

「それで、話は終わりやがりましたか？　なら、アルカナは何処《どこ》へなりといくでやがりますよ。紅葉はそろそろ戦いの続きがしたいでやがります」

狩夜――ではなく、レイラを鋭い眼光で見下ろしながら紅葉は言う。その視線と言葉を受け、狩夜は慌ててファスナーを上げ、体を起こした。一方のアルカナは、紅葉の視線から狩夜を庇《かば》うように立ち、首を左右に振る。

紅葉の右側の眉《まゆ》毛《げ》が、不機嫌《ふきげん》そうに吊り上がった。

「アルカナ……なんのつもりでやがりますか？　話が終わったら、すぐに立ち去ると言っていやがったはず……」

「お話の結果いかんで……とも申しましたでしょう？　このわたくしをあれほどまで狂わせる極上の素材を、みすみすモミジさんに殺させはしませんわぁ」

「先のアルカナの様子を見るに、あの素材は人の手にあまるものだと紅葉は思うのでやがりますが……どうするつもりでやがります？」

「もちろん、わたくしのお店で扱うに決まっています。そして、わたくし自身も使うのですわぁ。あ……あぁ……あの極上の素材から精製された薬は、どのような世界をわたくしに見せてくれるのか……そして、どれほどの快楽をわたくしに与えてくれるのか……想像するだけで火照ってしまいますわぁ……高ぶってしまいますわぁ……」

「……むぅ」

これは引きそうにないと思ったのか、紅葉は困った顔で槍から手を離し、その手で頭をかく。

「今更《いまさら》ながら疑問でやがります。なんでこんな色狂いが、名誉ある精霊解放軍に参加していやがるのか……」

「必要だからに決まっているではありませんの。戦いで傷つき、疲《つか》れた殿方《とのがた》が求めるもの……それは酒と女でしてよ。そんな荒ぶる殿方と、モミジさんやカロンさんといったお堅《かた》い女性開拓者との間に要《い》らぬ軋轢《あつれき》を生まないためにも、どんな殿方が相手でも笑顔で酒を注ぎ、喜んで媚《こ》びを売る、わたくしたちのような女が必要なのですわぁ」

一理ある。アルカナの物言いにそう思ってしまったのか、紅葉は頭をかく手の動きを激しくさせた。

「はぁ……不本意ながら、アルカナたち闇の民が解放軍に必要なことは認めてやりやがります。でも、男漁《あさ》りはほどほどにしやがるですよ」

「なぜですの？　殿方も気持ち良くて、わたくしたちも気持ちいい。そして、殿方の精を吸ったわたくしたち闇の民は、更なる力を手に入れ、解放軍に貢献《こうけん》できる。いいことずくめではありませんの。なぜ遠慮をしなければならないのです？」

「品位の問題でやがりますよ。同じ国で暮らすお前たち闇の民がそんなだと、国元であるフヴェルゲルミルと、紅葉たち月の民の品位まで疑われるのでやがります」

「疑われるもなにも、フヴェルゲルミルはそういう国ではありませんの。フヴェルゲルミルは、欲望と快楽の国ですわぁ」

「違うでやがります！　フヴェルゲルミルは、月下《げっか》の武士に守られた、清廉《せいれん》で潔白な国でやがります！」

「何年前の話を……その月下の武士とやらも、今じゃ――」

「それ以上言うなでやがります!!」

紅葉の本気の怒声がアルカナの声を遮った。アルカナは「やれやれ」と肩を竦《すく》める。

「そんなに声を荒げないでくださいまし、はしたない。そんなことじゃ、嫁《よめ》の貰《もら》い手がいませんわよ？」

「鹿角の大将である紅葉が嫁にいくわけないでやがりますよ！　結婚するなら婿《むこ》を取りやがります！」

「いえ、そういう意味ではなく、殿方に相手にされないと言っているのですわぁ。ただでさえモミジさんは、女性としての魅力に乏しいですのに。街中では髪を下ろして少しでも女らしく見えるよう涙ぐましい努力をしているみたいですけれど、これでは焼け石に水ですわねぇ」

「う……」

アルカナの言葉に紅葉が怯《ひる》んだ。そして、ほとんどまったいらな自分の胸を、自信なさげに見下ろす。

「チ、チビでぺたんこでも、紅葉のことを可愛いと言ってくれる男が、どこかにいやがりますよ……たぶん……きっと……そ、それに、男なら誰でもいいアルカナよりも、紅葉のほうが……その……」

「あらあら」

意気《いき》消沈《しょうちん》してしまった紅葉を見つめながら、アルカナが勝ち誇《ほこ》ったように笑う。そして、弱った小鹿《こじか》に止《とど》めを刺そうと更なる口撃《こうげき》を放とうとしたとき――

「いやいや、紅葉さんは普通に可愛いですって。僕はお付き合いするなら、普通にアルカナさんより紅葉さんを選びますよ」

狩夜が、そんな恵《めぐ》まれた容姿でなにを言ってるんだ——とばかりに、真顔で言い放った。

直後、紅葉が目を見開き、アルカナの表情が凍《こお》りつく。そして、紅葉が血相を変えて狩夜ににじり寄った。

「い、今の話！　本当でやがりますか⁉」

「え？　あ、はい」

「ど、どこがでやがりますか⁉　お前は紅葉のどこに魅力を感じたでやがりますか⁉」

「えっと、大きな目とか、服装とか、言葉遣いとか、色々ありますけど……一番の決め手は、僕より身長が低いところです。僕、お付き合いするなら僕より身長が低い人がいいなーって、常々思ってますから」

「おお……」

「紅葉さんはちっちゃくて……その、凄く可愛いと思いますよ。もっと自信を持っていいと思います」

「おおおおおお！」

興奮したのか、紅葉は体を小刻みに震わせながら声を上げる。そして、満面の笑みを浮かべて狩夜に抱きついてきた。

「やったでやがりますぅ！」

「うわ⁉」

「アルカナに女としての魅力で勝っただけでも嬉しいでやがりますのに、その理由が小さくて可愛いからだなんて！　あははは！　今日はいい日でやがります！　最高でやがりますよ！　あははは！」

紅葉は、つい先ほどまで殺し合いをしていたのが嘘のように、狩夜の体に腕を回し、体を密着させてきた。その体は想像以上に柔らかく、紅葉が女の子であるということを否《いや》が応でも認識させる。

「紅葉はお前のことが気に入ったでやがりますよ！　紅葉を鬼と呼んだことも、特別に許してやりやがります！」

「あ、ありがとう……ございます」

「お前のこと、狩夜って呼んでいいでやがりますか？」

「え？　はい。どうぞお好きに」

「なら狩夜、紅葉のことは——って、そういえば、ちゃんとした自己紹介《しょうかい》はしてなかったでやがりますな。では、改めて名乗るでやがりますよ」

紅葉はそう言うと狩夜から離れ、ほぼ同じ高さにある狩夜の目をじっと見つめる。

「紅葉の名は鹿角紅葉。紅葉と呼ぶがいいでやがりますよ。月の民で、鹿の獣人でやがります。鹿の獣人は月の民にとっては特別で、兎《うさぎ》の獣人に次いで神聖視される存在でやがりますよ」

「その由来は？」

「聖獣様でやがります。世界樹を守護する聖獣様が、鹿だと言い伝えられていやがるです。狩夜にも月の民の血が流れているのなら、憶《おぼ》えておくといいでやがりますよ」

額に生えた鹿の角を誇らしげに見上げながら、紅葉が続ける。

「紅葉は、将軍家たる美月家、その家臣団の筆頭を務める鹿角家の現当主でやがります。鹿角家は美月家と同じく三代目勇者を祖とする家系で、遠い異世界、日ノ本の武士の血を、最も色濃く受け継ぐ家でやがります」

「え⁉　それじゃ紅葉さんは三代目勇者の――」

「そう、子孫でやがります」

三代目勇者が日本人だと知り、狩夜は「ほへー」と声を漏らす。

名前やら言動やらが日本風なわけだ。これらの文化は、その三代目勇者がイスミンスールに伝えたものに違いない。

「三代目勇者が世界救済を終えた後、正室として迎えたのが美月家。側室として迎えたのが鹿角家でやがります。紅葉の愛槍《あいそう》であるこの『迦具夜《かぐや》』は、世界救済の供をしていたとき、御先祖様が実際に使っていたものでやがります」

「由緒《ゆいしょ》正しい槍なんですね」

「そうでやがります。現存する魔法武器のなかで最強と言われているのが、この迦具夜でやがりますよ。そして、紅葉自身も月の民最強を自負してやがるです。西国無双《むそう》とか呼ばれることもありやがりますよ」

「西国無双が最強の武器を振るってるんですか……」

レイラの防御を破るわけだ――と、狩夜は一人納得した。

「そんな紅葉とあれだけやり合えるんだから、狩夜とそのちっこいのは大したものでやがりますよ。どうでやがりますか？　紅葉が話を通してやりやがりますから、狩夜も精霊解放軍に――って、なにをするつもりでやがりますかアルカナ⁉」

狩夜のほうを――いや、正確には狩夜のやや後方を見つめながら、紅葉が声を張り上げた。

そんな紅葉の視線を辿るように、狩夜が後ろを振り返ろうとした、次の瞬間――

「うひゃぁあぁぁあぁぁあ!?」

右耳になにやら生温かいものが触れ、狩夜の両肩が跳ね上がる。

「ふふ……ふふふ……」

アルカナだった。いつの間にか接近、背後から急襲《きゅうしゅう》したアルカナが、上から覆いかぶさるように狩夜を拘束《こうそく》したのである。

狩夜の耳に、熱心に唇と舌を這わせながら。

「にゃあ!? にゃあぁあぁ!?」

狩夜は突然の事態に混乱し、わけもわからず声を上げ続ける。だが、アルカナは止まらない。炎のように熱い唇で狩夜の耳を食《は》み、氷のように冷たい舌を狩夜の耳に這わせ、耳の穴を侵《おか》す。この淫行にレイラが目を吊り上げて怒《いか》りを露《あらわ》にするが、押し倒されたとき同様、助けてもらった手前強くは出られないらしく、歯ぎしりして静観していた。

「レロ……レロレロ……ふふ、ふふふ」

「アルカナ！ 狩夜を放しやがるです！ お前は狩夜の好みじゃねーでやがりますよ！」

「だ・か・ら、でしてよ。モミジさんに女としての魅力で負けるだなんて、末代までの恥《はじ》ですもの。カリヤさんにはわたくしの良さをわかっていただかなければなりません。略奪《りゃくだつ》愛こそが闇の民が最も得意とするところ。燃えますわぁ……滾《たぎ》りますわぁ！」

「にゃあ!? にゃあ!?」

「これほどの恥をかかされたのははじめて……殿方の前であれほどまでに乱れたのもはじめて……

ふふ、ふふふ……カリヤさん。あなたはわたくしの本命に決定ですわぁ。たっぷりと唾《つば》をつけさせていただきましてよ。ふふふ……」

「にゃぁあぁぁあ⁉」

「カリヤさん。わたくしとモミジさんを比べて、モミジさんを選んだのは、カリヤさんがまだ未経験で、女の味を知らないからでしてよ。匂いでわかりますわぁ。とっても美味しそうなこの匂い……まだ女性経験がないのでしょう？　今夜にでもお相手を務めて、最高の夢を見させて差し上げたいのですけれど……残念ですが、今夜は先約があるのです。そして、明日にはウルザブルンを離れなければなりません。モミジさんがランティスさんに話を通して、カリヤさんを遠征軍に参加させてくだされば、わたくしとしても助かるのですけれど……」

「そんなこと言われたら、誘《さそ》いたくても誘えないでやがりますよ！」

「そうですの……残念ですわぁ……本当に残念ですわぁ……」

アルカナは、心底残念そうにそう言うと、頬にキスをしてから狩夜を解放する。

「これ以上は我慢できなくなってしまいそうですわねぇ。カリヤさん、暫《しば》しの別れです。遠征が終わってから、たっぷりとお相手させていただきますわねぇ。うふ、うふふ……」

「まったく、この色狂いは……狩夜、紅葉ももういくでやがりますよ。遠征が終わったらまた会うでやがります」

「はぁ……はぁ……なんか、とんでもない二人だったたな……」

アルカナに好き放題された右耳と、口紅のついた右頬を袖で拭《ぬぐ》いながら、狩夜は複雑な面持《おもも》ちで二人を見送るのであった。

「マタギ・カリヤさん。あの子、かなりの訳ありですわねぇ」

「で、やがりますな」

狩夜と別れた後、アルカナと紅葉は、歩きながら互《たが》いに感じた違和感を語り合っていた。

「漢字は、紅葉の御先祖様である三代目勇者がイスミンスールに持ち込みやがったもの。読み書きできる者は、月の民でも極少数でやがります」

「共通語のユグドラシル言語ですら、読み書きできない人が多いですものねぇ」

「光の民が漢字を覚える必要性は皆無《かいむ》。月の民ですら、漢字を学びやがるのは伝統を重んじる名家の者だけ。だけど紅葉は、叉鬼なんて家名は知らないでやがりますよ」

「それに、あのマンドラゴラという未発見の魔物の存在も、無視できませんわねぇ」

「むやみやたらと強いでやがりますからな」

「わたくしは薬師《くすし》としての視点で、薬の素材として言っているのですけれど……まあ、強さもそうですわねぇ。なにせ、テンサウザンドの開拓者にして、フローグさんに次ぐ実力者と言われるモミジさんと互角《ごかく》に渡り合ったんですもの」

「情報が古いでやがりますよ、アルカナ。紅葉はもうハンドレッドサウザンドでやがります」

「え⁉」

アルカナが驚くのも無理はない。開拓者がハンドレッドサウザンドに到達《とうたつ》するには、最短でも五千万五千という、途方もない量のソウルポイントが必要なのだ。

テンサウザンドに必要なソウルポイント、五十万五百。そして、サウザンドに必要な五千五十とは、文字通り桁《けた》が違う。

ハンドレッドサウザンドは、開拓者用語で『最高峰《さいこうほう》』を意味する。その肩書は、開拓者にとって果てしなく遠く、そして重い。

「それはそれは……おめでとうございます。心より祝福いたしますわぁ。人類で二人目の偉業ですわねぇ」

「少し無理をしたでやがりますが、なんとか間に合ったでやがりますよ」

どうやら紅葉は、此度の精霊解放遠征のために、自身をきっちり仕上げてきたらしい。

「となると、益々《ますます》あのマンドラゴラという魔物の異常性が際立ちますわねぇ。なりたてとはいえ、ハンドレッドサウザンドの開拓者と互角に渡り合うとは……」

「紅葉は本気ではあっても、全力じゃなかったでやがりますが……」

「それはあちらも同じではありませんこと？」

「少し……いや、かなり気になるでやがるな。調べるでやがりますよ」

紅葉はこう言うと、両手を二度叩き合わせ、続ける。

「矢萩《やはぎ》、牡丹《ぼたん》いやがりますか？」

「お傍《そば》に」

「はいはーい♪」

紅葉の言葉に対し、左右の物陰《ものかげ》から即時《そくじ》返答があった。声からして、共に女性であろう。

その声の主に向けて、紅葉は無感情に命令する。

「光の民の開拓者、叉鬼狩夜。そして、そのパートナーであるマンドラゴラのレイラ。両者の情報を可能な限り集めるでやがりますよ。遠征軍がユグドラシル大陸を発つ前に結果を出しやがるです」

「御意《ぎょい》」

「はーい。了解《りょうかい》でーす」

返答の後、声の主は音もなくその場を立ち去り、何処《いずこ》へと消えた。そして、命令を下した当の紅葉は、何食わぬ顔でウルザブルンの大通りを歩き続けている。

一連のやり取りを傍《はた》から見ていたアルカナが、苦笑いを浮かべた。

「猪牙忍軍《いがにんぐん》……でしたか？　確か、ミツキ家直属の草ですわよね？」

「でやがりますよ。さすがに主治医として鹿角家に出入りするだけあって、詳しいでやがりますな。二人とも優秀《ゆうしゅう》な草でやがります。並の相手ならすぐに丸裸《まるはだか》でやがりますよ。家族構成や友人関係はもちろん、人には言えない趣味や弱みまで調べ尽くしてやりやがります」

「わたくしに気配を感じさせないとは、双方ともかなりの手練《てだ》れですわねぇ。なんだかカリヤさんが気の毒になってきましたわぁ……」

「で、アルカナ。もののついでに聞きたいことがあるのでやがりますが……」

「なんですの？」

「その、弟は……青葉《あおば》の調子はどうでやがりますか？　最近会ってないから心配でやがりますよ」

紅葉は胸の前で両手をもじもじさせる。らしからぬその言動に、アルカナは小さく笑った。だが、それは一瞬のこと。すぐに真面目な顔になる。

「そうですわねぇ……あまりよくはありませんわぁ。わたくしが遠征から戻るまでは、お役目を控《ひか》えるよう言ってはおきましたが……主筋であるミツキ家の方や、お帝《みかど》に請《こ》われれば断れないでしょうし……」

「そう……でやがりますか……」

紅葉は痛みを堪《こら》えるかのように歯を食い縛った。

「やっぱり、紅葉が頑張《がんば》るしかないでやがりますな。今回の遠征で大活躍《かつやく》して、光の精霊様を解放して、その勢いで次に……次にいきやがるですよ。ヨトゥンヘイム大陸に皆で殴りこんで、月の精霊様を解放しやがるです」

「ちょっとモミジさん。それ、本気で言ってらっしゃいますの？　ヨトゥンヘイム大陸は、あのフローグさんですら、ちょっと覗いて引き返したという魔境ではありませんの。それに、この遠征で光の精霊様を解放できたとしても、次の遠征地はアルフヘイム大陸のほうが有力でしてよ？」

「だから諦めろと言うでやがりますか？　冗談《じょうだん》じゃないでやがりますよ。月の精霊様を解放しやがらなければ、そう遠くない未来に青葉は――いや、月の民は終わりでやがります。他種族に頭を下げ、媚び諂《へつら》わなければ滅んでしまう弱小種族に成り下がるでやがりますよ。紅葉はこの身、この槍、この命。そのすべてを懸《か》けて、月の民の未来を繋ぎ止めなければならないのでやがります」

「なにもそれは、モミジさんだけが背負うものでは――」

「うるさいでやがりますよ！　月の民の衰退を今か今かと待っている、闇の民にどうこう言われたくはないでやがる！」

「――っ」

紅葉は、己が忌《い》み嫌う鬼そのものの形相でアルカナを睨む。一方、ハンドレッドサウザンドとなり格上となった紅葉の殺気混じりの怒声を真正面から受け止めたアルカナは、身を強張《こわば》らせていた。

「……すまんでやがる。言い過ぎたでやがるな」

「いいえ、そう思っている闇の民が多いことは事実ですから……」

「本当にすまんでやがる。闇の民の故郷、ヘルヘイム大陸は、まだ見つかってもいないでやがりますのに……紅葉もまだまだ修行《しゅぎょう》が足りないでやがりますよ」

「ふふ、なにを言ってますの、モミジさん。モミジさんは世界で二番目ぐらいにお強いですわよ。それに、わたくしは故郷を取り戻したいだなんて大それたこと、考えたことも――」

「アルカナ」

紅葉は、落ち着いた声でアルカナの言葉を遮った。

「それが嘘だってことぐらい、紅葉でもわかるでやがりますよ？」

「……」

アルカナは、紅葉の言葉を肯定《こうてい》も否定もしなかった。無言で紅葉を見下ろし、視線を重ねている。そして、互いに顔を見つめ合うこと数秒、示し合わせたかのようなタイミングで同時に視線を外した。

「モミジさん、此度の遠征……お互いに全力を尽くしましょう」

「おうでやがる」

当人同士は否定するだろうが、他者から見たら親友にしか見えないやり取りをしつつ、アルカナと紅葉は、目的地を目指すのであった。

「うん、ちょっと硬いけどおいしい」

紅葉、アルカナと別れた狩夜は、開拓者ギルドを目指してウルザブルンの大通りを歩いていた。頭上にはレイラ、手には十字の切れ込みの入った丸パンの姿がある。

この丸パンは、道中で見つけたパン屋でつい先ほど購入《こうにゅう》したものだ。

値段は10ラビスでけっこうお高め。平民では購入するのを躊躇する値段だろう。

2ラビスで買える黒パンもあったのだが、ちょっと奮発して白パンにしてみた。黒パンよりも格段に柔らかい白パンであるが、それでも現代日本人にはやや硬めに感じられる。だが、その硬いパンを噛みしめる度に、懐かしいパンの甘味《あまみ》と食感が口いっぱいに広がり、なんとも幸せな気分になれた。

――買ってよかった。パンってこんなに美味しかったんだな。

「しっかし、ほんとに異世界だね～」

大通りを歩いただけで、様々な種族、見たことのない野菜や果物、色鮮《あざ》やかな民族衣装《いしょう》にアクセサリー、魔物から採れた素材や謎《なぞ》の出土品などが引っ切りなしに目に飛び込んでくる。ウルザブルンに足を踏み入れてからというもの、狩夜の好奇心は常に刺激されっぱなしだ。

目を輝かせながら大通りを歩く狩夜だったが――ほどなくしてあることに気づき、警戒レベルを引き上げる。

周囲を歩く人々の質が、徐々にだが確実に変わってきたのだ。剣や槍などで武装したり、テイムされたと思しき魔物を連れた、その筋の人が増えてきたのである。

彼らは皆開拓者。もしくは、開拓者志望の者たちだ。

敵ではなく、むしろ味方といっていい存在であるが、無警戒でいられる相手でもない。魔物に支配された土地を開拓するという過酷な仕事柄、他の業種に比べてどうしても荒くれ者が多くなる。

ティールの村には諸事情によりイルティナとメナド以外の開拓者がいなかったので、理由もなく因縁《いんねん》をつけられたり、ちょっかいを出されるようなこともなかったが、ここウルザブルンでも同じとは限らない。

「……よし」

丸パンを食べきると同時に小声で気合を入れ、狩夜は気持ちを新たに歩き出す。新顔の狩夜を観察したり、狩夜の頭上にいるレイラを物珍しげに見つめたりする人々と何度もすれ違いながら、すぐそこにあるであろう開拓者ギルドを目指して大通りを進む。

ほどなくして、なにやら独特の雰囲気を醸《かも》し出す二階建ての大きな建物が見えてきた。その建物の二階には、世界樹を簡略化したと思しきシンボルマークが描《えが》かれた、大きな看板がかけられている。

間違いない。開拓者ギルドだ。

「ん、あそこだね」

小さく頷きながら呟き、狩夜が足を速めようとした、そのとき――

「皆、聞いてくれ！　俺はついに、魔物のテイムに成功した！」

大通りの端で、木箱の上で叫ぶ若い光の民の男がいた。彼の周りには大勢の人だかりができている。

「見てくれ、こいつだ！　名前はラビリア！」

男は右腕を高々と突き上げる。彼の右手の上には、巨大な黄色い饅頭《まんじゆう》――ではなく、誇らしげな顔のラビスタの姿があった。今朝ザッツが見せてくれたラビスタと同じように、男の手に身をゆだね大人しくしている。野生の魔物ではありえない行動だ。男がラビスタをテイムしたという話は、どうやら本当らしい。

「どうだ、この勇敢《ゆうかん》な面構え！　そこらのラビスタとは一味違うと思わないか！」

「まったくだ！」とか「かっこいい！」と、人だかりから歓声が上がる。

「見ていた者も多いだろうが、俺はつい先ほど所属していたパーティから独立し、ギルドに新規登録！　パーティメンバーとしてではない、魔物をテイムした正式な開拓者となった！　そして、今後苦楽を共にする俺のパーティメンバーを、今ここで選びたいと思う！　人数は二人！」

『うおぉぉおおぉおぉおお‼』

人だかりは興奮の坩堝《るつぼ》と化した。誰もが自分を選んでもらおうと、新人開拓者の男に自身をアピールし、頭を下げ、パーティに入れてくれと懇願《こんがん》している。

なかでも印象的だったのは、露出の多い薄い服を身に纏う踊《おど》り子らしき女性が「素敵！　私をユグドラシル大陸の外に連れてって！」と、男の足を抱きしめ、太ももに豊かな胸を押しつけている光景だった。新人開拓者の男は鼻の下を伸ばし、踊り子の胸を上からガン見している。

「あの人は、パーティ選びに失敗しそうだな」

だらしない顔をしている新人開拓者を横目で見ながら、狩夜は「気持ちはわかるよ」と苦笑いした。

「本当に、大勢の人が開拓者になりたいと思っているんだな……」

今は大開拓時代。魔物に奪《うば》われた大地を人の手に取り戻すのだ！　と、皆が声を張り上げ、開拓者になりたいと願い、ソウルポイントを求める時代。

開拓者を目指す者にとって、先駆者のパーティに入ることはメリットだらけだ。魔物との遭遇《そうぐう》回数が自然と増えるし、白い部屋でソウルポイントを使用することで、自身を強化できるようになる。

魔物との遭遇回数が増えれば、単純にテイムの可能性が増えるし、白い部屋で自身を強化しておけば、あの新人開拓者のようにテイムに成功してパーティから独立するとき、この上ない財産となる。正式な開拓者になることに拘《こだわ》らなければ、そのままパーティに居ついたって構わない。

ゆえに、この光景は必然だ。偶然にも人がいないときに開拓者になった狩夜は、幸か不幸か見ることができなかった光景。それが今、目の前にある。

開拓者になった者は、なった瞬間にもう特別なのだ。多くの者が歓声を上げ、仲間にしてくれと頭《こうべ》を垂れてくる。金、女、名声。そのどれもが現実味を帯びて、手の届く場所へとやって来る。その優越《ゆうえつ》感と全能感は相当なものだろう。

「成り上がりの代名詞ってとこか」

平民が今の生活から脱却《だっきゃく》し、上を目指すことができる数少ない手段の一つ、開拓者。未開の大陸でうまく立ち回れば、自分の領地を手に入れ、王を名乗ることすら可能な職業。

そこには浪漫《ロマン》がある。夢がある。野望がある。欲望がある。そして、危険がある。命を落とすことだって珍しくないはずだ。開拓者が魔物に殺される瞬間を、狩夜は既に目《ま》の当たりにしている。魔物との命懸けの戦闘。未開の土地での探索。見知らぬ病や、過酷な自然環境《かんきょう》。他の開拓者の恨《うら》みを知らず知らずのうちに買い、同業者から命を狙われることだってあるかもしれない。

過酷な仕事だと思う。心の底からそう思う。そして、こうも思う。自分は無理だ。本当の意味で開拓者になれはしないだろう——と。

浪漫、夢、野望、欲望。どれも結構なことだ。それらに正直に生きることができる人間を、狩夜は馬鹿にしないし、否定もしない。むしろ応援《おうえん》したいと思う。だが、自分がそうなりたいとは思わない。

ハイリスクハイリターンよりも、安全安定。それが狩夜の基本方針だ。ここウルザブルンで精霊解放遠征の中核《ちゅうかく》を担《にな》う何人もの英雄豪傑たちと出会い、言葉を交《か》わしたが、その基本方針が揺らぐことはついぞなかった。

衣食住の確保。それ以外に、狩夜には戦う理由などないのである。

「僕って、やっぱり小者なんだな……」

狩夜は、今後もソロで活動することを覚悟した。もし誰かをパーティメンバーに加えたりしたら、その誰かはユグドラシル大陸から出ようとしない狩夜に軽蔑《けいべつ》の目を向け、臆病者と罵《ののし》るだろう。

大勢の人に取り囲まれる新人開拓者の男をなんとなく見つめながら、狩夜は一人立ち尽くす。しばらくそうしていると、頭上のレイラが「早くいこうよ〜」と言いたげに、狩夜の頭をペシペシと叩いてきた。

我に返った狩夜は、弱気な考えを振り払うように頭を振る。

「ごめんごめん。そろそろいくよ」

狩夜は新人開拓者の男を取り囲む人混みを避け、すでに見えている大きな建物、開拓者ギルドに足を向けた。

開拓者ギルドに辿り着くと、木製の蝶番《ちょうつがい》が使われたスイングドアに手をかける。そして――

「よし！　一人目のパーティメンバーは、踊り子のロベリアさんに決定！　俺と一緒に魔物から大地を取り戻そう！」

こんな声が少し離れた場所で聞こえると同時に、狩夜は開拓者ギルドのドアを押し、足を踏み入れた。


「面《おもて》を上げよ」

「っは」

頭上からのお言葉に従い、跪《ひざまず》いて平伏《へいふく》していた狩夜は頭を上げた。

ここはウルザブルンの中心であるブレイザブリク城、その謁見《えっけん》の間である。狩夜は今、ウルズ王国の頂点に君臨する王との謁見、その只中にいた。

ティールのものよりずっと立派なウルザブルンの開拓者ギルド。そこに足を踏み入れた後、狩夜はカウンターに歩み寄り、このギルドにはどんなクエストがあるのか、期待半分、不安半分に確認して――すぐに拍子抜《ひょうしぬ》けした。発注されていたクエストは【ラビスタ狩り】や【害虫駆除《くじょ》】といった、依頼者《いらいしゃ》が開拓者ギルドのデイリークエストばかりだったのである。

ウルザブルンに駐留《ちゅうりゅう》している精霊解放軍の参加者たちが、暇《ひま》つぶしとばかりにクエストをこなしてしまったらしく、中級以上のクエストは、なに一つ残っていなかった。

依頼者が個人の中級、上級のクエストは、早い者勝ちが基本である。狩夜はそれなら仕方ないと、デイリークエストを受けるだけ受けた後、結局ティールではできなかった薬草の勉強をするべく、持ち出し厳禁の植物図鑑《ずかん》を借りてからカウンターを離れた。

狩夜は空いていたテーブルにつき、植物図鑑を読み進める。そんな狩夜をニヤニヤ見つめるいくつかの視線や、狩夜とレイラを話題にしたヒソヒソ話も何度か聞こえたが、遠巻きに見られるだけだった。聞き耳を立ててみると「今はフローグがいるからやめておけ」「そうだな」といったやり取りが耳に届く。

どうやらフローグ・ガルディアスは、街にいるだけで犯罪抑止力《よくしりょく》になる凄い男であるらしい。

そんな見えないフローグの庇護《ひご》のもと、狩夜は今後のために黙々《もくもく》と図鑑を読み進める。そして、狩夜がギルドに入ってから一時間ほどたったころ、ギルとの話し合いを終えたイルティナがやってきた。王女の登場にどよめく周囲を尻目《しりめ》に、イルティナはまっすぐ狩夜のもとに向かう。

狩夜のすぐ横に立ったイルティナは少し疲れた様子であったが、それでも笑みを浮かべ「すまない、待たせた」と言い、狩夜は「いえ、今来たところです」とお決まりの言葉を返す。イルティナのような美人を相手に、まるで恋人《こいびと》のようなやり取りができたことに、狩夜は若干《じゃっかん》の優越感を覚えた。

ギルドを後にし、イルティィナと並んで歩きながら、ジルの名誉を守れたこと、ギルに謝罪を受け入れてもらえたことを聞いた。謁見のときの作法やら、注意事項やらの説明を受けながら、狩夜はウルザブルンの中心にそびえる白亜《はくあ》の城にまで案内されて、今に至る――というわけだ。

下段にて頭を上げた狩夜の目に映るのは、上段に存在する玉座に悠然と腰掛ける三十代半ばの男。高貴ではあるが豪奢《ごうしゃ》ではない服に身を包み、草木を模した黄金の王冠《おうかん》を戴《いただ》く彼こそが、ウルズ王国の王にして、イルティィナの父。マーノップ・セーヤ・ウルズその人である。

そのマーノップのやや後方には、玉座によく似た作りの椅子《いす》が二つあり、二人の王妃《おうひ》が腰掛けていた。双方ともに息を呑むほどの美女で、狩夜から見て左側が純血の木の民、右側がブランの木の民である。

木の民の王は正室に純血の、側室にはブランの王妃を迎えるのが通例らしい。側室、ブランの王妃がイルティィナの母親だ。その証拠に、ブランの王妃のすぐ隣にはイルティィナが立っており、狩夜に向けて「教えた通りにやれば大丈夫だ。頑張れ」と言いたげな苦笑いを向けている。

イルティィナがそんな顔をするのも無理はない。イスミンスールで一番偉《えら》い人と言っても過言ではないウルズ王国の王を前にして、狩夜は緊張《きんちょう》の極みであった。顔は真っ青であり、心臓はバクバクである。

イルティィナから「父上は気さくな方だから、最低限の礼儀作法ができていれば問題ない」と事前に言われていなければ、すでに倒れていてもおかしくなかった。

ちなみに、マーノップと二人の王妃、そして、この謁見の間にいるウルズ王国の重鎮《じゅうちん》たちは、狩夜が異世界人であることをすでに知っている。「口止めをされてはいたが、国王である父上にカリヤ殿が何者か直接問われれば、答えざるを得なかった」と、ずいぶん前にイルティナから謝罪されている。

「さて、そなたの事情はイルティナからの報告で既に把握《はあく》している。カリヤ・マタギよ。余は、まずはそなたに礼を言いたいと思う。余の最愛の娘、イルティナ・ブラン・ウルズ。そして、ティールの村と、そこに住まうすべての民を救い、諸悪の根源たる主を打倒してくれたことに対し、余はこの上ない感謝を覚えている」

「きょ、恐縮《きようしゆく》です」

「イルティナの父親として、そなたに頭を下げて謝辞を述べたいところではあるのだが……余は親である前に木の民、そしてウルズ王国の王。おいそれと人に頭を下げることはできぬ。その代わりと言ってはなんだが、そなたが受け取る【主の討伐】の報酬《ほうしゆう》を上乗せすることで、そなたへの感謝を示したい。報酬として150000ラビスを用意した。受け取ってほしい」

「じゅうごま……!?」

マーノップが提示した額は、元の報酬の三倍の額であった。あまりの金額に、狩夜は目を見開く。

「そなたは異世界人ゆえなにかと入用であろう。イルティナの命の対価としては少なすぎるぐらいだが、余の感謝を受け取ってはくれまいか？」

「は、はい！　ありがたく頂戴《ちようだい》いたします！」

「そうか。では、もう一つの報酬である《魔法の道具袋》のなかに入れておくので――」

「あ、父上。その《魔法の道具袋》のことなのですが、少しよろしいでしょうか？」

イルティナがマーノップの言葉を遮り、母である王妃の横を離れ、玉座の前へと歩み出る。

「許す。イルティナ、申してみよ」

「はい。カリヤ殿が連れている魔物、マンドラゴラのレイラなのですが、彼女はアイテム保管系スキルをすでに有しております。ですので、カリヤ殿に《魔法の道具袋》を下賜なさる意味は薄いかと。他のモノに代えてはいかがでしょうか？」

跪いている狩夜のすぐ隣、なぜかじーっと天井《てんじょう》を見上げているレイラを見つめながらイルティナが言う。マーノップは「ふむ……」と声を漏らした。

「なるほど。確かにアイテム保管系スキルがあるのならば《魔法の道具袋》は報酬として不適当だろう。なにが良いだろうか……」

「なにかしらの金属装備がよろしいのではと、私は愚考《ぐこう》いたしますが？」

「ならそうしよう。カリヤよ、そなたもそれでよいか？」

「はい。僕としましても、そちらのほうが助かります」

イルティナの言う通り、レイラがいる以上《魔法の道具袋》をもらう意味は薄い。別のモノに代えてもらえるなら願ったり叶《かな》ったりだ。

「では、宝物庫のなかから好きな金属装備を一つ持っていくがよい。宝物庫には——イルティナよ、そなたがつき添《そ》え」

「承知いたしました」

「うむ。しかし……なるほどな。確かにそのマンドラゴラという魔物は、ドリアード様に似ておられる」

マーノップは、飽《あ》きることなく天井を見上げ続けるレイラの姿を興味深げに見つめた。

本来、謁見の間に魔物が足を踏み入れることは許されない。たとえテイムされた魔物であろうとも――だ。レイラがこの場にいるのは、木精霊ドリアードの化身《けしん》と噂《うわさ》されるレイラの姿をぜひ見たいという、マーノップの希望に他ならない。

「異世界の魔物……か。見た目と大きさに反して、とんでもなく強いとも聞いた。カリヤよ、そなたの世界にはこのような魔物がうようよしておるのか？」

「え？　いえ、そんなことはありません。マンドラゴラは、僕の世界――地球でも伝説的な植物で、僕も実物を目にするまでは、てっきり空想上の存在だと思っておりました」

「ほう、そなたの世界はチキュウと言うのか？　そのチキュウとやらは、どのような世界なのだ？」

「えっと、イスミンスールに比べて随分と平和な世界だと思います。僕の母国である日本は、特に」

「ニホン？」

「えっと、日ノ本って言ったほうがいいのかな？　僕は、三代目勇者と故郷が同じなんです」

「ほう！　カリヤは三代目勇者と同じ日ノ本の出身か！　しかし、それにしてはカリヤの服装は、月の民のものに比べ随分と趣《おもむき》が異なるように思えるのだが……」

「時代が違いますので。今の日ノ本では、このような服のほうが一般《いっぱん》的です」

「ふむ。流行《はや》り廃《すた》りがあるのはどの世界でも一緒というわけか。合点《がてん》がいった。それでは次の質問なのだが――」

好奇心が強いのか、マーノップは子どものように目を輝かせながら、狩夜に対して矢継《やつ》ぎ早《ばや》に質問をしてくる。そんなマーノップに対して二人の王妃は「やれやれ」と苦笑いを向け、イルティナは「すまないが付き合ってやってくれ」と狩夜に目で訴えてくる。

狩夜は「これいつ終わるの!?」と胸中で叫びながら、言動が失礼にならないよう最大限の注意を払いつつ、マーノップの質問に答え続けるのであった。


狩夜が質問攻《ぜ》めにあっている謁見の間の上。そして、レイラの視線の先に、彼女はいた。

彼女の名は矢萩。美月家直属の隠密《おんみつ》集団、猪牙忍軍に所属する草の一人である。

矢萩は今、上司である紅葉の命に従い、叉鬼狩夜の情報収集をおこなっていた。

ウルザブルンの王宮内で諜報《ちょうほう》活動をおこない、国王の会話を盗《ぬす》み聞きしたと露見《ろけん》すれば、即外交問題なのだが――矢萩には見つからない自信があった。紅葉のパーティメンバーとしてソウルポイントを供給されている矢萩は、テンサウザンド半ばの基礎能力と、隠密行動に特化した数々のスキルを有している。矢萩が本気で気配を絶てば、城の兵士や使用人どころか、サウザンドの開拓者であっても矢萩を見つけることは不可能に近い。

要警戒対象であるフローグやギルが城内にいればさすがに諦めたが、フローグが水の民の王に会うためにウルズの泉に、ギルが家族との時間を優先して自宅に戻っていることは確認済みである。そして、あともう一人。現在風の民の王と話をしているテンサウザンドの開拓者がいるが、彼女は性格的に探し物が苦手だ。矢萩を見つけることはできないだろう。

矢萩は僅かな逡巡《しゅんじゅん》の後、王宮内での狩夜の情報収集を敢行《かんこう》した。

そして、矢萩は今、自身が掴んだ情報、その重要性に動揺を隠せずにいる。

「三代目勇者様と同じ、日ノ本の異世界人……」

体を小刻みに震わせながら、矢萩は月の精霊ルナに心からの感謝をささげた。そして、危険を承知で王宮に忍《しの》び込んだ自身の判断が正しかったことを確信する。

「これは運命だ」

月の民が窮《きゅう》地《ち》に立たされている今、日ノ本から異世界人がやってきた。これを運命と呼ばずなんと呼ぶ。

「この情報を、すぐに紅葉様に！」

木の民の王のおかげで、叉鬼狩夜の情報はすでに十分集まった。矢萩は任務の終了を決め、即座に王宮を後にする。

「これで月の精霊様を解放せずとも、月の民は救われる。紅葉様も、青葉様も救われる。よかった……本当によかった！」

心を揺らさないのが草の鉄則であるが、矢萩は両の目から溢れる涙を堪えることができなかった。止めどなく涙を流し続けながら、矢萩は今後のことを考える。

この情報を聞いた後、恐らく紅葉は矢萩に対し、急ぎ国元に戻り、この情報を将軍と帝のもとに届けるよう命令するはずだ。明日からはじまる精霊解放遠征に参加する紅葉は、単独では動けない。そして、ラタトクスでは盗聴《とうちょう》の危険がある。矢萩が国元に向かうしかない。

「牡丹をミーミル王国にいかせたのは失敗だった」

叉鬼狩夜の出自を探《さぐ》るため、同僚《どうりょう》である牡丹は既にミーミル王国に向かっている。これは完全な無駄足な上、戻ってくるのは当分先だろう。

牡丹がこの場にいれば、牡丹を国元であるフヴェルゲルミルに向かわせ、自身は叉鬼狩夜の観察と護衛ができたものを――と、こう考えたところで、矢萩は頭を振った。過ぎたことを悔《く》やんでも仕方ない。今は一刻も早く、この情報を紅葉の元に届けるのが先決だ。矢萩はそう割り切り、疾風《しっぷう》の如きその動きを、更に加速させる。

「や、やっと解放された……」

謁見という名の質問攻めがようやく終わり、レイラを抱きかかえながら謁見の間を後にした狩夜は心底疲れていた。そのすぐ隣を歩くイルティナは申し訳なさそうにしている。

「すまないな、カリヤ殿。長々と質問攻めに遭《あ》わせてしまって。父上も悪気はないのだ。気を悪くしないでほしい」

「はは、大丈夫ですよ。もう終わったことですから。まあ、王様はまだまだ話し足りないご様子でしたけど……」

狩夜が質問攻めから解放されたのは、マーノップが聞きたいことをすべて聞き終え満足したからではない。これ以上話をしている時間がなくなったからである。この後マーノップは、精霊解放遠征に参加する主だった開拓者と、後援者たちを招いた宴《うたげ》に出席しなければならないのだ。

「父上、母上だけでなく、姉と兄もその宴に出席するそうだ。皆、明日の演説が終わった後もなにかと忙《いそが》しいらしい。私の家族をカリヤ殿に紹介したかったのだが、今回は無理そうだな。次の機会はいつになるか……」

「イルティナ様は出なくてもいいんですか？」

「そもそも私は今日ここにいる予定ではない人間だからな。出席できないこともないが……命の恩人であるカリヤ殿をないがしろにするわけにもいくまい。家族の分まで私がカリヤ殿をもてなすとしよう。カリヤ殿もそのほうがよいであろう？」

「はい。イルティナ様が一緒にいてくれるなら、とても心強いです」

別れ際にマーノップから「今日は城に泊《と》まり、明日の演説を特等席で見ていくとよい」と言われている。なので狩夜の今後の予定は、宝物庫で金属装備を受け取った後、城の客間で夕食をとり、そのまま一泊《ぱく》。明日この城でおこなわれるという遠征軍司令、ランティスの演説を特等席で見学——という流れになりそうだ。イルティナが隣にいなければ、さぞ肩身の狭《せま》い思いをすることになるだろう。

「では、まずは宝物庫に案内しよう。こっちだ、ついてきてくれ」

狩夜は、抱いていたレイラを頭の上に乗せながら、イルティナの後に続いた。

謁見にかなりの時間を取られたらしく、陽《ひ》は随分と傾き、空は茜色《あかねいろ》に染まっていた。奇麗に磨《みが》き上げられた石造りの城内も、このときばかりは空と同じ茜色に満ちている。ときたま擦《す》れ違う使用人たちが、順次燭台《しょくだい》に火を灯《とも》していく光景が、なんとも新鮮《しんせん》であった。

そんな城内をしばらく歩くと、木の民の衛兵二人に守護された大きな扉《とびら》が見えてきた。狩夜がイルティナと共にその扉に近づくと、衛兵の一人が右手を胸に当てながら、はきはきとした口調で話しかけてくる。

「お待ちしておりました姫様！」

「うむ。この者と共に宝物庫に入る。話は聞いているな？」

「はい！　今すぐ宝物庫の鍵《かぎ》を開けますので、少々お待ちください！」

衛兵はそう言うと、腰にぶら下げていた鍵を手に取り、鍵穴へと差し入れた。そして、慣れた手つきで宝物庫の扉を開け放つ。

「お待たせいたしました！　どうぞお入りください！」

「うむ。ではカリヤ殿、いこうか」

「はい」

イルティナは背筋を伸ばしながら、狩夜は衛兵二人に軽く会釈しながら宝物庫のなかへと足を踏み入れた。すると、色とりどりの金銀財宝が狩夜たちを出迎え——

「あれ？」

なかった。

二十畳《じょう》ほどの広さの部屋には、所狭しと並ぶ宝箱も、山のように積み上げられた金貨銀貨もない。見事なカッティングの施《ほどこ》された宝石も、意匠《いしょう》を凝《こ》らした宝剣もない。いや、まったくないというわけではないのだが、どうしても空の棚《たな》と、なにもない空間のほうが目立ってしまう。正直、駅前やショッピングモールのなかにあるジュエリーショップのほうが、はるかに煌《きら》びやかであると断言できる様相だ。宝物庫のなかにいるという実感がまったく湧《わ》かない。

狩夜が「あれ～？」と周囲を見回しながら疑問の声を漏らしていると、イルティナがクックッと笑った。

「ふふ。それは、山のように積まれた金銀財宝が出迎えてくれると期待していた顔だな？」

「えっと……はい。少し」

「期待に沿えず申し訳ないが、どこの国の宝物庫もこんなものだよ。なにせ私たちは、ある日突然故郷を追われ、魔物に追い立てられるようにユグドラシル大陸に押し込められたのだからな」

「あ……」

狩夜は胸中で「そう言えばそうだった」と呟く。

イスミンスールの人類は、〈厄災〉によってレベルとスキルを突然奪われ、屈強な魔物から国を守ることができず、ユグドラシル大陸に命からがら逃げ込んだのだ。宝物を国から持ち出す余裕など、ほとんどなかったに違いない。

逆に言えば、魔物に攻め滅ぼされた国の跡地《あとち》には、持ち出すことが叶わなかった財宝が、手つかずで残されている可能性があるということだ。その残された財宝もまた、開拓者がユグドラシル大陸の外を目指す理由の一つなのだろう。

「それでも平時ならばもう少しましなのだが……多くの金属装備が貸し出されているな。やはり此度の精霊解放遠征、父上は本気か」

イルティナが顔を曇らせる。

「すまないカリヤ殿。どうやらめぼしい装備は軒並《のきな》み持ち出されているらしい。カリヤ殿に満足してもらえる装備があるかどうか……やはり《魔法の道具袋》にしてもらうか？　あれも売れば一財産だぞ？」

「いえいえ。事情はわかってますからお気になさらず。それに、お金ならもうたくさん受け取りましたよ。やはりここは、なにかしらの新装備が欲しいところですね」

狩夜はそう言うと、宝物庫の棚という棚に目を向け、自身が求める装備を探す。

やはり、手ごろというか、使い勝手がよさそうなものは残っていない。残っている装備は皆、取り回しが悪そうだったり、装飾過多で実戦向きでなかったりと、訳ありのものばっかりだ。

だが狩夜は「残り物には福がある」とばかりに根気よく棚を見て回る。そして、ようやくお眼鏡に適《かな》う装備を見つけた。

「うん、これだ。イルティナ様、これを貰っていいでしょうか？」

狩夜が手に取ったのは、青銅製の胸当てである。試《ため》しに心臓を守る部分を手の甲《こう》で叩いてみると、金属特有のコンコンという音と、硬く頼もしい触感《しょっかん》を返してくれた。

とても丁寧《ていねい》な造りで、傷も少ない。門外漢の狩夜でも、一目見てちゃんとした鎧であることがわかる、立派な防具であった。

そんな立派な防具が、精霊解放遠征という有事の際に宝物庫に残っている理由。恐らくそれは――

「それか？　もちろん構わないが……本当にいいのか？　それは子ども用だぞ。確かに今はぴったりだろうが、カリヤ殿はこれからどんどん大きくなるのだから、先のことを考えれば別のものが良いのではないか？」

そう、その胸当ては見るからに子ども用だったのだ。装備したくてもできない者が、さぞ多かったことだろう。だが、童顔低身長の狩夜にならフィットする。

「い、いえ、開拓者は明日の命も知れない仕事ですから。今を全力で生きたいと思います。はい」

狩夜はそう言うと、胸中で「僕は成長を諦めたわけじゃない。僕は成長を諦めたわけじゃない」

と繰り返しながら、青銅の胸当てを身に着けた。

自身の胸の上で光る鎧の重さに、狩夜は安心感と男の浪漫を強く感じた。

「あの、似合いますか？」

「ああ、とてもよく似合っているぞ」

こうして、狩夜は頼もしい新装備を手に入れたのだった。


宝物庫を出た後、狩夜は客間へと先導するイルティナの後ろを歩きながら、新装備の具合を確かめていた。

「ん、胸当てとはいえ、やっぱり鎧を着ると少し動きづらいね。重心がずれるというか、圧迫《あっぱく》感があるというか……」

青銅製の胸当て。重量は三、四キロほどと、常人ならば結構な重さであるが、そこはソウルポイントで身体能力が強化された開拓者。重さ自体はまったく苦にならない。

だが、こと重心となると話は変わる。小柄な狩夜の体重は四十二キロ。体重の十分の一近い重りが上半身にいきなり出現したのだから、動きに不具合が出て当然であった。

激増した身体能力と、はじめて身に着けた胸当て。その双方に慣れるためには、二、三日の慣らし運転が必要だろうな——と、狩夜は考えていた。

「懐《ふところ》に余裕もできたし、観光と休息を兼《か》ねて、数日はウルザブルンでゆっくりしようかと考えてるんだけど、レイラはどうおも――」

ドドドドドド‼

「へ？」

それは、丁度Ｔ字路の半ばに差し掛かったときのことだった。直進しようとしていた狩夜たちのすぐ横。つい先ほどまで壁《かべ》の陰となっていた通路の先から、凄まじい地響きが聞こえてきたのである。

徐々に近づいてくるその地響きに反応し、狩夜は音が聞こえてくる方向に顔を向ける。すると、上の階へと続く石造りの階段が目に映った。その直後、地響きの発生源と思しき人影が階段を駆け下りてきて――

「いっけな～い！　遅刻《ちこく》遅刻～！」

と、どこぞで聞いたことのある、なんともベタな台詞《せりふ》を叫びながら、狩夜に向かって直進してきた。

「ちょ⁉　そこの人危ない！　どいてどいて！」

「うあ⁉　この人速⁉」

相手の足が予想以上に速い。その速さは、今日出会ったテンサウザンドの開拓者たちに勝るとも劣《おと》らない。

――このままじゃ正面衝突する。というか、この速度で突っ込まれたら最悪死ぬ⁉

「カリヤ殿、あぶな――」

狩夜の少し前を歩いていたイルティナが、そう叫んだ瞬間――

「……」

レイラが動いた。

二枚の葉っぱの片方を巨大化させたレイラは、狩夜と人影との間に高速で滑《すべ》り込ませる。直後、人影はレイラの葉っぱに顔面から突っ込み「ふみゅう⁉」と、可愛らしい悲鳴を上げながら後方に撥《は》ね返され、廊《ろう》下《か》を転がった。

「……」

頭上から狩夜の顔を覗き込んだレイラが「怪我はない？」と視線を向けてくる。狩夜は「ありがとう、助かったよ」と右手でレイラの頭を撫《な》でた。次いで、燭台の明かりで鮮明《せんめい》になった人影を見つめる。

それは、膝まで届く空色がかった白髪《はくはつ》をツインテールにした、風の民の少女であった。髪の毛と同じ色をした羽毛を持つ、半人半鳥のハーピーなのだが、街のなかで何度も見かけたハーピーとは、決定的に違うところがある。

翼と脚《あし》だ。

両腕と一体になっている彼女の翼は、美しくはあるが非常に小さい。これじゃどうやっても飛べないだろう。今が〈厄災〉以前、つまり種族として弱体化する前であったとしても、彼女は空を飛ぶことはできなかったに違いない。

そして脚。こちらは小さい翼に反比例するかのように見事に発達していた。太ももの半ばあたりから肌の質が変わり、そこから先が鳥脚となっているのは他のハーピーと同じなのだが、彼女のそれは他のハーピーに比べて一回り太く、その鳥脚の末端には猛禽類《もうきんるい》のようなかぎ爪《づめ》ではなく、地面を蹴ることに特化した太い三本の指と爪があった。

　一目でわかる。彼女は飛行能力を手放す代わりに、脚力《きゃくりょく》を特化させた走鳥類系の風の民なのだ。

そして、これもまた一目でわかる。あの脚は凶器《きょうき》だ。彼女の両脚には、レーシングカーのような力強さと、日本刀のような鋭さが同居している。あの両脚こそが、彼女の最強の武器に違いない。

　で、なぜ狩夜がこのように、彼女の両脚を事細かに描写できるのかというと――

「丸見えだな……」

「ですね」

　レイラの葉っぱに撥ね返された風の民の少女は、散々廊下を転げ回った挙句、でんぐり返しを途《と》中《ちゅう》で止めたかのような格好《かっこう》。すなわち、頭が下で腰が上という、情けなくも扇情《せんじょう》的なポーズで動きを止めていた。加えて、彼女が身に着けている服は、アイドルのステージ衣装を彷彿《ほうふつ》させる青を基調としたミニスカワンピースである。そんな服でそんなポージングをしたら、当然見える。最強の武器である両脚だけでなく、彼女の貞操《ていそう》を守る純白の下着までもが、はっきりと。

　なんて言うか――ありがとうございます。

「ちょっとあんた！　どこに目をつけてるのよ！　危ないじゃない！」

　風の民の少女は、ポージングをそのままに両目を吊り上げ、これまたベタな台詞で狩夜を非難してきた。

「ぶつかってきたのはそっちだろ？」

　悪乗りした狩夜が面白半分に言うと、風の民の少女は顔を真っ赤にして、益々その両目を吊り上げた。そして、期待通りの言葉を返してくる。

「ちょ⁉　ボクが悪いって言うの！　信じらんない！　どう見たって悪いのは――」

「ああ、どう見ても悪いのはお前のほうだ、レア。城のなかは走るなと、いつもいつも言っているだろう」

「げ⁉　イルティナ様！」

風の民の少女――レアは、イルティナに気づくなり飛び起き、服と体についた汚れを慌てて落としはじめた。残念だが、テンプレなやり取りはここまでらしい。あの一連のやり取りは、冷静な第三者がいると成立しないようだ。

「あ、あはは……お久しぶりですイルティナ様……ご機嫌麗《きげんうるわ》しゅう……」

「ああ、久しぶりだな、レア。上の階から下りてきたということは、風の民の王と会っていたのか？」

「はい。明日からボクも遠征ですからね。その前に王様に御挨拶《ごあいさつ》をと。イルティナ様はいつこちらに？」

「ついさっきだ。だが……そうか。やはりお前も精霊解放遠征に参加するのだな？」

「当然です！　開拓者のなかで一番――いえ、世界一可愛いこのボクが参加しないと、遠征軍の士気がだだ下がりですからね！　しばらくはウルザブルンのアイドルではなく、遠征軍のアイドルとして活動しますよ！　ユグドラシル大陸をぐるり一回りしてファンを増やしてから、ミズガルズ大陸に突撃です！」

世界一可愛い。自分自身を躊躇なくそう評するレアに、狩夜は「うわぁ……この人キャラ強いなぁ……まあ、確かに可愛いけど」と思いながらも、口では先ほどの勢いそのままにこう言ってしまう。

「それって地方巡業《じゅんぎょう》なんじゃないの？」

「そんなことないし！　っていうか、さっきからなによあんた失礼ね！　イルティナ様、誰ですかこのガキンチョ！　なんで光の民がこの城のなかにいるんですか!?」

レアのガキンチョ発言に、狩夜のこめかみに青筋が走る。レアは十四、五歳に見えるので、狩夜とは同年代だ。ガキンチョ呼ばわりはさすがにむっとくる。

イスミンスールに来て、ここまで人間相手に腹が立ったのははじめてだ。どうやらこのレアという少女とは、そうとう相性が悪いらしい。

「ああ紹介しよう。カリヤ・マタギ殿だ。我がティールの村を蝕《むしば》んでいた主を討伐し、先ほど父上と謁見。報酬として金属装備を受け取った、将来の有望株だ。カリヤ殿、こちらはレアリエル・ダーウィン。風の民のトップ開拓者で、テンサウザンドの開拓者であり、歌手でもある。二つ名は『歌姫』」

「そうですか。カリヤ・マタギです。よろしく」

狩夜が引きつった笑顔で言うと、レアリエルは「ふん！」と鼻を鳴らしながら顔を背《そむ》けてしまった。

「よろしくなんてしてあげない！　ボク、君のこと嫌いだし！　って、こんなことしている場合じゃなかった！　これじゃ宴に遅《おく》れちゃう！　イルティナ様、ファンの皆がボクを待っているので、これで失礼します！」

さすがに怒られた直後に走るのはまずいと思ったのか、レアリエルは早足で狩夜たちから離れていく。が、五メートルほど離れた場所にある燭台の下で急に足を止めると、首だけで後ろを振り返った。

「イルティナ様……なにやらイルティナ様は、その男に期待しているみたいですけど……無駄ですよ。その男は全然キラキラしてません。この大開拓時代において、どう見ても脇役《わきやく》――いいえ、それにも劣る端役《はやく》です。開拓者として大成することはないでしょう」

「――っ！」

見透《みす》かされた。

「それだけです。では、今度こそ失礼します」

こうして、言葉通り今度こそレアリエルは去っていった。狩夜の心のなかに、すぐに忘れるのは無理そうな置き土産《みやげ》を残して。


客間のベッドに身を沈めながら、狩夜はただただ天井を見つめていた。

城を訪れた貴賓《きひん》の宿泊《しゆくはく》、及《およ》び長期滞在《たいざい》を想定してか、あてがわれた客間は狩夜なんぞが使うにはもったいないほどの豪奢な造りであった。椅子しかり、今寝《ね》そべっているベッドしかり。そのどれもが、職人たちが技術の粋《すい》を結集して作り上げた最高級品に違いない。

ただ、それら豪奢な調度品の数々は、現在狩夜の目には映っていない。どれほど目を引く芸術的な飾《かざ》りつけも、夜の帳《とばり》に覆われてしまえば等しく無価値だ。

すでに日は沈み、世界は闇に覆われている。星と月は出ているが、客間のカーテンはすべて閉め切られており、燭台に明かりもない。ゆえに、客間は完全に黒一色の世界だ。ともすれば目を開けていることすら忘れそうである。

「長い一日だったな……」

ザッツにライバル宣言され、イルティィナと共にティールの村を後にし、レイラの舟《ふね》でウルズ川を下った。

半日かけてウルザブルンに到着した後は、怒涛《どとう》の出会いラッシュである。綺羅星《きらぼし》の如く輝く英雄豪傑たちと言葉を交わし、木の民の王と謁見。そして、多額の報酬と金属装備を手に入れた。

会う人、話す人、皆が皆凄かった。夢と目標を掲《かか》げ、それに向かって邁進《まいしん》し、誇り高く生きている人ばかりだった。

眩《まぶ》しかった。かっこよかった。あんな風になりたい。そう思った。

そう思った、だけだった。

叉鬼狩夜は、そういう人間なんだと再確認する一日だった。

脇役にも劣る端役。開拓者として大成することはない。風の英傑に、いけ好かない女にそう言われた。侮蔑《ぶべつ》の視線を向けられ、そう断言された。

正直腹が立った。同年代の女の子に、図星を突かれて頭にきた。

だけど反論はできない。歩み去る背中を呼び止めて、売り言葉に買い言葉の口喧嘩《くちげんか》すらできなかった。いや、そもそも狩夜とレアリエルでは、口喧嘩にすらならないだろう。

喧嘩は、対等な立場でなければ成立しないからだ。

狩夜とレアリエルは対等じゃない。レアリエルが上で、狩夜は下だ。今見ているものも、今まで見てきたものもまるで違う。生きている場所が違いすぎる。

あんなお約束な出会いかたをしたが、彼女との縁《えん》はこれっきりだろう。狩夜としても精神衛生上そのほうがいい。

「はぁ……もう寝よう」

狩夜は不貞腐《ふてくさ》れ頭まで布団《ふとん》をかぶり、目を閉じる。すると、すぐさま眠気《ねむけ》はやってきた。どうやら、自覚していた以上に疲れていたらしい。

――うん、寝よう。嫌なことは眠って忘れてしまおう。眠って起きたら元通りだ。

ここはウルズの泉に建設された人工島の上、ウルザブルンの中心にそびえるブレイザブリク城の客間である。イスミンスールにおいて、ここほど安全な場所は他にない。安心して、このまま――

コンコン。

「……ん？」

狩夜が眠りに落ち、夢の世界に――いや、レイラと共に白い部屋へと赴《おもむ》く直前、客間にノックの音が響いた。

コンコン。

再度、ノックの音がした。が、妙だった。

こんな時間に人が訪ねてきたからではない。ノックが聞こえてきた方向がおかしかったからだ。

聞き間違いでなければ、ノックの音は部屋のドアからではなく、ベッドのすぐ近くの窓から聞こえてくる。しかも、ここは二階だ。まずありえない事態である。だが、ここは異世界。なにが起きても不思議じゃない。

狩夜は手探りで剣鉈《けんなた》を探しながら、小声で相方を呼ぶ。

「レイラ」

直後、慣れ親しんだ重さを頭上に感じた。レイラは、光一つない暗闇のなかでも、即座に狩夜を探し出してくれる。

頭上にレイラを乗せ、手には剣鉈を持った。狩夜は意を決してベッドから抜け出し、ノックが聞こえた窓へと向かう。

閉じていたカーテンを左右に開く。月と星の光に照らされた外の景色が見えたが、来訪者の姿はない。

今度は貴重なガラス張りの窓を開き、身を乗り出して左右を確認する。やはり来訪者の姿はない。

気のせいだったのかな？　と、狩夜が首を傾げた、次の瞬間――

「どこを見ている。こっちだ」

狩夜は慌てて視線を上へと向ける。すると、そこには――

「よう、いい夜だな。坊主《ぼうず》」

垂直の壁にさも当然のように張りつく、カエル男の姿があった。

「ふ、フローグ・ガルディアスさん⁉」

「突然で悪いがなかに入れてくれ。しばらく匿《かくま》ってほしい」

この思いがけない要望に、狩夜は数秒間熟考した後、窓を開けたまま窓際を離れた。

「あの……使用人の方を呼んでお茶でも用意してもらいますか？」

月明かりに照らされたテーブルの上に置かれた、ハンドベル型の呼び鈴《りん》。それを指さしながら、狩夜が恐る恐る言う。すると、窓から客間に入ってきたフローグは、壁に寄りかかりながら首を左右に振った。

「気遣いは無用だ。むしろ、誰も呼ばないでくれるとありがたい。実は宴を無断で抜け出してきた身でな。見つかると面倒だ」

フローグは右手で頬をかき、ばつが悪そうに顔を横に向ける。そんな人間味あふれる彼の仕草に親しみを感じ、狩夜は警戒の度合いを一段階下げた。

「いいんですか？　遠征軍の中核、主賓の一人がそんなことして……」

「よくはない……が、ああいう席は苦手でな。交流の少ない開拓者からは敬遠されるし、カロンからは露骨に避けられる。まあ、それはいい。こんな顔だ、慣れている。我慢もしよう。だが……姫殿下《でんか》だけはどうにもならん。対応に苦慮した挙句、こうして逃亡《とうぼう》を余儀《よぎ》なくされた。我ながら情けない」

「姫？　宴に参加しているっていう、イルティナ様のお姉さんですか？」

「いや、フェステニア様ではない。ミーズ姫殿下……我ら水の民の姫だ」

フェステニアとミーズ。それがイルティナの姉と、水の民の姫の名前らしい。

「なるほど。つまりフローグさんは、そのミーズ様に蛇蝎《だかつ》の如く嫌われていて、罵倒《ばとう》と嫌がらせに我慢ならず逃げ出した……と。そういうことですか？」

「はっは！　そうだったら随分と気が楽なんだがな。逆だ、逆。なんと言うか……その……大変恐れ多いことなのだが……ミーズ様はどうやら俺に特別な感情を抱いているらしくてな。なにかと理

由をつけては俺に声をかけてくるのだ」

「あ、それは失礼。とんだ早とちりを」

惚気話《のろけ》のようにも聞こえたが、フローグの表情は険しい。どうやら本当にミーズの扱いに困っているようだ。

「好意は素直に嬉しい。嬉しいのだが……ああも人目をはばからず『フローグ様、フローグ様』と連呼されると正直困る。身分が違いすぎるし、他国の開拓者の目もある。我が王にも申し訳が立たん。なにより、俺ではどうあがいたところであの方を幸せにはできん。かといって邪険にもできんのだ。逃げるしかないではないか……」

フローグは溜息を吐き、両肩を深く落とした。

「俺は悪意には慣れているが、好意には不慣れでな。元来俺は日陰者。あの方は、俺には眩しすぎる」

「ガルディアスさん……」

「俺のことはフローグでいいぞ。とまあそんな理由で、俺は今ここにいる。さっきも言ったが、しばらく匿ってほしい。もっとも、迷惑だと言うのならすぐにでも出ていくが？」

「いえ、僕は別にかまいませんけど……」

狩夜は視線を上に向け「レイラもいいよね？」と聞く。するとレイラは「狩夜がいいならいいよ～」とコクコクと頷いた。それを見たフローグは、鳴き袋を膨らませて笑う。

「そうか、助かる。坊主とは話がしたいと思っていたしな」

「僕と……ですか？」

街中では興味なさげだったが？

「ああ。宴の席で坊主のことを色々と聞いてな。ティールの村を救い、イルティナ様を助け、開拓者になって一週間足らずで主を倒し、金属装備を下賜されたとか。ウルズ王国国内の事件となれば、俺も無関係というわけではない。気になって詳細を確かめようと、マーノップ王に坊主のことや、ティールでの事件をたずねたのだが……どうにも歯切れが悪くてな。他の重鎮たちも同様で、なにやらはぐらかされている気がしてならない。坊主、ティールでなにがあったのか、詳しく教えてくれないか？」

「え？　あ、はい。いいですけど……」

狩夜はティールの村での出来事をフローグに話しはじめた。もちろん、狩夜が異世界人であることは秘密にし、ジルのことは名誉の戦死という扱いにして。

はじめのうちは狩夜の話に相槌《あいづち》を打ちつつ、狩夜とレイラの活躍を楽しげに聞いていたフローグであったが、ヴェノムマイト・スレイブ発見のあたりから徐々に表情が強張り、ヴェノムティック・クイーンがティールを強襲した辺りからは完全に無言。真剣な表情で狩夜の話に聞き入っていた。

「――こうして、ティールの村民全員の力を結集し、僕たちはヴェノムティック・クイーンを撃退したわけです」

「……そうか、そういうことか」

フローグは真剣な顔のまま俯《うつむ》いてしまった。その尋常ならざる様子に、狩夜はただただ困惑する。

「あの、僕の話になにか気になることでも……」

狩夜がこう口にすると、フローグは迷いを振り払うように頭を振った。

「ああ。どうしてマーノップ王が、俺にその話をしたがらなかったのか、理由がわかったよ」

「え？　それはどういう――」

「坊主が倒した主……ヴェノムティック・クイーンだったな。ユグドラシル大陸では未発見のダニ型の魔物。そいつをユグドラシル大陸に持ち込んだのは、俺の可能性が高い」

「――っ⁉」

フローグの自己嫌悪《じこけんお》混じりの独白に、狩夜は息を呑み、目を見開いた。

「俺が開拓者として主に活動している場所は、アルフヘイム大陸の北端。現状、〔水上歩行〕スキルを有する俺しか立ち入ることができない、完全未開拓区域だ。俺が他の開拓者に先んじてハンドレッドサウザンドになれたのは、ここで得ることができるソウルポイントを独占《どくせん》しているからに他ならない」

「アルフヘイム大陸……」

「ああ。ユグドラシル大陸の真南に存在する大陸で、木の民の故郷でもある。大陸全土が密林に覆われた、植物の楽園だ。そこに生息する魔物は、植物系と昆虫《こんちゅう》系が大多数を占める。そのなかに、似たようなダニ型の魔物がいるよ。恐らく、卵だか幼体だかが、俺の服についていたのだろう」

フローグは右手で客間の壁を叩いた。

「くそ！　なんという失態だ！　俺は知らず知らずのうちに、とんでもない災いをユグドラシル大陸に持ち込んでいたんだ！　すぐにイルティナ様に許しを請《こ》い、ガルーノの遺族に補償《ほしょう》を――いや無理だ！　いま遠征軍を離れるわけにはいかん。なにより――」

「ちょ、ちょっとフローグさん。落ち着いてください」

「これが落ち着いていられるか！　もし坊主たちがティールを訪れていなければ、いったい何人の無辜《むこ》の民が俺のせいで――いや、そうだな……お前が正しい。一度落ち着こう」

フローグは大きく深呼吸をする。そして、右手を口元に運び、思考に没頭《ぼっとう》した。

一分ほどの時間がたった後、考えが纏まったのか、フローグは狩夜に向き直る。

「坊主……いや、カリヤ。頼みがある。先ほどの話、此度の遠征が終わるまでは口外しないでもらいたい」

「え？」

「ガルーノの遺族への補償は必ずする。イルティナ様にも、マーノップ王にも、ティールの村民にも、何度だって頭を下げる。必要ならばこの命で償《つぐな》おう。だが、それは今ではない。この不祥事《ふしょうじ》は、今知られるわけにはいかないんだ。だからマーノップ王も、愛娘《まなむすめ》であるイルティナ様が命の危険にさらされたにもかかわらず、俺を責めようとはしないんだ」

「それはつまり――どういうことです？」

「俺には敵が多い」

狩夜にもようやく合点がいった。そう、この不祥事は、フローグのことを好ましく思っていない連中にとって、かっこうの口撃材料になるのである。

「遠征軍のなかには、俺の出自を不審《ふしん》に思い、魔物のスパイと疑う者もいれば、呪われた人間だと白い目で見る者もいる。この不祥事が明るみに出れば、必ず遠征軍に不和を招く。だから頼む。お前に願う。遠征が終わるまでは口外しないでくれ！」

フローグは、ただでさえ大きい目を限界まで見開き、狩夜の顔を真《ま》っ直《す》ぐに見つめながら、懇願した。その目には、自らの保身の色も、罪から目を背ける逃避《とうひ》の色もない。そこにあるのは、使命に殉《じゅん》じたいという剣士の矜持《きょうじ》だった。

さっきの言葉に嘘はない。狩夜はそう確信する。

「……わかりました。僕の口からは決して口外しないと誓《ちか》います」

ザッツやガエタノのことを思うと、えも言えぬ感情が心のなかに渦巻《うずま》く。だが、狩夜はフローグを非難することはできなかった。

そもそも、フローグがヴェノムティック・クイーンの卵だか幼体だかをユグドラシル大陸に持ち込んだという確固たる証拠はない。その確率が高いというだけだ。卵は風の悪戯《いたずら》で運ばれたものかもしれないし、鳥が海を越《こ》えて持ち込んだものかもしれない。

フローグの出自と同じだ。真実はわからない。なら、彼を責めるのは間違っていると狩夜は思った。

狩夜はこの件に関して口を噤《つぐ》む。フローグをどうするかは、精霊解放遠征が終わった後、フローグの話を聞いたイルティナやガエタノ、ザッツが決めればいい。

「……借りができたな」

「借りだなんて！　僕はただ――」

「いいや、借りだ。しかも、どでかい借りだ。いつの日か、必ず返す」

狩夜の言葉を遮って、フローグはそう言った。

この借りが、後日どのような形で返されるかは、まだ誰にもわからない。

「さて、どうなる？」

目の前に存在するタッチパネル。狩夜はそこに表示された最終確認を見つめながら、ゴクリと喉を鳴らした。

『ソウルポイントを100ポイント使用し、叉鬼狩夜の精神を向上させます。よろしいですか？　YES　NO』

フローグが客間を去った後、狩夜は今度こそ眠りにつき、レイラと共に白い部屋を訪れていた。

ウルザブルンへの道中、レイラが自主的に仕留めたあの大蛇《だいじゃ》は、やはり主クラスの魔物であったらしい。狩夜の見立て通り、千を超えるソウルポイントが提供された。

なんの労力も払わずに手に入れた、棚ぼたソウルポイント。レイラとのWin‐Winな関係はまだまだ遠い――と、多少思うところもあるが、狩夜は遠慮なく使わせてもらうことにした。そして、いよいよ百度目の基礎能力向上である。叉鬼狩夜という一個人が、開拓者として一人前扱いされる、サウザンドの領域に足を踏み入れる瞬間だ。

大きな期待と少しの不安と共に、狩夜は『YES』をタッチする。

次の瞬間『叉鬼狩夜の精神が向上しました』というお馴染《なじ》みの声が白い部屋に響き渡り――

「おお!?」

部屋の中央で直立している、ローポリで半透明《とうめい》な狩夜の姿形《すがたかたち》が変化した。

すべての基礎能力項目を一度ずつ強化したときと同じである。ポリゴン数が一気に増加し、造形が複雑になったのだ。

八角だった腕と脚は十二角に。体の輪郭《りんかく》も滑《なめ》らかになり、凹凸《おうとつ》も表現されている。なにより顔だ。鼻も、口も、耳も、ちゃんとポリゴンで作りこまれている。先ほどまでのヒラメ顔とはえらい違いだ。

これは叉鬼狩夜である。誰の目にも明らかな、叉鬼狩夜の現《うつ》し身《み》がそこにある。これをローポリと断ずることは、もはや誰にもできないだろう。

「また一つ、人間の壁を破ったってことなのかな?」

狩夜は自身の体を見下ろす。だが、例によってさしたる変化は見受けられなかった。そのせいか、開拓者として一つの区切りを迎えたにもかかわらず、期待していた達成感や充足《じゅうそく》感は、今のところあまり感じられない。

「まあ、目を覚ました後、体を動かしてみればわかるか。はじめて壁を破ったときもそうだったし」

気を取り直し、狩夜はタッチパネルと向き直った。そして、残ったソウルポイントで基礎能力を強化していく。

ほどなくして自身の強化を終えた狩夜は、慣れた手つきで閉じるボタンをタッチした。そして、タッチパネルが自身の現し身のなかに消えていくのを見届けながら、頭上のレイラに言う。

「レイラ、目を覚ましたら第三次精霊解放遠征の出立《しゅったつ》式——ランティスさんの演説を見にいくからね。騒《さわ》ぎを起こしたら大問題だから、大人しくしててよ?」

ランティスの名前を口にした瞬間、別れ際に彼が発したサウザンドの開拓者になり、気が変わったら声をかけてくれという言葉が思い起こされた。だが、狩夜はすぐさま「僕には関係ない。僕には関係ない」と、ランティスの言葉を封殺する。

そんな狩夜の頭上で「うん、大人しくしてる～」とレイラがコクコクと頷いた。


「うわぁ……凄い人」

客間の外、半円状のバルコニーで手すりから身を乗り出しながら、狩夜は気圧《けお》されたように言う。

狩夜の眼下には、ブレイザブリク城の中庭が広がっていた。そして、今やその中庭は、ウルザブルンの民によってほぼ埋め尽くされている。

全人類の期待を背負ってミズガルズ大陸へと向かう開拓者たち。その雄姿《ゆうし》を一目見ようと、ウルザブルンの民たちが我先にと城に押し寄せた結果であった。

ウルザブルンすべての民が集まっているのではないかと思えるその群衆は、当然城の中庭に収まりきるものではない。群衆は城門を越え、その先の大通りまで埋め尽くしているほどだ。

もしあのなかに自分がいたら——そう考えるだけで息がつまり、嫌な汗《あせ》が流れてくる。

「ここは確かに特等席ですね……」

「ふふ、そうだろう？」

朝食を一緒したイルティナが微笑を浮かべる。客間のバルコニーには狩夜とイルティナ、そしてレイラしかいない。正直、眼下の群衆が気の毒になるほどの快適さである。

この場所を提供してくれたマーノップ王と、狩夜が肩身の狭い思いをしないよう隣に立っていてくれるイルティナに心から感謝して、狩夜は出立式の開始を待った。

そして——

「これより、第三次精霊解放遠征、出立式を開始いたします‼」

という着飾った兵士の号令と共に、大きな太鼓が鳴らされ、吹《ふ》き抜けになっている大広間、その二階部分へと繋がる扉が開かれた。そして、司令官であるランティスを先頭にして、遠征軍の中核をなす幹部たち八人が、バルコニーに姿を現す。

同じ二階のバルコニーではあるが、狩夜がいる客間のそれと、大広間のそれとでは規模が違う。中庭と同じ横幅《はば》のあるバルコニーを、八人の英傑は胸を張り、群衆たちの視線を当然のように受け止めながら、誇らしげな顔で歩いていた。

あらかじめ立つ場所が決まっていたのだろう。八人は迷うことなくその歩みを進める。そして右《みぎ》端《はし》、狩夜と最も近い場所に立ったのは——アルカナであった。

アルカナの服装は、昨日見たきわどすぎる水着ではなく、肩と胸元が大きく露出し、スカートに深いスリットの入った黒のナイトドレスであった。あの水着と比べれば、遥《はる》かにまともな格好ではあったが——目に毒なことに変わりはない。

ふと、目が合う。イルティナの隣に立つ狩夜に一瞬驚いた顔をしたアルカナであったが、直後に妖艶さと品格を同居させた笑みを狩夜に向けた。艶《なま》めかしい舌の感触が耳に蘇《よみがえ》り、思わず胸が高鳴ってしまう。

——そう言えば、本命宣言されたんだっけ？　あれって本気なのかな？

5月の新刊
毎月5日発売
DRAGON NOVELS
ドラゴンノベルス
B6判
幻の秘薬を錬成して、
王都を救え!!
元貧乏エルフの
錬金術調薬店2
著：滝川海老郎　イラスト：にもし
王都で開いた錬金術調薬店が軌道に乗ってきたミレーユ。新たに魔道具製作の弟子をとり、女の子四人でお店を切り盛りしていくことに。冬対策の新製品開発をしたり、素材採集も兼ねて登山や温泉旅行に出かけたりと楽しい日々を送る。そんな中、王都で既存のポーションが効かない伝染病が流行りだしてしまう。王都の人々を救うため、ミレーユは世界樹の葉を使った幻の秘薬づくりに挑む！
KADOKAWA
発行：株式会社KADOKAWA　企画・編集：ゲーム・企画書籍編集
〒102-8177　東京都千代田区富士見2-13-3　https://dragon-novels

マンドラゴラの少女レイラの
正体が明らかに！
衝撃のシリーズ第2弾!!
引っこ抜いたら異世界で2
著：平平祐　イラスト：日色
世界は今、正気を失い世界樹を喰らい続けた聖獣により滅亡の危機に瀕していた。魔物討伐の報酬を受け取るために立ち寄ったウルズ王国でその事実を聞かされた狩夜は、同時に、レイラの正体と自らの異世界転移の真実を知ることに。そして世界樹の女神からレイラとともに聖獣を倒して欲しいと懇願された狩夜は、衝撃の一言を告げられるのだった――「聖獣を倒せば、元の世界に戻れるのです」。自らの役割に目覚めた狩夜の選択した道とは!?

ドラゴンノベルス
コミカライズ情報
コミカライズも大人気！
コミックス最新第8巻が発売！
植物魔法チートで
のんびり領主生活始めます 8
前世の知識を駆使して農業したら、逆転人生始まった件
作画：さんねこ　原作：りょうとかえ　キャラクター原案：いわさきたかし
ドラゴンコミックスエイジより5月9日発売！

「ん？　アルカナ・ジャガーノートとはそれほど親しくないのだがな？」

狩夜の隣でイルティナが首を傾げる。どうやらあの笑みを、自分に向けられたものだと勘違いしたらしい。

アルカナの笑みに狩夜がドギマギしている間に、八人全員が所定の位置につく。七人が等間隔《とうかんかく》にバルコニーに立ち、ランティスが一人前、中庭へと続く階段のある半円状に突き出た場所に立つ。

ランティスは、タンクトップとズボンだけというラフな格好から打って変わり、陽光を反射して煌びやかに輝く白銀の鎧と、チェインメイルを身に着けている。背中には幅広な両手剣。どれも間違いなく一級品。現状のユグドラシル大陸において、最高位の装備であることは間違いない。

そんな、開拓者であれば――いや、男であれば誰もが憧《あこが》れる戦化粧《いくさげしょう》をほどこした『極光』の剣士は、眼下の民たちを見据えながら、高らかに声を張り上げた。

「ウルザブルンの民たちよ！　同じ無念を共有する同胞《どうほう》たちよ！　時はきた！　我ら人類が、心の拠り所である精霊を、かつて失った大地を取り戻す時がついにきたのだ！」

ランティスの声がウルザブルン全域に響き渡る。その声は、大通りにひしめく民、そして、足がないためこの場にくることができない水の民の一人一人にいたるまで、あますことなく届いたに違いない。

「精霊解放遠征と聞き、不安を抱く者もいるだろう！　伝え聞く〈返礼〉を恐れる者もいるだろう！　だが安心してほしい！　知っての通り、我ら人類はソウルポイントという新たな武器を手にし、他大陸の屈強な魔物に対抗する術を手に入れた！」

ランティスは、ソウルポイントで強化された肉体を誇示《こじ》するかのように、胸の前で握り拳《こぶし》をつくり、続ける。

「そして、ソウルポイントがもたらした恩恵《おんけい》は、身体能力の飛躍的向上だけではない！〈厄災〉以前に建築された建造物——三女神が残したとされる遺跡《いせき》のことは皆も知っていよう！　遅々《ちち》として進まなかったその遺跡の調査が、〔鑑定〕スキルと〔精霊言語〕スキルの恩恵により、加速度的に進んでいる！　そして我々は、魔物に支配された大地を人の手に取り戻す方法を、ついに突き止めたのだ！」

群衆がどよめく。どうやらこの情報は、今の今まで秘匿《ひとく》されていたものらしい。無論、狩夜もその方法とやらには興味津々《きょうみしんしん》であった。真剣にランティスの言葉に耳を傾ける。

「それは、奇《く》しくも精霊解放遠征の至上命題と同じであった！　その方法とは、〈厄災〉によって封印された精霊を解放することである！　我々は今まで、精霊の解放と、魔物に支配された大地の奪《だっ》還《かん》を別々に考えていたが、それは間違いなのだ！　精霊の解放こそが、大地の奪還に直結するのである！」

——精霊の解放が大地の奪還に直結する？　いったいなぜ？

「我らの心の拠り所である精霊とは、創世記の六日目に登場する世界樹の分身たる八本の木、それが姿を変えたものなのだ！　〈厄災〉以前、世界樹は己が分身たる精霊を通して、マナを世界各地の大陸へと届けていたのである！　これはつまり、精霊さえ解放することができれば、その精霊の管《かん》轄《かつ》である大陸はマナによって浄化《じょうか》され、そこに生息する魔物たちは弱体化するということに他ならない！」

『おお！』

群衆から「なるほど」「合点がいった！」といった声が次々に上がる。

マナによって弱体化した魔物は、ソウルポイントで強化されていない人間でも、創意工夫次第《くふうしだい》で十分に打倒できるレベルにまで弱体化する。精霊を解放してすぐに——というわけにはいかないだろうが、先ほどの言葉が真実ならば、確かに精霊の解放は、大地の奪還に直結すると言えるだろう。

「我ら遠征軍は、此度の遠征で、必ずや光の精霊を解放する！　同胞たちよ、もう一度言おう！　我ら人類が、心の拠り所である精霊を、かつて失った大地を取り戻す時がついにきたのだ！」

爆発する大歓声。ウルザブルンの民がランティスの演説に熱狂《ねっきょう》し、思い思いの声を上げた。

長い長い雌伏《しふく》の時が、今終わる。誰もがそれを信じ、人類の繁栄《はんえい》を思い描いた。ランティスの言葉に夢を見た。

「では、栄《は》えある遠征軍の主要メンバーを紹介しよう！　火の民より！『爆炎』のカロン！」

「竜の誇りにかけて、最後まで戦い抜く覚悟です！」

「地の民より！『鉄腕《てつわん》』のガリム・アイアンハート！」

「腕が鳴るわい！」

「木の民より！『年輪』のギル・ジャンルオン！」

「微力を尽くします」

「水の民より！『流水』のフローグ・ガルディアス！」

「勝利を、我が王に！」

「風の民より！『歌姫』レアリエル・ダーウィン！」

「可愛いボクに、お任せです！」

「月の民より！　『戦鬼』モミジ・カヅノ！」

「魔物ども、全員まとめて殺《や》ってやがります！」

「闇の民より！　『百薬』のアルカナ・ジャガーノート！」

「この体を、全人類の繁栄のために捧《ささ》げます」

「そしてこの私！　『極光』のランティス・クラウザー！」

再度爆発する大歓声。そんななか、その大歓声を上回る声量で、ランティスは言葉を続ける。

「一つ、遠征軍司令官として約束しよう！　必ずや遠征軍に勝利と栄光を！　二つ、二代目勇者の末裔《まつえい》として約束しよう！　必ずや全人類に繁栄と安寧を！　三つ、ランティス・クラウザーとして約束しよう！　必ずや同胞たちを、新天地へと導こう！」

ランティスが背中の剣を手に取り、高らかに掲げた。

「共にいこう絶叫の開拓地《スクリーム・フロンティア》へ‼」

第三章　世界樹の女神と救世の勇者

この世の地獄《じごく》はユグドラシル大陸の外にある。

これが、イスミンスールに生きる全人類の共通認識《にんしき》だ。

レベルとスキル、資源と魔法《まほう》、心の拠《よ》り所すら失い、世界樹の庇護《ひご》下でしか生きられなくなった人類にとって、ユグドラシル大陸の外は地獄以外のなにものでもない。

マナによる弱体化から解放された屈強《くっきょう》な魔物が闊歩《かっぽ》し、食《く》らい合い、高め合う、力という法に支配された場所。弱者は瞬《またた》く間に駆逐《くちく》され、強者は永久《とわ》に生き長らえることが許される。そんな場所。

その有り様は、弱肉強食という言葉すら生ぬるい地獄の壺《つぼ》だ。まさに蠱毒《こどく》。それは大陸、大海を器《うつわ》に見立てた、蠱毒の儀式《ぎしき》に他ならない。

近年、人類はソウルポイントという武器を手に入れ、スキルを取り戻《もど》し、屈強な魔物に対抗《たいこう》する術《すべ》を手に入れた。多くのモノと引き換《か》えに、壺の入り口に拠点《きょてん》を築くことにも成功した。だが、ユグドラシル大陸の外が地獄であるという事実は、いまだなんら変わりない。

その証拠《しょうこ》に、壺の入り口に築かれた拠点では、人と魔物のものが入り混じった絶叫《ぜっきょう》が、絶えず上がり続けているという。

ある者は「この地に俺《おれ》の国を造る！」と夢を語り、またある者は「必ずやこの手で精霊《せいれい》を解き放つ！」と理想を語り、ユグドラシル大陸を飛び出した。多くの開拓者《かいたくしゃ》が、夢と希望、野望と欲望を抱《いだ》いて、覚悟《かくご》と共に地獄の壺に身を投げた。

ユグドラシル大陸では負けなしだった。そんな開拓者たちの大半が、夢を語ったその口で、断末魔《だんまつま》の絶叫を上げることを余儀《よぎ》なくされた。ものの数日――いや、数時間、数分で、物言わぬ肉塊《にくかい》となり果てる。

生きて帰れれば僥倖《ぎょうこう》。踏《ふ》み出す足の左右を間違《まちが》うだけで、実にあっけなく人が死ぬ。そんな場所を――屍山血河《しざんけつが》に絶えず彩《いろど》られたその場所を、地獄と言わずしてなんと言う。

それでも、地獄の壺に身を投げる開拓者は後を絶たない。大開拓時代という風潮が、世論が、人の性《さが》が、多くの開拓者の背を押《お》した。

人の夢は終わらない。人の欲望に限りはない。人の歩みは止まらない。

いつしか、地獄の壺は名を変える。人々は、口を揃《そろ》えてこう呼んだ。

絶叫の開拓地《スクリーム・フロンティア》と。


「色々とお世話になりました、イルティィナ様」

見送りのため、わざわざ城門にまで足を運んでくれたイルティィナに対し、狩夜《かりや》は深く深く頭を下げる。

城の中庭と大通り、そのことごとくを埋《う》め尽《つ》くしていたウルザブルンの民《たみ》たちの姿はすでにない。

演説が終わり、勇ましく城を後にした精霊解放軍。集まった民のほぼすべてが、ハーメルンの笛に魅入《みい》られたかの如《ごと》くその後に続き、最後まで見送ることを選んだのだ。

今頃《いまごろ》は、滅多《めった》なことでは下ろされないという跳《は》ね橋を渡《わた》り、ウルザブルンから次の街へと向かう遠征軍《えんせいぐん》を、大歓声《かんせい》をもって送り出していることだろう。

全種族が入り混じり、多種多様、色とりどりの装備に身を固めた、総勢五百人弱（テイムされた魔物を含《ふく》む）の遠征軍。全員がサウザンド以上の開拓者という、歴史上類を見ない集団が行進する姿は、まさに圧巻だった。彼《かれ》らならやってくれる。あの場にいた誰《だれ》もがそう思ったに違いない。

彼らは選ばれた人間だ。必ずや精霊を解放し、魔物からミズガルズ大陸を取り戻すことだろう。

「カリヤ殿《どの》、本当にいってしまうのか？　前にも言ったが、カリヤ殿は私の命の恩人、ティールの救世主だ。我《わ》が家で口にした『一生ここにいてくれてもかまわない』という言葉を反故《ほご》にするつもりはないのだぞ？」

名残惜《なごりお》しげな顔で言うイルティィナに、狩夜は小さく首を左右に振《ふ》る。

「そう言ってくれるのは嬉《うれ》しいです。でも、ずっとイルティィナ様のお世話になるわけにはいきません。大金が手に入ったのなら、出ていくのが筋でしょう。遠征軍の人たちを見ていたら、フヴェルゲルミル帝国《ていこく》や、ミーミル王国にもいってみたくなっちゃいましたし」

「そうか……できることなら私も共にいきたいが、立場上そうもいかんな。だが、さようならは言わんぞ。なにか困ったことがあれば、いつでも私を頼《たよ》ってくれ。王女だからと遠慮《えんりょ》したら許さんからな」

イルティィナは笑顔《えがお》で狩夜を見つめながら言う。そんなイルティィナに狩夜も笑い返した。

「それじゃあ、その――イルティナ様、またです」

「ああ。またな、カリヤ殿」

放課後、クラスメイトにするかのような気軽さで、狩夜はイルティナに手を振った。

イスミンスールにきて、最も長く共に過ごし、最も世話になった相手との別れのときだ。涙《なみだ》の一つも流れない、実に気軽な別れであったが、イルティナとならこれが相応《ふさわ》しいと思った。まあ、今生の別れというわけでもない。その気になればいつでも会えるのだから、しんみりする必要もないだろう。

さて、今後の活動方針だが――

「レイラ、まずは当面の拠点、ウルザブルンの宿屋を見て回ろう。衣食住の確保は基本だからね」

やはり、衣食住の確保が最優先である。開拓者として活動する以上、拠点は絶対に必要だ。大金を手に入れたのだし、今後のために色々と買い込《こ》むのもいいだろう。

欲《ほ》しいものを指折り確認しながら、昨日開拓者ギルドで聞いていた宿屋の場所、その一つに向かおうとしたとき――

グイグイ。

と、レイラが狩夜の髪《かみ》の毛を引っ張ってきた。まるで「そっちじゃないよ。こっちこっち～」とでも言いたげである。

「あの、レイラ？　僕《ぼく》の話聞いてた？　これから最寄《もよ》りの宿屋に――」

グイグイ。

「僕、サウザンドになったばかりだからさ、慣らしがてら街を――」

グイグイ。

狩夜の言葉を遮《さえぎ》るように、レイラは何度も何度も髪の毛を引っ張る。頭上から狩夜を見下ろすその顔は「いいから、こっちにいくの～」と言いたげだ。

基本的に狩夜の意思を尊重してくれるレイラにしては珍《めずら》しく、なんとも強硬《きょうこう》な態度であった。どうやら是《ぜ》が非でもいきたい場所があるらしい。

「えっと……」

グイグイ。グイグイ。

「ああもう、わかった。わかったから。そんなに髪の毛引っ張らないでよ。こっちだね？」

山のように借りがある上に、生殺与奪《せいさつよだつ》の権を握《にぎ》られている相手にこうまでされては、言うことを聞くより他にない。

城を中心に蜘蛛《くも》の巣状に広がる八本の大通りのうち、北東に向かって伸《の》びるものを狩夜たちは真《ま》っ直《す》ぐ進む。ほどなくして終点、舟《ふね》着き場の先の先へと辿《たど》り着く。

舟着き場は静かなものだった。いつもはいるであろう水の民たちの姿もない。きっと全員総出で跳ね橋の下に集まり、遠征軍を見送っているのだろう。

「あの、レイラさん？　もう道がないんですけど？　この先は泉で、舟じゃないと――って、なにをしてらっしゃるんです？」

強硬な態度のレイラに萎縮《いしゅく》し、思わず敬語で話しかける狩夜だったが、そんな狩夜を無視してレイラは動く。頭上から飛び降り、狩夜の背中にへばりついた。

次の瞬間《しゅんかん》、レイラの体から無数の蔓《つる》が出現。狩夜の体に幾重《いくえ》にも幾重にも巻きついていき、背中から決して離《はな》れないよう自分の体を固定していった。

ものの数秒で作業を終えたレイラは、今度は右手から蔓を出し、薄《う》っすらと見える対岸に向けて、勢いよく伸ばす。

ここにきて、ようやく狩夜もレイラの意図を察した。

「レイラ！　お願い、ちょっとだけ待って！　せめて心の準備を――」

止めるのは無理と判断し、せめて執行猶予《しっこうゆうよ》をくれと願う狩夜であったが、やはりというかその言葉も無視される。

狩夜の体がゆっくりと地面から離れ、一瞬空中で静止した直後、レイラが蔓の収納を開始した。

恐怖《きょうふ》の横バンジーがはじまる。

「ぎゃああぁあぁ!?」

有らん限りの悲鳴を上げながら、狩夜はレイラと共にウルズの泉の上を高速移動する。過度のGに晒《さら》されながらも気絶しなかったのは、サウザンドにまで鍛《きた》えられた身体能力のおかげに他ならない。

「ごふう!?」

数百メートルの距離《きょり》を数秒で移動した後、レイラが蔓の収納を一旦《いったん》止めた。空気抵抗《ていこう》とGから解放された狩夜は、虚《うつ》ろな目で下を見つめる。すると、剥《む》き出しの地面が見えた。どうやら、無事に対岸へとたどり着いたようである。

レイラは、ゆっくりと狩夜を地面に下ろすと、すべての蔓を引っ込め、狩夜の背中をよじ登り、定位置である頭上へと戻る。

そして――

グイグイ。

「次はこっち～」と、狩夜の髪の毛を引っ張って先を促《うなが》す。

「きょ、今日はいつになく厳しいのね……」

ふらつく体に鞭《むち》打って、レイラの指示する方向へと目を向ける。あの優《やさ》しい相方がここまでするのだ、きっと理由があるに違いない――と、狩夜は気を引き締《し》めた。

レイラが指し示す方向は、ウルズの泉の周囲に広がる密林、その奥地《おくち》のようである。どう考えても魔物たちの領域だ。

狩夜は右手を腰《こし》にやり、水筒《すいとう》と水鉄砲《みずでっぽう》の水量を確認した後で剣鉈《けんなた》を引き抜《ぬ》いた。一方の左手では、新装備の胸当てを触《さわ》り、その存在を確かめる。

「よし、いこう」

一歩踏み出すごとに水辺からは遠ざかり、安全地帯から離れていく。

すぐさま魔物と遭遇《そうぐう》したが――ラビスタやビッグワームばかりであった。レイラの力を借りるまでもなく、片手間で屠《ほふ》りつつ更《さら》に前進。

その後、三十分ほど歩みを進めた先に、それはあった。

「なんだ、あれ？　人面樹？」

そう、そこには人面樹があった。木の幹にある三つの虚《うろ》が絶妙《ぜつみょう》な位置にあり、両目と口とを見事に表現している。

ここがレイラの目的地なのだろうか？　あの人面樹がなんだというのだろう？

「もしかして、植物型の魔物？」

狩夜が訝《いぶか》しげな視線で人面樹を見つめていると、レイラが狩夜の頭から飛び降り、たどたどしい足取りで人面樹へと歩み寄る。そして、右手から百合《ゆり》のような白い花を咲《さ》かせた。アルカナに媚薬《びやく》を譲渡《じょうと》したときと同じ花である。

レイラはその白い花を傾《かたむ》け、人面樹の口へと金色に輝《かがや》く蜜《みつ》を流し込んだ。

直後、人面樹が眩《まばゆ》いばかりに発光し、徐々《じょじょ》に収縮をはじめる。そして、最終的には手のひらサイズにまで縮小した。

発光がおさまると、そこには背中に透明《とうめい》な羽を生やした小人、つまりは妖精《ようせい》がいた。

人面樹が妖精へと変化したのか、妖精が人面樹に変化していたのかは不明だが、とにかく妖精だ。突然《とつぜん》妖精が現れた。

はじめて目にする妖精の姿に、狩夜は目を見開いて硬直《こうちょく》するが、当の妖精は地面に横たわりながらすやすやと寝息《ねいき》を立てている。が、突然目を開いたかと思うと、なにかを探すように激しく首を左右に振り、懸命《けんめい》に辺りを見回す。

そして――

「あ……」

レイラの顔を正面に捉《とら》えたとき、妖精は動きを止めた。

「あ、ああ……ああ！」

小さい両手をもっと小さい口元へと運んだ妖精は、感極《きわ》まったように全身を震《ふる》わせ、叫《さけ》んだ。

「勇者様！」

「へ？」

「勇者様！　勇者様ですね⁉　よくぞ来てくださいました！　どうか……どうかこのイスミンスールを、世界樹をお救いください！」

勇者。

世界樹の声に導かれてこの世界、イスミンスールに召喚《しょうかん》された、救済の使命を帯びた異世界人の総称《そうしょう》である。

異世界人だけが触《ふ》れることを許される、世界樹の種が埋め込まれた史上最強の武器、聖剣。その無尽蔵《むじんぞう》といっても過言ではない力を自在に操《あやつ》り、勇者たちは過去四度、イスミンスールを滅亡《めつぼう》の危機から救ってきた。

救世の希望。

英雄《えいゆう》のなかの英雄。

それが――

「これ？」

狩夜は、ものすごく胡散臭《うさんくさ》そうな顔をしながら、足元で妖精と手を取り合っているレイラを――二頭身でチンチクリン、もの凄《すご》く強いくせに、理由がなければ日がな一日ぼーっとしたり、蝶々《ちょうちょう》を追いかけたりしている、威光《いこう》はおろか威厳もない、不思議植物を指さした。

瞬間、妖精は目をむいて狩夜に食ってかかってきた。

「これとはなんですか、これとは⁉　休眠《きゅうみん》状態にあった私を目覚めさせることができるのは、世界樹の力をおいて他にない！　世界樹の種から力を引き出し、それを操った以上、この方は立派な勇者様です！」

「いや、だから、その世界樹の種――つまり聖剣？　そんなものどこにもないよ。なにかの勘違《かんちが》いじゃない？」

狩夜が窘《たしな》めるようにこう言うと、妖精は「はん！」と鼻を鳴らす。

「これだから人間は！　物事の外面しか見ようとしないからダメなんですよ！　もっと内面を見るよう心掛《こころが》けなさい！　ですがまあ、私も実際にこの目で確かめたほうがより安心できますし……勇者様、もしよろしければ、貴方《あなた》様がその身に宿す世界樹の種を、私に見せてはいただけませんでしょうか？」

レイラに対し恭《うやうや》しく頭を下げ、妖精は勇者である証《あかし》を見せてくれと懇願《こんがん》する。すると、レイラはコクコクと頷《うなず》き、回れ右。狩夜を見上げながらほんの少し胸を張った。そして、その小さい胸を、文字通り上下左右に開いてみせる。

そこには――

「これは……⁉」

「ああ、この輝き！　この力！　これぞまさしく世界樹の種！」

木の幹から新芽が芽吹《めぶ》いたかのように開いたレイラの胸のなかに、レイラの中心に、それはあった。

美しい。ただただ美しい、一つの宝玉。

天上、至高、究極、奇跡《きせき》――そんな言葉を無限に連ねても無駄《むだ》な気がした。どれほどの文献《ぶんけん》を読み漁《あさ》り、知識を貪《むさぼ》っても、この美しさを十全に表現することなど、矮小《わいしょう》な人の身では不可能だろう。

だが、わかる。一目見ただけで、それがなんであるかわかってしまう。

あれは、不純物なしの、純然たる生命の結晶《けっしょう》だ。

星の縮図がそこにある。世界のすべてがそこにある。

無意識に、右手が上がる。そして、狩夜がレイラの胸のなかに手を伸ばしかけた瞬間——

「あ……」

唐突《とうとつ》に、なんの前触《まえぶ》れもなく、レイラは胸を閉じてしまった。世界樹の種は再び外界から隔絶《かくぜつ》され、何事もなかったかのように胸の内に納まる。

「……」

世界樹の種が見えなくなり、狩夜は我に返った。だが、すぐには動くことができず、ただただレイラのことを見つめ続けてしまう。

レイラは「あんまり見つめないで〜」と両手で顔を覆《おお》いながら身を捩《よじ》った。

「どうです人間。これでもまだ疑いますか？」

「勇者って……人間じゃないじゃん……聖剣もないし……」

「あなたがた人間が、勇者に対してどのような認識を持っているのかは知りません。ですが、私たちにとっての勇者とは、世界樹の力を振るうことを許された世界の代行者のこと。別に人間である必要はありません。要は、世界樹の力を預けるに足る、異世界の知的生命体ならばよいのです。その身一つで種から力を引き出せるのならば、聖剣を持つ必要もありません」

「マンドラゴラな勇者様か……」

どうりで強いはずだ——と、狩夜は再度レイラを見つめる。

すると妖精は「浅慮《せんりょ》なるその身を恥《は》じなさい」と腕《うで》を組み、レイラは「えっへん！　すごいでしょ～」と両手を腰に当てて胸を張った。

そんな様子の二人に、少し腹が立った狩夜は――

「てい」

右足の爪先《つまさき》で、レイラの体を軽く小突《こづ》いてやった。

突然体を押され、バランスを崩《くず》したレイラは「あわあわ」と両手を振り回しながら後ろに倒《たお》れ込み、背中から地面に転がる。

「蹴《け》った⁉　勇者様を蹴った⁉」

信じられないものを見た。そう顔で語りながら妖精が叫ぶ。だが、狩夜の動きは止まらない。今度はその右足で――

「うりゃ」

レイラの小さい体を、軽めに、親しみを込めて、踏みつけてやった。

「あああぁあぁぁあぁ⁉　踏んだ⁉　踏みましたね！　勇者様を！　救世の希望を！　もう許しません‼」

ついに堪忍袋《かんにんぶくろ》の緒《お》が切れたのか、怒《いか》りの形相で妖精が狩夜に飛び掛かってきた。渾身《こんしん》の力で正拳《せいけん》突《づ》きをみまうと、狩夜の周囲を飛び回り、ぽかぽかと殴《なぐ》りつけてくる。普通《ふつう》の人間ならばそれなりに痛いのだろうが、サウザンドにまで強化された狩夜の体は、妖精の力ではびくともしない。一方のレイラは、右足の下で「やめてよ～」と身を捩りつつも、どこか楽しそうだ。

「なんで今まで教えなかったんだよ？」

これほどまでに重要なことを、なぜレイラは狩夜に黙《だま》っていたのだろう？

するとと、レイラはきょとんとした顔をして——


「え？　聞かれなかったから～」

そう言いたげな顔で、小首を傾《かし》げた。

狩夜は盛大《せいだい》に溜息《ためいき》を吐《つ》く。

「そうだな、お前はそういう奴《やつ》だ」

レイラは、自身が勇者であったことを意図的に隠《かく》していたわけじゃない。聞かれなかったから答えなかった。理由がなかったから教えなかった。それだけである。

相手が狩夜であるならば、レイラはどんなことでも答えてくれる。「あなたは勇者ですか？」とたずねていたら、迷わず首を縦に振っていただろう。

「僕をここまで案内したのは、この子に会わせるため？」

コクコク。

「それが今日だったのは……僕がサウザンドになったから？」

コクコク。

「そう、わかった」

聞きたいことを聞き終えた狩夜は足を上げ、レイラの体を解放した。

自由になったレイラはゆっくりと体を起こすと、狩夜の体に躊躇《ちゆうちよ》なく飛びつき、定位置の頭上を目指してよじ登りはじめる。妖精もレイラが解放されたからか、狩夜を攻撃《こうげき》するのを止《や》めた。

「きょ、今日のところは……これくらいに……しておいてあげます……」

「そりゃどうも。それで、訳知り顔の妖精さん。あなたはどこの誰ですか？　随分《ずいぶん》と世界樹と勇者について詳《くわ》しいみたいですけど？」

肩《かた》で息をしていた妖精は、姿勢を正そうとして——失敗した。右手を口元に当てながら激しくせき込み「ちょっと待って。お願い休ませて」と左手を突き出してくる。

本気で苦しげなその様子に心配になった狩夜は「水です。よかったらどうぞ」と、瓢箪《ひょうたん》形の水筒を差し出した。

「あ、ありがと……」

妖精はすぐさま水筒に飛びついた。そして、ちびちびと、だが懸命に水を飲みはじめる。その様子は、ケージのなかで水を飲む小動物を連想させた。

「しかし勇者か。イルティナ様とメナドさんに嘘《うそ》を——吐《つ》いてないよね。僕じゃないもん」

勇者はレイラであって、狩夜ではない。恩人たちに嘘は吐いていないはずだ——と、水を飲む妖精を見つめながら、狩夜は自問自答する。

ほどなくして「ぷはー」と、中年オヤジみたいな声と共に、妖精が瓢箪から顔を外す。そして、両手で瓢箪を抱《かか》えながら飛び上がった。

「世界樹の恵《めぐ》み、堪能《たんのう》しました！　数千年ぶりに口から飲む水は格別ですね！　感謝しますよ人間！　これからも私を敬いなさい！」

「はいはい。元気になってくれたのならよかったよ」

「水のお礼に、先ほどの質問に答えましょう。私は、世界樹の三女神《めがみ》が一人、スクルド！　人間、そして勇者様。以後、よしなに！」

「え？　女神？」

女神を自称した妖精――スクルドの容姿を、狩夜は改めて観察した。

身長、おおよそ二十センチ。左右対称《たいしょう》に三つ編みにされた若葉色の長髪《ちょうはつ》と、陶磁器《とうじき》のような白い肌《はだ》。背中からは半透明の羽が四枚二対《つい》生えており、露出《ろしゅつ》が多めで所々が半透明なドレスと、白い長手袋《てぶくろ》を纏《まと》っている。頭には天使の輪を模したと思《おぼ》しき黄金の冠《かんむり》をかぶっており、首には他の装飾品《そうしょくひん》とは異質の、赤黒い宝石があしらわれた首輪がはめられている。

顔は――可愛《かわい》い。やや吊《つ》り目がちな双眸《そうぼう》のため、勝気な印象を強く受けるが、文句なしの美少女である。スタイルもいい。余計な肉など一切《いっさい》ない、スレンダーなモデル体形だ。

結論。確かに女神級の容姿である。だが――

「ごめん。ちょっと信じられない」

なんの証拠もなく神だと言われ、はいそうですかと信じられるほどのものでもない。

「んな⁉　し、ししし信じられないとはどういうことですか人間⁉　この私の言葉を、神の言《げん》を疑うと言うのですか⁉」

「うん、無理」

「即答《そくとう》⁉　あなたには……あなたには、この私の全身からにじみ出る、神の威光がわからないのですか⁉」

「威光なら、昨日謁見《えっけん》した木の民の王様のほうがあった気が……」

「こ、これほどの美女！　絶世の美貌《びぼう》の持ち主が、女神以外にいるとでも⁉」

「すみません。同じくらいの容姿の人を、五、六人知ってます」

「なんですと⁉」

スクルドは再度絶句する。どうやら容姿に相当の自信があったようだが、イルティナも、メナドも、カロンも、アルカナも、紅葉《もみじ》だって、容姿でスクルドに負けているとは思わない。少し癪《しやく》だが、レアリエルもそうだ。

——うん。美人多いよね、異世界。

「そ、それは私が万全《ばんぜん》じゃないからですー！〈厄災《やくさい》〉の呪《のろ》いのせいで万分の一ぐらいの存在規模ですしー！　容姿もその分劣化《れつか》してるはずだしー！　万全の状態なら、そいつらより私のほうが美人に決まってます！　ええ、そうですとも！　たぶん、きっと、恐《おそ》らく、会ったことないけど！」

「男の視点から言わせてもらうと、スクルドレベルの美女同士が容姿を比べ合うのは不毛な気がする。だって、もう見る人の好みの問題だもん。上も下もないよ」

「それでもです！　神が人に負けるわけにはいかないんです！　いいですか人間。これは仮の姿であって、本当の私じゃないんです。本当の私はですね、身長だってあなたよりずっと高くて、胸もお尻《しり》ももっと——」

「僕は、僕より身長が低い人が好みですけど」

「まさか、今の私の体に興味が⁉」

「ないよ」

狩夜は半眼で断言する。人形サイズの女性に劣情《れつじよう》を催《もよお》すほど、叉鬼《また ぎ》狩夜という男の性癖《せいへき》は歪《ゆが》んでいない。

すると、スクルドは不満げな顔で頬《ほほ》を膨《ふく》らませた。

「むぅ……そう断言されると、女としては少々悔《くや》しいですね……と言うか、さっきはスルーしましたけど、私のことを呼び捨てにしましたね。様をつけなさい無礼者。私は女神ですよ。もっと敬いなさい」

「だから、君が女神だなんて信じられないってば」

「でも、さすがに呼び捨ては――」

「スクルド……ちゃん？」

「はぁ……もう呼び捨てでいいです」

両肩を深く落とし、スクルドは自身の呼び捨てを容認する。

「私は名乗ったのですから、今度はあなたの番ですよ、人間。自分がどこの誰なのか、正直に答えなさい」

「あ、うん。名前は叉鬼狩夜。日本――じゃなくて、三代目勇者と同じ、日ノ本の出身だよ。スクルドから見たら異世界人ってことになるかな」

女神というのは眉唾《まゆつば》だが、色々と知っているのは間違いないようなので、狩夜は偽《いつわ》ることなく真実を告げた。すると、スクルドはお返しだと言わんばかりに、疑いの眼差《まなざ》しを狩夜に向けてくる。

「異世界人？　そんなはずは……」

スクルドが僅《わず》かに目を細めた。そして、三秒ほど狩夜を見つめてから、困惑顔《こんわくがお》で首を傾げる。

「なるほど。確かになんの精霊の加護も受けていませんね。あなたは間違いなく異世界人です」

「見ただけでわかるんだ？」

「まあ、私は女神ですからね。それに、外面ではなく内面を見ろと偉《えら》そうに言った手前、できなかったら赤っ恥《ぱじ》ですし……でも、なんで異世界人がイスミンスールに？　この世界にきた経緯《けいい》を話してみなさい」

「経緯もなにも、自分でもよくわからないよ。じいちゃんの家の裏庭に生えていたこいつを引っこ抜いたら気を失って、気がついたらこの世界にいたんだ」

「勇者様をこいつ呼ばわり⁉　今すぐ改めなさい！　ですが……ふむ。理由はわかりませんが、勇者様の異世界転移に巻き込まれた一般人《いっぱんじん》のようですね。で、この世界にきた経緯はわかりましたけど、なんでまだ勇者様と一緒《いっしょ》にいるんですか？　勇者様と行動を共にして、自分も勇者気取りですか？　正直、今すぐ勇者様と絶縁《ぜつえん》して、元の世界に帰ってほしいんですけど。シッシッ」

スクルドは犬猫《いぬねこ》でも追い払《はら》うように、これ見よがしに右手を振ってみせる。あまりの扱《あつか》いに狩夜は顔を引きつらせた。

「おいこら。僕が異世界人って知って、なんか扱いが悪くなってないか？　こっちは被害者《ひがいしゃ》だぞ？」

「イスミンスールの女神である私が、なんで勇者でもない異世界人に優しくしなくちゃいけないんですか。あなたの保護は私の管轄《かんかつ》外ですよ、管轄外。というか、結界を越《こ》えて世界樹に近づけるあなたは、世界樹の防衛担当、外敵撃退《げきたい》役である私から見たら、最重要警戒《けいかい》対象なんです。これくらいの扱いで当然。むしろ優しくしているくらいです」

「この野郎《やろう》……」

「それで？　まだ質問に答えてもらってないんですけど？　なんで勇者様と一緒にいるんですか？」

「……」

狩夜は一度口の動きを止め、気持ちを落ち着けながら視線を上に向けた。そして、頭上のレイラを見つめながら、今の今までレイラと行動を共にしていた理由を話す。

「……生きていくためだよ。右も左もわからない異世界で、僕みたいな子どもが衣食住を手に入れるには、レイラの力が必要だったんだ。勇者気取り？　冗談《じょうだん》じゃない。僕はただの中学生で、ごく普通の一般人だ。人類のためや、世界のためになんて御大層《ごたいそう》な理由じゃ戦えない。レイラと絶縁して元の世界に帰ってほしいって？　それこそ僕のセリフだ。帰れるものなら今すぐにでも帰りたいよ」

少し涙声になってしまったが、スクルドへの反感を力に変え、涙を流すことなく最後まで言い切った。

どこにでもいる普通の中学生の、ささやかな意地であったが――どうやら無駄な抵抗であったらしい。自称女神のスクルドは、狩夜の心の機微《きび》など完全にお見通しのようで、ばつが悪そうに右手で頬をかいていた。

「その……ごめんなさい、言いすぎました。あなたの事情も知らずに、その……」

「いいよ。売り言葉に買い言葉だよ。僕も悪かったよ」

「と、とにかく！　後のことは私に任せて、勇者様とは縁をお切りなさい。勇者様には救世という使命があるのです。あなたを守っている場合ではありません。それに、見たところ、あなたはもう十分に強い。ユグドラシル大陸の魔物相手なら、そうそう後《おく》れを取ることはないはずです。ならば、衣食住に困ることはないでしょう。帰れとも、出ていけとも言いません。世界樹に必要以上に近づかないよう気をつけてくれれば、それでいいですから」

すでに狩夜の身体能力はサウザンドに達している。スクルドの言う通り、ユグドラシル大陸の魔物が相手なら、レイラがいなくても後れを取ることはないだろう。

一戸建てが買えるほどの資金はすでにある。識字率の低いこの世界ならば、〔ユグドラシル言語〕スキル一つで就職できる。

異世界で衣食住を手に入れるという狩夜の目的は、すでに達成されていると言っても過言ではない。

レイラが勇者だと判明し、救世の使命を負っているというのなら、半端者《はんぱもの》の狩夜が同行するべきじゃない。ここで袂《たもと》を分かつほうが、お互《たが》いのためではなかろうか？

「勇者様も、今日そのつもりで、私とあなたを引き合わせたのではないのですか？」

狩夜を諭《さと》すかのように、すべてを見透《みす》かしたかのように、スクルドは言う。

――そうなのか？　レイラは、今日僕と別れるつもりだったのか？　サウザンドに達し、もう僕は一人でやっていけると、自分が力を貸す必要はもうないと判断したのか？

僕とここで縁を切って、女神スクルドと共に、勇者として救世の旅に出るつもりなのか？

そうなのか⁉　レイラ‼

「……（ふるふる）」

はい違ったーーー‼

狩夜のアイコンタクトを受け取ったレイラは「え？　違うよ～」と首を左右に振った。

そして――

「……（ヒシッ！）」

「絶対離れない～」とばかりに、狩夜の頭にしがみついてくる。

「えっと……」

今度は狩夜が頬をかく番となった。スクルドは、レイラの内面をまったく見透かせていない。それどころか、現在進行形で自分の発言に酔《よ》っている。どこか遠くを見つめながら、見当違いの言葉を吐き続けた。

「勇者様は言っています。あなたはあなたの人生を歩みなさい――と」

フルフル。

「そんなこと言ってない～」と、レイラは首を左右に振る。だが、スクルドは見ていない。

「勇者様はこうも言っています。俺は女神スクルドと共に救世の旅に出る――と」

フルフル！

「だから、そんなこと言ってない～！　というか、私は女だ～！」と、レイラは先ほどより強く首を振る。だが、やっぱりスクルドは見ていない。

「そして、勇者様は最後にこう言っています。俺のことは忘れて、この世界で幸せに――へぶ⁉」

「――ッ‼」

ついにレイラが怒《おこ》った。「いい加減にしろ～！」と言いたげに頭頂部の葉っぱの片方を振るい、スクルドを強打。地面へと容赦《ようしゃ》なく叩《たた》きつける。

その後――

「……（ヒシッ‼）」

さっきよりも強く、真剣な顔で、狩夜の頭にしがみついてきた。その様子からは、狩夜と縁を切るつもりなど微塵《みじん》もないことがうかがえる。悲しいかな、この件に関しては狩夜の意思を無視する。

実力行使も辞さない。という確固たる決意までもが、ヒシヒシと伝わってきた。

「……（ぎゅ～！）」

「はいはい、わかった。わかったよ。一緒にいるから。お前が勇者でも離れないから。だから――

その、レイラさん？　少し力を緩《ゆる》めていただけませんかね？　痛い痛い」

レイラを安心させようと、狩夜は右手で頭を撫《な》でながら言う。そして、地面に叩きつけられたスクルドの様子を確認する。

「ふきゅ～」

スクルドは完全にのびていた。力なく地面に横たわり、動こうとしない。

ほとんど自業自得《じごうじとく》だが、このままにしておくのも忍《しの》びない。狩夜はスクルドを介抱《かいほう》するべく足を前へと踏み出す。

その、次の瞬間――

『妹が大変な失礼をいたしました。私が代わりに謝罪いたします。本当に申し訳ございません。スクルドに悪気はないのです。どうか許してあげてください』

スクルドの体から、スクルドとは違う声が発せられた。狩夜は驚《おどろ》き、体を硬直させる。

地面に横たわるスクルドに動きはない。動きはないのだが、その小さい体が眩いまでに光り輝いていた。

ほどなくして、その光はスクルドの真上に円錐状《えんすいじょう》に照射される。そして、声の主と思われるものが、光のなかに姿を現した。

若葉色の髪をウエーブがかったロングヘアにした、とても美しい大人の女性である。スクルド同様背中からは四枚二対の羽を生やし、頭には天使の輪を模したと思しき黄金の冠。首には他の装飾品とは異質の、赤黒い宝石があしらわれた首輪をしている。

しかし、様子がおかしい。これは――

「立体映像？」

実体がなく、半透明。狩夜とレイラの目の前に現れた女性は、間違いなく立体映像の類であった。

『ようやく……ようやくお会いできましたね。私の勇者様』

立体映像の女性は、レイラを見つめながら儚《はかな》げに、だが、本当に嬉しそうに笑う。

『私の名は、ウルド。世界樹の三女神、その長女です。この日をずっと……ずっとずっと待っておりました。私に残された最後の希望。どうかお願いいたします。この世界を、イスミンスールをお救いください』

ウルドと名乗った立体映像の女性は、胸の前で手を組み、レイラに――救世の使命を帯びた勇者に懇願する。それと同時に、狩夜は目を見開いた。

胸の前で組まれたウルドの両手。その両手が、夥《おびただ》しい数の傷に覆われ、絶え間なく血を流し続けていたからである。

いや、傷だらけなのは両手だけではない。両の腕も、両の脚《あし》も。血染めのドレスに隠れて見えないけれど、きっとその下の体にも。ウルドの全身には、数えきれないほどの傷が刻まれている。

傷がない場所はただ一つ。首から上の顔だけだ。

狩夜は顔を歪める。こんなの、見ているだけで痛い。見ているだけで痛いのならば、当事者であるウルドが感じている痛みは、いったいどれほどのものだろう？

傷だらけで、血まみれで――それでもウルドは微笑《ほほえ》んだ。レイラを歓迎《かんげい》するように。狩夜に心配を掛けぬように。

『お見苦しい姿を見せてしまい、大変申し訳ございません。御覧の通り、私は――世界樹は危機に瀕《ひん》しております。世界に残された時間はごく僅か。勇者様、どうかお力添《ぞ》えを』

「どうすればいいの～？」と、狩夜の頭上でレイラが首を傾げる。狩夜もそれが聞きたかった。ウルド、そしてスクルドは、レイラになにをさせたいのだろう？

レイラが勇者だということはわかった。ウルドとスクルドが女神だということも――まあ、信じるとしよう。だが、それだけでは動きようがない。

今この世界には、どのような危機が迫《せま》っており、なにを為《な》せば救済となるのか。それがわからなければ、今後の指針が定まらない。

『このままでは、世界樹は枯《か》れます』

「――っ⁉」

単刀直入。そして、それは世界の終焉《しゅうえん》に直結する非常事態だった。

世界樹が枯れる。それはつまり、マナの完全なる枯渇《こかつ》を意味する。

マナが枯渇すれば、魔物が弱体化されることはなくなる。そうなれば、ユグドラシル大陸の魔物は徐々に凶暴《きょうぼう》化し、いずれ人類の手に負えなくなるだろう。

いや、それ以前に、他大陸に生息する屈強な魔物たちが、世界樹の庇護が消えたユグドラシル大陸を放置しておくだろうか？

他大陸に生息する屈強な魔物たちがユグドラシル大陸に足を踏み入れようとしないのは、マナを嫌《きら》っているからに他ならない。

世界樹は、ユグドラシル大陸を流れる河川に大量のマナを溶《と》かし込み、水の流れを利用して大陸全土にマナを届けている。そして、その河川の水が最終的にいき着く場所が海だ。

ユグドラシル大陸近海にも、当然だがマナは溶けている。そのマナが、海路からの魔物の侵入《しんにゅう》を阻《はば》んでいるのだ。

空路もそう。マナは揮発性が高い。河川や泉、近海から立ち上ったマナが、ユグドラシル大陸をドーム状に覆い、魔物の侵入を阻んでいる。

ユグドラシル大陸の水が、空気が、それらで育った草木が、他大陸の魔物を拒絶《きょぜつ》する。無理をして足を踏み入れても、間違いなく弱体化する。

フローグが持ち込んだ可能性のある他大陸の魔物、ヴェノムティック・クイーンも弱体化していたはずだ。弱体化してあの強さなのだ。

世界樹が枯れれば、あんなのが大挙してユグドラシル大陸に押し寄せてくる可能性がある。断言しよう。滅《ほろ》ぶ。

世界樹が枯れれば、イスミンスールの人類は間違いなく滅亡する。

そして、その人類のなかには、異世界人・叉鬼狩夜も含まれる。

この瞬間、レイラの世界救済は、狩夜にとって他人事《ひとごと》ではなくなった。

「あの、世界樹が枯れるのを防ぐには、いったいなにをすればいいんですか⁉」

『方法は二つあります。一つは、世界樹の分身である精霊を、〈厄災〉の呪いから解放すること』

「精霊を？」

『はい。ミズガルズ大陸の光精霊ウィスプ。アルフヘイム大陸の木精霊ドリアード。ヨトゥンヘイム大陸の月精霊ルナ――どこの誰であってもかまいません。八体の精霊の内、一体でも解放することができれば、その力で世界樹の傷を癒《い》やし、当面の危機を回避《かいひ》することができます』

「そ、それだったら、精霊解放軍の皆《みな》さんが、ついさっきウルザブルンを出発しましたよ！　魔物をテイムして、ソウルポイントで強くなった、本当に凄い人たちばかりです！　だからきっと大丈夫《だいじょうぶ》です！　精霊を解放して、世界樹とウルド様を助けてくれますよ！」

狩夜は傷だらけのウルドを元気づけようと、希望は勇者だけじゃないことを告げる。すると、ウルドは嬉しそうに微笑んだ。

『そうですか。ならば、私の次善策は無駄ではなかったのですね』

「次善策？」

『はい。〈厄災〉の呪いによって、能力の大半を封印《ふういん》される直前。私は世界樹の種を、メッセージと共にあの世界へと転移させました。救世の勇者足りえる、心優しい誰かがそれを見つけ出し、いつの日かこの世界に戻ってきてくれることを願って』

その世界樹の種と、メッセージとやらを受け取ったのが、マンドラゴラのレイラというわけだ。

『ですが、これは賭《か》けです。そして、お世辞にも成功率は高くない。ですから私は、次善策として〈厄災〉の呪いによって弱体化した人類に、レベルに代わる力を授《さず》けようと考えたのです。精霊は人類の信仰《しんこう》の対象。力を手にすれば、人類は必ず精霊を解放するべく動き出すと考えました』

その考えは正しい。事実として、人類は動いた。いや、力などなくとも、人類は動いていた。その証拠が、過去二度にわたって実施《じっし》された、精霊解放遠征《えんせい》ではないか。

ソウルポイントによる恩恵《おんけい》がない時代にも、人類は心の拠り所を求めて魔物と戦ったのだ。それほどまでに、信仰の力というものは強いのである。

『私は人類に――そして、このユグドラシル大陸に生息する魔物に、絶えず干渉《かんしょう》し続けてきたのです。彼らが体内に摂取《せっしゅ》したマナを通して、肉体と魂《たましい》を少しずつ改竄《かいざん》し、人類と魔物とが、互いに共感できるよう作り変えました』

「それじゃあ、近年頻発《ひんぱつ》しているいる魔物のテイム現象は……」

『私の努力が実を結んだ――ということですね。長い時間をかけた甲斐《かい》がありました』

長い時間。文字にすればたったの四文字だが、実際には気が遠くなるほどの、永遠にも等しい時間だったに違いない。

ウルドは、ただの人間では絶対に生きることのできない時間を一人生き続け、そのすべてを世界のために費《つい》やしたのだ。

全身から血を流し、ずっと痛みに耐《た》えながら。

『精霊解放遠征に参加する、すべての人のために、私はここで祈《いの》りましょう。そして、叶《かな》うのならば精霊の解放を。精霊が解放され、世界樹が力を取り戻せば……私の声が、かの者に届くやもしれません』

「かの者？」

『はい。それこそが二つ目の方法にして、世界樹が枯れる原因。かの者とは――痛《つ》ぅ‼』

「だ、大丈夫ですか⁉」

突然ウルドが苦しみ出した。顔を顰《しか》め、激痛に耐えるかのように歯を食い縛《しば》り、体を震わせている。立体映像も乱れており、今にも消えてしまいそうだ。

『どうやら……起きたようですね……』

「起きた？」

『かの者が……聖獣《せいじゅう》が起きました……』

「聖獣って、世界樹を守護しているっていう、あの？」

『はい、その聖獣です……今は朝食の真っ最中ですね……』

「朝食……」

パンとスクランブルエッグ——というわけではなさそうだ。

このままでは枯れるという世界樹。傷だらけのウルド。そして朝食。そこから導き出される結論は——

「聖獣が食べてるんですか⁉　世界樹を⁉　ウルド様を⁉　守護するべき対象を⁉」

ウルドの体に次々に刻まれていく新たな傷が、狩夜の出した結論が正解であると告げている。

あまりに痛々しくて、今の今まで正視できていなかった。あまりに数が多すぎて、ぱっと見ではわからなかった。だが、よくよく見れば、ウルドの傷がなんであるかがわかる。

歯形だ。

全身に刻まれた、夥しい数の傷痕《きずあと》。そのすべてが歯形であった。

世界樹は、女神は、己《おのれ》が眷属《けんぞく》に食い殺されようとしているのである。

『聖獣は〈厄災〉の呪いで正気を失いました……以来、ずっと世界樹を、私の体を食《は》んでいます……何度語り掛けても、私の声は届きません……まるで〈厄災〉に体を乗っ取られたかのようです……』

「酷《ひど》い……」

『世界樹の眷属であるがゆえに、聖獣にはマナによる弱体化が作用しません。また、世界樹を守護する結界の内側に存在しているため、イスミンスールには外敵が存在しないのです……』

つまり、天敵がいない。そして、人の手で駆除《くじょ》することもできない。安全地帯で暴れ回る、文字通りの厄介者《やっかいもの》だ。

世界樹は、暴走した自らの防衛機構で危機に瀕している。そして、その病に対する特効薬は一つだけ。

結界を越え、聖獣を打倒《だとう》できる者。異世界からの来訪者である。

『勇者様、どうか……どうかお願いいたします。あなた様の手で聖獣を打ち倒し、世界樹を、イスミンスールをお救いください』

「……（コクコク）」

レイラがいつになく真剣な表情で頷き、それを見たウルドが安堵《あんど》の息を吐いた。

『異世界からのお客様――たしか、叉鬼狩夜さんでしたね？　あなたはどういたしますか？』

「どう――とは？」

『はじめにお伝えしておきます。私は、あなたの異世界転移には一切かかわっておりません。あなたがイスミンスールにいるのは、ひとえに勇者様のご意思です』

狩夜は「あ、やっぱりね」と胸中で呟《つぶや》いた。

狩夜を異世界に引きずり込んだのはレイラである――という仮説は、やはり間違いではなかったらしい。

なんとなく――本当になんとなくだが、わかるのだ。レイラのことは。言っていることも、考えていることも。

きっとこれが、魂の波長が合うということなのだろう。

『あなたは勇者ではありません。また、なにか特別な力を有しているわけでもありません。ですが――勇者様があなたをこの世界へ導き、今も行動を共にしているというのなら、そこにはなにかしらの意思と、意味があるはずです。私はそう考えます』

「……」

『あなたはスクルドに「人類のためや、世界のためになんて御大層な理由じゃ戦えない」そう言いましたね？　そんなあなたに、こんなことを願うのは非常に心苦しいのですが……勇者様と共に、この世界のために戦ってはいただけないでしょうか？　どうか、お願いいたします』

ウルドが、世界樹の女神が、狩夜に頭を下げた。人間以上の神様が、ごく普通の人間に「助けてください」と懇願している。

その願いに対する、叉鬼狩夜の返答は――

「……わかりました。戦います」

ウルドが驚いた顔で頭を上げた。頭上のレイラが「よく言った〜！」と、頭をペシペシ叩いてくる。

一緒に戦うと言ってくれたことがよほど嬉しかったのか、レイラはテンション高めに狩夜の頭を叩き続ける。そして、レイラのペシペシ乱舞《らんぶ》を甘《あま》んじて受け入れる狩夜をしばし見つめてから、ウルドは再び頭を下げた。今度は懇願ではなく『すみません』という謝罪の言葉を口にして。

「なんでウルド様が謝《あやま》るんです？」

『いえ、てっきり断られると思っていましたから。あなたという人間を見誤った。そのことに対する謝罪です』

「いやいや。全然見誤ってませんよ。断れるなら断りたいです。人類や、世界のために——なんて理由じゃ、僕は戦えません。今すぐ逃《に》げ出したい、それが偽らざる本心です。でも、世界が滅びるなら逃げ場なんてないじゃないですか。なら、戦いますよ。世界のためじゃなく、僕がこれからも生きるために」

そうだ、その理由なら戦える。叉鬼狩夜の戦う理由は、それくらいでちょうどいい。

『そうですか——よろしくお願いいたします。狩夜さん』

ウルドはこう言って笑った後、視線を地面に横たわるスクルドへと向けた。

『スクルド。勇者様と狩夜さんを、聖域までご案内なさい。くれぐれも粗相《そそう》のないように。いいですね？』

「はい！　ウルド姉様！」

ウルドに話しかけられた瞬間、今までのびていたスクルドが跳《と》び起きた。その必死な様子を見るに、同じ世界樹の女神というくくりでも、上下関係は随分とはっきりしているようである。

『それでは、聖域にてお二人の武運を祈っております……祈ることしかできない無力な私を……どうか許してください』

「「「……」」」

最後にこう言い残し、ウルドはその姿を消す。スクルドの発光も収まり、その場に静寂《せいじゃく》が訪《おとず》れた。

ウルドが出てくる前のやり取りのせいで、なんとも気まずい雰囲気《ふんいき》が場を支配していた。この状《じよう》況《きよう》を打開するため、狩夜は咳払《せきばら》いをする。

「ゴホン。とりあえず、聖域とやらまで案内頼《たの》むよ、スクルド」

「……わかりました。案内については異論ありません。ですがその前に、どうしても確認しておきたいことが一つあります」

「ん、なに？」

狩夜が続きを促すと、スクルドは鋭《するど》い目つきで狩夜を睨《にら》みつけてきた。

「私にはため口呼び捨てで、ウルド姉様には敬語様づけな理由を、三十文字以内で簡潔に述べなさい、人間！」

「風格」

二文字で済んだ。済んでしまった。スクルドの顔が真っ赤に染まる。

「決闘《けつとう》を申し込みます‼」

スクルドが身に着けていた白い長手袋を脱《ぬ》ぎ、狩夜の顔面目掛けて投げつけてくる。

なんとも姦《かしま》しい仲間が増えたことに頭を痛めながらも、狩夜は世界を救うべく、レイラ、スクルドと共に、聖域へと向かうのであった。


「まずはウルズ川を遡《さかのぼ》って北上し、その源流を目指してください。源流に着くまでは、私の案内は不要でしょう」

というスクルドの言葉に従い、狩夜とレイラはウルズ川をひたすらに遡っていた。移動手段は当然舟《ふね》である。そう、レイラ謹製《きんせい》の葉っぱの舟だ。

狩夜たちはモーターボート並みの速度でウルズ川の上をかっ飛んでいく。ウルズ川には水棲生物《すいせいせいぶつ》がほとんどいないので、遠慮なくスピードを出せる。狩夜たちの現在位置は、すでにティールへと続く支流を越え、異世界活動初日に夜を過ごした川原のさらに先、ユグドラシル大陸の中心部に差し掛かろうとしていた。

他の開拓者が見れば、垂涎《すいぜん》ものの移動速度であろう。他者が馬で移動している時代に、狩夜だけが内燃機関搭載《とうさい》の乗り物を有しているようなものだ。そして、現代日本で日常的に利用している乗り物に比肩《ひけん》する速度で移動しているからこそ、わかることもある。

ユグドラシル大陸は――小さい。

正直、大陸とは名ばかりの、大きめの島である。

ユグドラシル大陸の大まかな地図は、開拓者ギルドやウルザブルンの城に飾《かざ》られていたものを何度か見ている。その地図と、レイラの舟の移動速度、ウルザブルンからここまで移動するのに要した時間からの推測になるが――恐らく、北海道くらいの大きさだろう。

これを『大陸』と称するには無理がある。正直見栄《みえ》を張り過ぎだ。張り過ぎだが――この世界の人類には、その見栄が必要だった。

ユグドラシル大陸は、人類に残された唯一《ゆいいつ》の居場所だ。その居場所を『島』と称するのは惨《みじ》めに過ぎる。見栄でも嘘でも『大陸』と称することが必要だったのだ。人としての矜持《きょうじ》を守るために。

まあ、本当の大陸の広さを知らないのなら、ここは大陸なんだと大衆に納得《なっとく》させせることは不可能ではない。すでにイスミンスールの人類は、一度はすべて暴《あば》かれた世界の形すら忘れている。比較《ひかく》対象の大きさがわからないのなら、確かにユグドラシル大陸は『大陸』なのだ。人の知識のなかでなら。

そうして、舟による移動を二時間ほど続けた後――

「ここから先は、舟じゃ無理かな……」

狩夜は、源流に近づき、川幅《かわはば》、水量、ともに激減したウルズ川を見回した。そして、スピードがだいぶ落ちた舟から身を乗り出し、川の深さを確認する。すると、川底と舟底が、今にも接触《せっしょく》しそうであった。

「うん、舟はここまでだね。レイラ、舟を岸に着けて。この先は歩きだ」

コクコク。

素直《すなお》に頷いたレイラは、手際《てぎわ》よく艪《ろ》を操作して舟を川岸へと着けてくれた。

数時間ぶりの地面の感触《かんしょく》を確かめながら、狩夜は凝《こ》り固まった体をほぐすように伸《の》びをする。そんな狩夜に、スクルドは不満げだった。

「なにを休んでいるのです、オマケ！　あなたは座《すわ》っていただけなのですから、キビキビと歩きなさい！　こうしてる間にも、世界樹とウルド姉様は傷つき、痛みに耐えているのですよ！」

「ごめんごめん。でも、これぐらいは大目に見てよ。人間の体は神様と違って色々と不便でさ、動かないでいるのも辛《つら》いんだよ。あとオマケ言うな」

決闘うんぬんのやり取りの後、スクルドは狩夜のことを『オマケ』と呼ぶようになった。スクルドいわく「女神である私に礼を尽くさない無礼者なんて、オマケで充分《じゅうぶん》です！」とのことだ。

まあ、姉と世界を思うスクルドの気持ちは紛《まぎ》れもない本物だし、病弱な妹を持つ兄として共感できる部分は多々あるので、ここは言われた通り足を動かすことにした。体のメンテもそこそこに、狩夜は源流を目指して川沿いを歩く。

水量が減っても、ここが安全地帯である川沿いであることに違いはない。魔物からの襲撃《しゅうげき》はなく、天気も良好であった。川のせせらぎが耳に心地《ここち》よい。世界樹が枯れ、世界が滅びるなどと、そんなのなにかの間違いではないのか？　と、つい考えてしまうのどかさがこの場にはあった。

思わず気が緩みかけて「いけない、いけない」と頭を振る。助けを求めてきた傷だらけのウルドの姿を思い出し、狩夜は再度気を引き締めた。

「ねぇ、スクルド。これから戦う聖獣ってさ、どんな奴？　やっぱり強い？」

ただ漠然《ばくぜん》と時を過ごすから気が緩むのだ――と、狩夜はこれから戦う相手の情報収集に乗り出す。

かつては世界樹を守護する役目を担《にな》っていたという聖獣。その強さはいかほどのものだろう？

「……強いですよ」

スクルドは空中を旋回《せんかい》して狩夜の右肩に降り立ち、腰を下ろす。

「聖獣は、いわば世界樹の最終防衛ライン。弱いはずがありません。全盛期の私は別格として――そうですね、精霊の次くらいには強いですよ」

「女神と精霊の次……それってさ、世界最強クラスってことなんじゃないの？」

「だからそう言っています。もっと気を引き締めなさい。あなたはそこそこに強い人間ですが、聖獣に比べれば塵芥《ちりあくた》も同然です。聖獣の攻撃を一度でもまともに受ければ、その瞬間絶命すると心得

なさい」

「今すぐ引き返したくなってきた。僕、死にたくないよ。まだ十四歳《さい》なのに……」

「人が死を恐れるのは当然です。それを咎《とが》めはいたしません。ですが、ウルド姉様の前で勇者様と共に戦うと宣言したのです。撤回《てっかい》は許しませんよ？」

「撤回する気はないよ。前にも言ったけど、逃げ場なんてどこにもないし。でも、戦略的撤退なら大ありだ。勝算は？　ないなら一時撤退を進言するよ。無駄死には御免《ごめん》だからね」

勝てない相手に真正面から勝負を挑《いど》み、潔《いさぎよ》く玉砕《ぎょくさい》する。そんなのは愚《おろ》か者のすることだ。勝てる算段がないのなら、一旦引いて作戦を立てるべきだろう。

「当然ありますから安心なさい。確かに聖獣は強いですが、勇者様ほどではありません。世界樹の種の力は、それほどまでに強大なのです」

勇者であるレイラなら、ただの力押しでまず間違いなく勝てる。それが聖獣に対する女神スクルドの見立てらしい。

自信満々な様子を見るに、勝算は確かにあるようだ。だが、そうなると別の心配が顔を出す。

「聖獣に……その、愛着とかさ、家族の情とかないの？　できれば助けてあげたい――みたいな？」

狩夜は、レイラが敵対する相手に対して、決して容赦しないことをよく知っている。聖獣が正気を失っている以上、戦いになるのは確実だ。つまり、狩夜たちの勝利は、聖獣の死を意味する。

同胞《どうほう》であるスクルドは、いざそのときになって、レイラを止めたりはしないだろうか？　ことが終わった後、後悔《こうかい》したりはしないだろうか？

「……なくはないです。同じ世界樹の眷属として、悠久《ゆうきゅう》の時を共に過ごした仲間ですから。私は世界樹の防衛担当で、役割も近いですし」

スクルドは目を伏《ふ》せ、悲しそうな顔をする。しかし、それは一瞬のことだった。

「ですが〈厄災〉の呪いに侵《おか》され、暴走しているとなれば話は別です！　その命を絶ち、呪いから解放してあげることこそが唯一の救いであると、私は考えます！」

「そっか……うん、わかった。僕も協力するよ」

自身の肩の上で確固たる決意を口にするスクルドを見つめながら、狩夜は相槌《あいづち》を打つ。すると、スクルドは少し顔を赤くしながら空へと飛び立った。

「わ、私の心配よりも、矮小で脆弱《ぜいじゃく》な人の身である自身の心配をなさい！　私は『未来』を司《つかさど》る世界樹の女神、スクルド！　それと同時に、歴戦の戦乙女《いくさおとめ》でもあるのです！　オマケの分際で私の心配をするなどと、千年早いですよ！」

スクルドはそう言うと、ぷいっと顔を背《そむ》けてしまった。そして、狩夜から顔を背けながら続ける。

「死んではいけませんよ、オマケ。この戦いが終わったら、あなたは私と決闘するんですからね。私に働いた無礼の数々、心の底から後悔させてあげます」

「その『この戦いが終わったら――』って台詞《せりふ》、僕の世界じゃあんまり縁起《えんぎ》の良い言葉じゃないから、極力使わないほうがいいよ。で、話を元に戻すけどさ、聖獣って鹿《しか》なんだよね？」

なんとも代表的な死亡フラグを口にしたスクルドの今後を危惧《きぐ》しながらも、狩夜は聖獣の情報収集を再開した。すると、スクルドは感心したように頷く。

「それくらいの伝承は残っていましたか。ええ、鹿ですよ。もちろん、普通の鹿ではありませんが」

「そうか……鹿か……」

「どうしました、オマケ。鹿に特別な思い入れでも？」

「あ、うん。実家が猟師《りょうし》の家系でさ。だからまあ、鹿とは縁深いというか、一家言あるというか……」

父さんは猟師を継《つ》ぐのが嫌《いや》で、母さんと逃げちゃったけど――と苦笑《くしょう》しながら、狩夜は鹿に思いを巡《めぐ》らせる。

鹿。

鯨偶蹄目《くじらぐうていもく》シカ科に属する哺乳類《ほにゅうるい》の総称。

鹿と聞いて日本人の多くが連想するのは――やはり、奈良《なら》公園の鹿だろう。国の天然記念物。大事な大事な観光資源。鹿せんべいを持つ人間を前に「ちょうだい、ちょうだい」と首を振る姿に、老若男女《ろうにゃくなんにょ》が「ああん、かわいい♪」。

神の使い。

縁起の良い動物。

だからみんなで大事にしよう。そうしよう。そんなところか。

だが、ちょっと待ってほしい。マタギの――猟師の孫の意見を聞いてくれ。農家の知り合いが多い、田舎者《いなかもの》の意見を聞いてくれ。

鹿は、誰もが諸手《もろて》を挙げて歓迎する相手ではないのだ。

年間およそ百五十億円。申告《しんこく》されていないものも含めれば、一千億円をも超《こ》えると言われる日本の害獣被害額《がいじゅうひがいがく》だが、そのなかで、最も多くの被害を出している動物をご存じだろうか？

鹿である。

その被害額は、年間六十億を超え、場所によっては農家の方が離農《りのう》を余儀なくされたり、首を括《くく》りたくなるほどの被害が出ているのだ。

どうだろう？　神の使いに対するお供え物としては、いささか多すぎではなかろうか？　死後に楽ができるって？　それで自殺してたら世話がない。それじゃ人間はやりきれないし、浮《う》かばれない。

農家の敵。

日本における害獣の王。

それが鹿だ。

鹿が憎《にく》い。鹿が憎い。畑を荒《あ》らす奴らが憎い。俺らの生活を脅《おびや》かす、奴らが憎くて仕方ない。

だから猟師さん、お願いだ。俺らが丹精《たんせい》込めて育てた野菜を食い荒らす、奴らを狩《か》ってきておくれ。奴らが野菜を食う前に、俺らが奴らを食ってやるんだ。なあ、頼むよ。ちゃんとお礼はするからさ。

そんな農家の期待に応《こた》えるために、なにより自分たちが生きていくために、叉鬼家の人間は、狩夜の御先祖様は、代々鹿を狩ってきた。

その肉を、その皮を、その角を、食らい、剥《は》ぎ取り、加工して、それをお金に換えてきた。

狩夜にまで続く叉鬼家の子孫繁栄《はんえい》は、山のように積み重なった、鹿の屍《しかばね》あってのこと。

恨《うら》まれて当然——そう思う。

だが一方で、叉鬼家の人間は、彼らが住まう山を開発から守ってもきた。高度成長期の開発ラッシュ。狩夜の祖父がいなければ、彼らの住処《すみか》はゴルフ場になっていたらしい。

お返しをしなかったわけじゃない。そして、感謝を忘れたこともない。

祖父も、狩夜も、猟師の仕事から逃げた父でさえ、彼らの肉を口にするときは、いつも両手を合わせていた。

「いただきます」と。

狩る者と、狩られるもの。守る者と、守られるもの。それが、叉鬼家の人間と、鹿との関係である。

そんな鹿と、これから殺し合いをする。世界樹を守る神の使いから、世界を滅ぼす害獣の王となった相手と殺し合う。

そう考えると——やはり、感慨深《かんがいぶか》いものがあった。

叉鬼家の人間が、鹿に恨まれているのか、それとも感謝されているのか。中学二年生という微妙《びみょう》な時期にありがちな疑問。その答えがついに出るような気がした。

「ひょっとしたら僕は、生まれながらにして神に呪われた人間なのかもしれない……」

「あなたには神の呪いも加護もありませんよ。どこにでもいる、ド平凡《へいぼん》なド凡人です。だから安心なさい」

「あ、やっぱり?」

「ええ、この私が保証します。ですから、余計なことを考えていないでもっと集中なさい。オマケは元の世界に帰りたいのでしょう？　聖獣を倒し、世界樹を救いさえすれば、その願いは叶うのですから」

「え!?　それ本当!?」

スクルドは真剣な顔で「本当です」と頷く。

「で、でも、歴代の勇者たちは、全員イスミンスールに骨を埋《うず》めたって――」

「それは、彼らがこの世界に永住することを自らの意志で選んだからです。世界の救済を終えた勇者様らに対し、ウルド姉様は例外なく『元の世界に帰りますか?』とたずねていますよ。世界樹の防衛担当である私としては、結界を越え、自由に聖域に出入りできる勇者様たちには、どちらかといえば元の世界に帰ってほしかったので、当時のことはよく覚えています」

スクルドの話を聞いた後、狩夜はしばし沈黙《ちんもく》した。そして、気持ちの整理をつけるように、震える声で言葉を紡《つむ》いでいく。

「帰れる……元の世界に……家族のいる家に……帰れる……」

聖獣と戦う理由が増えた。両の手を強く握り締め、狩夜は決意を新たにする。

「よし! スクルド、レイラ、いこう! 聖獣を倒して、こんな世界とはおさらばだ!」

「私と姉様たちが、悠久の時をかけて創り上げたこのイスミンスールを、こんな世界とはなんですか!」

スクルドの怒声《どせい》を聞き流し、狩夜はウルズ川の源流を目指すのだった。


「ここが源流かな?」

狩夜は、ウルズ川の源流と思われる、直径三メートルほどの泉を見下ろした。

ウルズの泉をもしのぐ透明度《とうめいど》があり、薄っすらと自己発光する水を湛《たた》えた小さな泉。その水のなかには水棲生物の姿はなく、肉眼では確認の仕様がないが、微生物すら一匹《ぴき》もいないように思われた。

あたりの空間には濃密《のうみつ》なマナが溢《あふ》れており、深呼吸するだけで疲《つか》れが抜け落ち、心身が洗われるかのよう。神秘的である一方で、人の身で足を踏み入れれば罰《ばつ》を受ける。そんな危《あや》うさも感じる場所であった。

足を滑《すべ》らせないよう気をつけながら、狩夜は泉のなかを覗《のぞ》き込む。すると、自己発光の光源にして、ウルズ川の起点を目にすることができた。

野太い、植物の根。

泉の底にアーチを描《えが》くように突き出ている植物の根が、ウルズ川のはじまりであった。金色の光を放つその根から、マナを多量に含んだ水が滾々《こんこん》と湧《わ》き出ている。

間違いない、世界樹の根だ。

〈厄災〉によって故郷を追われ、ウルズ川に寄り添うことを選んだ木の民、水の民、風の民の三種族を、数千年にわたって魔物から守り続けた、マナの源泉。

このユグドラシル大陸において、最も重要な場所の一つ。それが、今目の前にある。

「ちょっとだけ……」

好奇心《こうきしん》に勝てず、狩夜は身を屈《かが》めて泉に手を伸ばし、その水を口にする。

すると――

「……」

もはや言葉すら出なかった。

こんなにも美味《おい》しい水が存在しようとは。この美味しさを十全に表現する言葉を、叉鬼狩夜は持っていない。

「随分と贅沢《ぜいたく》なことをしていますね、オマケ。その水に溶け込んだ高純度のマナは、全人類の共有財産なのですよ？」

「うん、わかってる。もうしない。こんなのがぶがぶ飲んだら罰《ばち》が当たる」

この水は、誰か一人が独占《どくせん》していいものでは決してない。

「とはいえ、今日のところは飲んでおきなさい。女神スクルドの名のもとに、この泉の水を飲むことを許します。聖獣と戦う前に、英気を養っておきましょう」

そう言うと、スクルドは泉のすぐそばに降り立ち、泉に両手をつけて水を飲みはじめた。レイラも狩夜の頭上から飛び降り、泉ではなく、そこから続く小川の脇《わき》に腰を下ろし、両足を水につける。

レイラは両足から水を取り込みながら、気持ち良さげに目を細めた。まるで足湯でもしているかのようである。わざわざ小川のほうに移動したのは、泉の水を汚《よご》さないよう、狩夜とスクルドに配慮してのことだろう。

「なら、僕も」

スクルドとレイラの気遣《きづか》いを受け取った狩夜は、両手を泉のなかに沈《しず》め、その水で喉《のど》を潤《うるお》した。純度の高いマナを直接体内に取り込み、体の内側から疲れを癒やす。

「それでスクルド、源流には着いたけどさ、ここから先はどうするの？　世界樹に向かって真っ直ぐ進めばいいのかな？」

屈めていた体を起こし、狩夜は世界樹があると思しき北を見つめる。

開けた場所であったなら、天を突くかのように巨大《きょだい》な世界樹の姿はユグドラシル大陸のどこであっても見えるのだが、さすがに大径木が乱立する森のなかではそうはいかない。世界樹の姿はとうの昔に見えなくなっている。

狩夜の視線の先に映る光景は、延々と森一色。森、森、森、森だ。

ウルズ川という道標《みちしるべ》がなくなれば、山と森に慣れた狩夜であっても迷いそうである。しかも、水源から離れれば離れるほど、魔物からの襲撃は増えていくのだ。それらに対処しながら森を進めば、遠からず進むべき方向を見失うだろう。

「正直、ここから少しでも離れたら遭難《そうなん》しそうなんだけど。僕、コンパスとか持ってないよ？」

「そんなもの、たとえ持っていても迷いますよ」

水を飲み終えたスクルドが、狩夜の肩に飛び乗る。

「ここから先は、世界樹の第一次防衛ライン。許可なく世界樹に近づこうとするものを拒絶し、外へと誘導《ゆうどう》する迷いの森です。決められたルートで進まなければ、どのような装備を持っていても必ず迷います」

「迷いの森……結界と聖獣以外にも、そんなものが……」

「防衛ラインは、二重三重に構築するものですよ。むしろ迷いの森は、迂闊《うかつ》な接触が命に係わる結界と聖獣に、人間が近づかないよう用意した、緩衝材《かんしょうざい》の意味合いが強いです。運と勘《かん》だけでここを突破することは、まず不可能でしょう」

どうやら、〈厄災〉以降聖獣の姿が一度も目撃されていないのは、迷いの森があったかららしい。逆に言えば、迷いの森は〈厄災〉以降、一度たりとも人間の突破を許していない、難攻不落《なんこうふらく》の迷《めい》宮《きゅう》ということになる。ルートを知らず足を踏み入れた者は、一人の例外もなく森のなかを延々とさまよい、わけもわからないまま外へと放逐《ほうちく》されたようだ。

「なるほど。じゃあ、そのルートとやらの出発点が――」

「そう、三大河川の源流というわけです。ここから先は、私の指示通りに進みなさい。いいですね」

「了解《りょうかい》。で、その迷いの森を抜けるには、徒歩でどれくらいかかるの？」

「そうですね。強化されたオマケの足で、魔物に対処しながらなら――半日足らずといったところでしょうか」

「半日足らず……か」

狩夜は真上を見上げた。森林に差し込む木漏《こも》れ日が実に神々《こうごう》しい。が、今気にするべきことは別にある。

太陽の位置は――ほぼ真上。

「スクルド、提案なんだけどさ、今日はこれ以上進まないほうがいいと思う。森のなかで夜になっちゃうよ。明日、日の出と共に出発して、明るいうちに迷いの森の踏破《とうは》を目指そう」

このまま進めば、安全圏《あんぜんけん》ではない水辺から離れた場所で夜になる。それはいくらなんでも危険だろう。

すると、スクルドが苦虫を噛《か》み潰《つぶ》したような顔をした。

「オマケの提案はもっともです。平時であれば私も同意したでしょう。ですが、今は非常時で時間がありません。先を急ぐべきです」

「急がば回れ。急《せ》いてはことを仕損じるって言うよ。痛みに耐えてるウルド様には悪いと思うけど……本当に悪いと思うけど、ここから先は慎重《しんちょう》にいくべきだ。それに、時間がないってスクルドは言うけどさ、まったくないわけじゃないんだろ？」

もし、今日明日に世界樹が枯れるというのであれば、レイラはもっと早くに――それこそ、狩夜と共にイスミンスールにやってきた直後に、休眠状態で人面樹になっていたスクルドに会いにいったはずだ。

だが、レイラはそれをしなかった。レイラがスクルドに会いにいったのは、狩夜がサウザンドになり、開拓者として一人前扱いされる力を手に入れてからである。

ならば、時間的余裕《よゆう》はまだあるはずだ。少なくとも、ここで強行軍をする必要がないくらいには。

「スクルド。正直に答えてほしい。世界樹が枯れるまで――世界が滅びるまでには、あとどれくらいの時間があるんだ？　僕に無理を強《し》いると言うのなら、君にはこの質問に答える義務がある」

「それは――」

狩夜の言葉にスクルドが顔を伏せる。そして、それと同時に――

「え？　レイラ？」

「勇者様？　いったいなにを？」

休憩《きゅうけい》を切り上げたレイラが、狩夜の背中に飛びついてきた。そして、数時間前にウルズの泉を越えたときと同じように、自身の体と狩夜の体が決して離れないよう、スクルドごと蔓で固定していく。

狩夜の全身から冷たい汗《あせ》が噴《ふ》き出した。嫌な予感がする。

慌《あわ》ててレイラを制止しようとする狩夜であったが――

「ぎぃやぁあぁあぁ⁉」

「きゃぁあぁぁあぁ⁉」

遅《おそ》かった。

レイラは狩夜が口を開く前に右手から蔓を伸ばし、前方の大木に引っ掛けた。そして、直後に蔓を引っこめる。狩夜の体はカタパルトで射出されたかのように地面を離れ、斜《なな》め上に急発進した。

狩夜とスクルドが悲鳴を上げるなか、レイラは巧《たく》みに蔓を操作し、大径木が立ち並ぶ迷いの森のなかを、稲妻《いなずま》のような鋭角《えいかく》的な動きで駆《か》け抜ける。

「ゆ、勇者様……次の、一際大きな木を左に……」

コクコクと、背中でレイラが頷くのを狩夜は感じ取った。レイラはスクルドに指定された木に蔓を引っ掛けると、その木を中心に円を描くように左回転をする。移動の勢いを殺すことなく、見事に進路を変更《へんこう》してみせた。

「あぶぶぶ！」

だが、狩夜の胸のなかに固定されているスクルドならいざ知らず、全身で空気抵抗と遠心力を受け止める狩夜は、その見事な円運動に息も絶え絶えであった。それが終わった後も、鋭角的な高速移動で上下左右に激しく揺《ゆ》さぶられ、今にも吐きそうである。ほんの数センチ先で大木が後方に流れていくたびに、凄《すさ》まじい恐怖が全身を駆け巡った。

「こ、これならすぐに迷いの森を抜けられそうです！　よかったですね、オマケ！」

狩夜の胸のなかでスクルドが嬉しげに叫ぶ。その声にはどこか余裕があった。はじめこそ驚いたものの、すでにこの移動方法に慣れたようである。空が飛べるからか、それとも〈厄災〉以前の経験か、もしくはその両方か。

「あばばば！」

一方の狩夜は、いまだにまったく余裕がない。スクルドの言葉に「全然よくない！」と胸中で返しながら、解読不能な声を口から漏《も》らし続けている。

狩夜がサウザンドになってからというもの、移動に関してほんとに遠慮がなくなったレイラによる三次元高速移動は、この後もしばらく続きそうであった。


――僕ならできる！　僕ならできる！　僕ならできる！

すぐそこにまで迫る大径木の横枝を見据《みす》えながら、狩夜は自身に言い聞かせるように心のなかで叫んだ。次いで、狙《ねら》いを定めながら全身を動かし、体勢を整える。

狩夜の現状は、重力に従い斜め下、先ほどから見据えている横枝目掛け落下中だ。背中に張りついているレイラは、既《すで》に蔓を体内に収納しており、次の標的を探しながら発射を待っている。

つまり、完全に空中に投げ出されているというわけだ。当然、命綱《いのちづな》などの気の利《き》いたものはない。

失敗すれば地面への落下、もしくは痛烈《つうれつ》な金的が待っている。まあ、たとえ落下しても、地面に激突する前にレイラが助けてくれるのだが、大幅な時間のロスと、同行者であるスクルドからの非難は避《さ》けられない。

というか、金的とか絶対嫌だ。

これらの理由から失敗はできない。狩夜は意を決してその瞬間を待つ。

そして――衝撃《しょうげき》。

狩夜の右足の裏と、大径木の横枝が接触したのだ。狩夜は歯を食い縛ってその衝撃に耐えながら、不安定な足場での体重移動を敢行《かんこう》する。体を前傾《ぜんけい》姿勢にした後、強化された脚力《きゃくりょく》で横枝を蹴り、跳躍《ちょうやく》した。再び空中へとその身を躍《おど》らせる。

サウザンドの開拓者による跳躍。それだけでもかなりの飛距離と速度が出るのだが、ここからさらにレイラが動く。進行方向にある大径木目掛け蔓を伸ばし、その先端《せんたん》を引っ掛けた。

蔓を引っ掛けた場所を振り子の支点としてさらに距離を稼《かせ》ぎつつ、レイラは進行方向を微調整する。そして、前進の勢いを損なわない完璧《かんぺき》なタイミングで蔓を大径木から外し、体内に収納した。狩夜の体が狙い通りの場所、進行方向上の横枝に向かっていることを確認すると、次に蔓を引っ掛ける場所を探しはじめる。

絶好の位置取り、これで失敗したら完全に狩夜のせいだ。またも失敗できないな――と思いながら、狩夜は体勢を整える。

「――っ！」

足への負担を均等にするために、今度は左足で横枝を踏みしめて、狩夜は前方へと跳躍した。

「おお」

狩夜とレイラの見事な共同作業。それを狩夜の胸のなかで眺《なが》めていたスクルドが、感心したように声を漏らす。

「あなたが考案したこの移動方法、随分と様になってきたではありませんか。ペースもどんどん上がっています。見直しましたよ、オマケ。移動のすべてを勇者様に任せて楽をしていたにもかかわらず、青い顔をしてぐったりしていた先ほどまでとは大違いです」

――逆だ逆！　移動の全部をレイラに任せていたから、僕は青い顔をしてたんだ！

地面を歩くのではなく、木から木へと、空を飛ぶように森のなかを移動するという、ただでさえ無理のある移動方法を、レイラに――基本的には植物で、体の構造がまるで違う存在にすべてを任せてしまうと、自分という同行者に多大な負担がかかることを、狩夜はものの数分で嫌というほど理解した。

かといって、地面をトコトコ歩いていたら、迷いの森を抜ける前に夜になってしまうし、魔物との戦闘も避けられない。

ならばどうする？　要所要所で狩夜が動き、レイラによる移動を、人体（強化されているが）に無理のない動きに調整してやればいい。

レイラに移動を任せていたとき、体への負担が特に大きかったのが、横枝をかわす、方向転換《ほうこうてんかん》をする、引っ掛けた蔓を別の木に掛け直すの三つである。これらをおこなうとき、レイラは蔓を体内に引っこめる力を利用して鋭角的に動くのだ。物理法則を無視したかのようなこの動きは、人間には辛《つら》すぎる。

なので、先の三つをおこなうときに、狩夜が力を貸すことにした。そして、蔓を引っこめる力ではなく、狩夜の脚力を利用、増幅《ぞうふく》する現在の移動方法を考案したのである。

それにより鋭角的な動きはなくなり、今のような滑《なめ》らかな動きが可能になった。結果、狩夜への負担は激減。さすがに移動速度は低下したが、それも徐々にだが上昇傾向《じょうしょうけいこう》にある。このままいけば、遠からずレイラだけの時よりも速くなるだろう。

狩夜とレイラは、力を合わせて迷いの森のなかを駆け抜けていく。

「……（ニコニコ）」

レイラは上機嫌《じょうきげん》であった。笑顔という名の花が咲き乱れている。

こんな姿を見てしまうと、朝からこっち、移動時に狩夜を散々振り回してきたのは、これに早く気がついてほしかったからではないか？　と、思えてしまう。

サウザンドになった狩夜とならば、これができる。レイラはそれがわかっていたのかもしれない。もしそうなら——嬉しい。現に狩夜は、レイラと協力し合えるこの状況が、足手まといではなく力になれている今が、とても嬉しかった。

そう、嬉しいのだが——

「さあオマケ、今後もこの調子で——」

「ごめんちょっと黙って！　お願いだから集中させて！　余裕ないんだ察してよ！」

狩夜は今、移動のすべてをレイラ任せにしていたときとは、別の理由でいっぱいいっぱいであった。喜びに浸《ひた》るどころか、スクルドと会話する余裕もない。

曲芸めいた、アクロバティックな移動手段。そんな動きを、凡人である狩夜がすぐにマスターできるわけがない。一気に強化された不慣れな体を必死に操り、不安定な横枝に足をつけて跳躍を成功させる。その度《たび》に、狩夜がどれほど神経をすり減らしていることか。空が飛べるスクルドは、その辺がまったくわかっていない。

狩夜が今欲しいのは、応援《おうえん》でもお褒《ほ》めの言葉でもなく、沈黙であり、気遣いだ。沈黙は金、雄弁《ゆうべん》は銀。黙るべきときは黙ってほしい。

同行者の無神経さに頭を痛めながら、狩夜は次の横枝に足をつけた。つけて、その動きを硬直させた。

「え？」

と、思わずそんな声が口から漏れる。

先客。そう、狩夜が足をつけた枝には先客がいたのだ。突然同じ枝の上に現れた狩夜たちに先客も驚いたのか、呆《ほう》けたような顔をしている。もし人語を発することができたのなら、先客も「え？」と声を漏らしていたに違いない。

猿《さる》型の魔物、ワイズマンモンキー。

ティールの村でも何度か交戦した、賢者《けんじゃ》を名に冠《かん》するかしこい魔物。それが、横枝の上にいた先客の正体であった。

「うわ⁉」

相手より一瞬早く我に返った狩夜は、咄嗟《とっさ》に腰に手を伸ばし、剣鉈を鞘《さや》から引き抜いた。そして、前進の勢いを殺しきれず、横枝から落下しながらも剣鉈を振り抜き、ワイズマンモンキーの首を狙う。

薄暗《うすぐら》い森のなかを銀光が走る。それに一瞬遅《おく》れて、ワイズマンモンキーの首が飛んだ。

狩夜は、横枝から落下する首のないワイズマンモンキーの死体を見つめながら、失態を悔《く》やむ。

完全に油断していた。狩夜も、レイラも。

慣れない移動手段の習得に夢中になるあまりに、魔物への警戒が疎《おろそ》かになっていた。

木から木へと飛び移るこの移動手段は、確かに魔物と接触する可能性は低い。けれど、それは決して零《ゼロ》ではないのだ。そして、忘れてはいけない。木の上は、むしろ魔物たちの領域であるということを。

あと、忘れてはいけないことがもう一つある。それは――

「ウキャ！」

「キキャァァァ！」

ワイズマンモンキーが、群れで行動する魔物であるということだ。

群れの仲間がやられたことに怒り狂《くる》った二匹のワイズマンモンキーが、落下中の狩夜たち目掛け飛び掛かってくる。

斜め上、しかも左右からの同時攻撃。

横枝からの自由落下である狩夜たちと、意図的に飛び掛かってきた二匹とでは、当然向こうのほうが速い。このままではまずい――と、狩夜は徐々に近づいてくる二匹のワイズマンモンキーの姿を見据える。

「レイラ！」

瞬時に狩夜の意図を汲《く》み取ったレイラは、二枚ある葉っぱの片方を使って、先ほど落ちた横枝の大元である大径木を切りつける。

レイラの葉っぱは木の幹の四分の一を切断した辺りで停止し、それと同時に、狩夜の体も空中で停止した。

「ウキャ!?」

狩夜の体が空中で停止したことで、ワイズマンモンキーたちの目測が狂う。狩夜の横を虚《むな》しく素通りし、足の下で衝突した。二匹もつれあって地面に落下していく。

当面の危機を脱《だつ》し、とりあえず一安心――

「気を抜くのはまだ早いです、オマケ！　すでに囲まれていますよ！」

とはいかないらしい。どうやら狩夜たちは、ワイズマンモンキーの群れのなかに無遠慮に突入した挙句、盛大に喧嘩《けんか》を売ったようだ。

狩夜はレイラの葉っぱが食い込んでいる大径木に足を掛け、全力で蹴りつける。三角蹴りの要領で飛び上がり、その場を離れた。

直後、狩夜たちがいた場所のすぐ近くに、無数の穴が開く。

ワイズマンモンキーお得意の投石である。それを辛《から》くもかわした狩夜たちは、別の横枝の上に降り立った。

だが、そこで待ち伏せに遭《あ》う。

一際体の大きい、肉弾戦《にくだんせん》主体と思われるワイズマンモンキー。明らかに前衛担当の個体が、狩夜たちを待ち構えていたのだ。

横枝の上なので、左右に逃げ場はなし。となれば――

「正面突破！　サポートよろしく！」

狩夜は即座に正面突破を選択《せんたく》する。レイラの力を信じ、真正面からワイズマンモンキーに突撃した。

横枝の上を駆ける狩夜たち目掛け、ワイズマンモンキーは殺意をもって拳《こぶし》を振り下ろす。だが、その拳は見当違いの方向へと飛んでいった。拳が振り下ろされるよりなお早く、レイラがワイズマンモンキーの腕を根元から切断したのである。

右腕を失い、ワイズマンモンキーが動きを止める。隙《すき》だらけだが、狩夜はあえて止《とど》めは刺《さ》さずに跳躍した。そのワイズマンモンキーを踏み台にして、横枝の大元である大径木の切断面へと飛び移る。

先の攻撃でレイラが切断したのは、ワイズマンモンキーの腕だけではない。その先にある大径木の幹も、同時に斬《き》り飛ばしていたのだ。しかも、反対側に突き出ている横枝と、面一《つらいち》になる絶妙の角度で。

今は立ち止まるわけにはいかない。狩夜は切断面の上に降り立つと同時に、反対側の横枝に向かって走った。

次の瞬間、狩夜の後方で、先ほど踏み台にした隻腕《せきわん》のワイズマンモンキーが、仲間の投石でハチの巣にされる。

案の定、二度目の投石がきた。狩夜たちは、投石を主体とする後衛担当のワイズマンモンキーに、常に命を狙われていると考えたほうがいい。

「上から狙われてますよオマケ！　ああ、左からも増援がきてます、注意して——って、やっぱり前です前！　前衛のごついのが三匹も！」

「お前は敵の回し者か⁉」

歴戦の戦乙女（自称）からの、とてもありがたい助言に怒声を返しながら、狩夜は思考を巡らせる。

先に無力化するべきは、前衛ではなく後衛だ。狩夜は横枝の先端に向かって走りながら、間もなく来るであろう反撃のときを待つ。

そして――

「キキ⁉」

「キャー⁉」

そのときはきた。

森全体が揺れ動いたかのような、激しい轟音《ごうおん》と振動《しんどう》。レイラが斬り飛ばした大径木が、他の木々を巻き込みながら地面に倒れ込んだのである。

一丸となって狩夜たちを排除《はいじょ》しようとしていた敵の動きに乱れが生じた。木からの落下を避けようと、前衛も後衛も、両手両足での体の保持を優先している。

周囲にいるワイズマンモンキー、そのほぼすべてが戦闘を放棄《ほうき》していた。陣形《じんけい》は完全に崩壊《ほうかい》している。

ティールでもレイラは似たようなことをして、ワイズマンモンキーの群れを撃退していた。どうやらワイズマンモンキーには、足場から戦場をひっくり返す戦法が有効らしい。

自然に優しくない戦法で心が痛むが、今こそ反撃の好機である。

「レイラ！」

後衛が放《ほう》り出した投擲《とうてき》用の石と、体を保持しそこなったワイズマンモンキーが、次々に地面に向かって落ちていく最中《さなか》、狩夜は後衛の一匹、この騒《さわ》ぎにも動揺《どうよう》することなく狩夜たちを見つめ、拳大の石を手に揺れの収束を待っている、隊長格と思しき固体を指さした。

レイラはコクコクと頷き、右手から蔓を出現させる。そして、その隊長格目掛け高速で伸ばした。隊長格は、回避や反撃どころか、声すら上げる間もなく眉間《みけん》を貫《つらぬ》かれ、即死する。だが、レイラの動きは止まらない。眉間を貫いた蔓をさらに伸ばし、その後方にあった大径木の幹をも貫いた。レイラは蔓を体内に素早く引っこめると、狩夜と共にすでに絶命している隊長格の元へ向かう。つまりは、石のほとんどを手放し、戦闘力がガタ落ちしている上に、指揮官をも失った、後衛の密集地へと突撃したのだ。

そして――

「……（ニタァ）」

敵陣の中央で、レイラの口が大きく裂《さ》ける。

後方支援組のワイズマンモンキーは、皆一様に恐慌《きようこう》状態に陥《おちい》った。我先にと散り散りに逃げ出そうとするが、勇者という肩書を持った捕食者《ほしよくしや》は、一匹たりとも獲物《えもの》を逃がしはしない。

その蔓で、葉で、根で、ワイズマンモンキーを捕獲《ほかく》し、肉食花のなかへと生きたまま放り込んでいく。

「背中にこぼさないでよ……」

人の背中で遠慮なく暴食に耽《ふけ》る相方に苦笑いしながら、狩夜は大径木の幹を蹴り、一直線に地上を目指した。そして、着地と同時に駆け出し、地面に落下したワイズマンモンキーたちのなかを縫《ぬ》うように走る。

――生きて木の上に戻れると思うなよ。

狩夜は剣鉈を振るった。そして、剣鉈が振るわれる度に、この世界から一つ、また一つと、命が掻《か》き消えていく。

ほどなくして、狩夜はその動きを止めた。仕留めた相手の処理をレイラに任せて、こちらを見下ろす生き残りたちの姿を見上げる。

数を半分以下に減らしたワイズマンモンキーの生き残りたちは、仲間の死骸《しがい》を次々に食らっていくレイラの姿を憎々し気に見つめていたが、狩夜の視線に気がつくと撤退を開始した。振り返ることなく森の奥へと消えていく。

敵が逃げていくのを見届けた狩夜は、今度こそ大丈夫だろうと、体から力を抜こうとして――

「あ、逃げた！　追いなさいオマケ！　敵が逃げましたよ！」

またもスクルドの声に阻まれた。だが、今度は状況が違う。深追いする必要はない。

「いや、追う必要はないでしょ？　僕たちの目的は迷いの森を抜けて聖獣を倒すことで、ワイズマンモンキーは別に――」

「逃げた方向が、出口へのルートと同じなのです！　もし奴らに他の仲間がいたら、合流されて待ち伏せされるかもしれません！」

「あ、そりゃ拙《まず》い。レイラ、追うよ」

すでに食事を終えていたレイラが、蔓で狩夜の体を大径木の横枝へと運ぶ。

ワイズマンモンキーが逃げた方向、迷いの森の出口に向かって、狩夜は全力で横枝を蹴った。

「あそこで左に曲がった⁉　奴ら、また正しいルートを！」

レイラと協力して迷いの森を駆ける狩夜の胸のなかで、スクルドが驚きと困惑が同居した声を上げた。彼女《かのじよ》と狩夜の視線の先には、黒い被毛に覆われた猿型の魔物、ワイズマンモンキーの姿がある。

先の戦闘で撃退したワイズマンモンキーの群れ。逃走《とうそう》する彼らへの追撃を開始してからある程度の時間が経過したが、追う側である狩夜たちは、いまだにワイズマンモンキーの背中を捕《と》らえることができずにいた。

ワイズマンモンキーは、木から木へと飛び移り「食われてたまるか！」と、必死の逃走を続ける。単純な身体能力ならサウザンドの開拓者である狩夜のほうが上なのだが、猿型の魔物だけあって、木の上での高速移動は相手に一日の長がある。狩夜が木の上での移動に不慣れなこともあり、徐々にしか距離が詰《つ》まらないのだ。

距離が詰まらない理由は他にもある。それは、逃げるワイズマンモンキーの撃破を、狩夜たちがさほど重要視していなかったことだ。

ワイズマンモンキーの逃げた方向が、偶然《ぐうぜん》出口へと続くルートと同じであったため、他の仲間との合流、待ち伏せを警戒し、狩夜たちは追撃を選択した。だが、追っているうちに相手は出口へのルートから外れ、そこで追撃は打ち切られるだろうと考えていたのである。

わざわざ倒すこともない。そんな考えと、逃げる相手を追い立てる後ろめたさが、狩夜の足を鈍《にぶ》らせた。

だが、その考えは見事に裏切られることとなる。

今ここにいたるまで、ワイズマンモンキーへの追撃は続いていた。ワイズマンモンキーの逃走経路が、迷いの森を抜けるための正しいルートと、ぴったり一致《いっち》したのである。

決して少なくない回数、分岐点《ぶんきてん》があったにもかかわらず――だ。

「スクルド、これはもう偶然じゃないよ。あいつら、出口へのルートを知ってるんだ」

「同意見です！　あの迷いのない動き、もはや疑いようもありません！　奴ら、間違いなく迷いの森の出口へと向かっています！」

どうやら、追いつけない理由がもう一つあったようだ。

土地勘である。

ワイズマンモンキーは、このルートを使い慣れているのだ。初見の狩夜たちと違い、最短ルートをすでに知っている。

相手が出口へのルートから外れ、追撃が終わるのを期待していたのは、むしろワイズマンモンキーのほうだったようだ。

「でも、どうして⁉　この難攻不落の迷宮を、どうやって攻略したというのです⁉」

「頭数に物を言わせた、トライアンドエラーの繰《く》り返しじゃない？　正直、それくらいしか思いつかないけど……」

獣道《けものみち》どころか目印もない。延々と木々が乱立するだけの迷いの森を、ノーヒントで攻略する方法は、それくらいしかないように思われた。

ワイズマンモンキーは、ユグドラシル大陸ではかなり強い魔物である。木の上でなら最強と言っても過言ではない。彼らが縄張《なわば》りの木を傷つけられることを嫌う理由は、自らが最強でいられる場所を守ろうとしているからだ。

森のなかでなら、彼らの敵になるワイズマンモンキーの天敵になる魔物はいない。そして、人類がはじめて魔物をテイムして、彼らの敵になったのが、大体五年前でつい最近。

時間は山ほどあったのだ。そして、迷いの森を攻略しようとした彼らを邪魔《じゃま》する者は、誰もいなかった。

「なにが切っ掛けになったかはわからないけど、ワイズマンモンキーは迷いの森の特性に気がついて、攻略を開始した。まあ、挑戦《ちょうせん》する価値はあるよね。一度でも攻略して、正しいルートを割り出せば、迷いの森はワイズマンモンキーにとって、この上なく安全な縄張りになる。人間も、他の魔物も、迷いの森に阻まれて、出口に辿り着けないんだからさ」

そして、実際に攻略してのけた。今日、狩夜たちが入ってくるそのときまで、迷いの森の奥地は、ワイズマンモンキーの楽園だったに違いない。

「あいつら、やっぱ頭いいな」

「お〜の〜れ〜！　私が〈厄災〉の呪いで休眠状態になっていなければ、そのようなことはさせなかったものを！」

スクルドが怒りの声を漏らす。世界樹の防衛担当である彼女としては、世界樹の第一次防衛ラインである迷いの森をワイズマンモンキーに攻略されたことは、由々《ゆゆ》しき事態であるらしい。

「もうすぐ迷いの森を抜けます！　備えなさい、オマケ！　あなたの仮説通りだとすれば、この先は――――！」

「わかってる！　いくよレイラ！」

狩夜は最後の横枝を蹴り、結局追いつくことのできなかったワイズマンモンキーの後を追う形で、迷いの森を飛び出した。

――間を空けるわけにはいかない！　相手が迎撃《げいげき》態勢を整える前に先制攻撃！　そのまま乱戦に持ち込む！

そう意気込んで、森を抜けた狩夜たちを出迎《でむか》えたのは――――

「へ？」

視界を覆いつくす、進行方向から投擲されたと思しき巨大な岩であった。

「って、岩ぁあ⁉」

森を抜けた瞬間、楽園のなかで生を謳歌《おうか》し、その数を増やしに増やしたワイズマンモンキーの大群から熱烈《ねつれつ》な歓迎があるとは思っていたが、これは予想外であった。楽園への予期せぬ乱入者、くるはずのない外敵への対応が、あまりにも早すぎる。

狩夜たちに先んじて森を抜けたワイズマンモンキーたちが、逃走中になにかしらの方法で情報を伝達していた――――わけではなさそうだ。その証拠に、狩夜たちより先に森を抜けたそのワイズマンモンキーたちが、真っ先に岩の餌食《えじき》となり、岩の一部となって狩夜たちに向かってきている。

助けを求めて楽園に逃げ込んだはずのワイズマンモンキーは、自身も知らないうちに、外敵を罠《わな》に誘《さそ》い込むための餌《えさ》にされていたようだ。

大を生かすために小として切り捨てられたのだろうか？　もしくは、スクルドの存在を知らぬ群れのリーダーに、命惜《お》しさに外敵を楽園まで案内した裏切り者として処断されたのだろうか？

仲間を切り捨てたリーダーの真意はわからない。切り捨てられたほうの気持ちもわからない。狩夜にわかるのは、自分たちは岩に潰されて息絶えるわけにはいかないということだけである。

「レイラ！」

狩夜の呼びかけに応え、レイラが動く。二枚ある葉っぱを狩夜の背中から伸ばし、迫りくる岩を難なく弾《はじ》き飛ばした。

視界が一気に開ける。迷いの森を抜けた先の光景が、〈厄災〉以降はじめて人の目に触れたであろう場所が、狩夜の目に飛び込んできた。

「なんだ、あれ？」

眼下には、不可思議な光景が広がっていた。

まず狩夜の視界に飛び込んできたのは、険しい急斜面《きゅうしゃめん》の岩山。世界樹を円形に取り囲む山脈である。まあ、これはいい。事前に知っていた情報通りの、ある程度予想できた光景だ。

次に目についたのは、夥しい数のワイズマンモンキー。先ほど森のなかで交戦した前衛、後衛に加え、非戦闘員と思しき子供を抱えた雌《めす》や、成長途中《とちゅう》の年若い個体の姿がある。まあ、これもいい。あまりの数に辟易《へきえき》したが、これも予想通りだ。

狩夜が困惑したのは、次の二つ。

倒木《とうぼく》をくり貫《ぬ》いて作られたと思しき、巨大な半円状の貯水槽《ちょすいそう》。そして、日向《ひなた》に干された数多くの果物と、木の実の姿である。

「あの貯水槽と果物は――なんだろ？　猿酒でも造ってるのかな？」

「あれは……そうか！　雨水です、オマケ！　奴ら、あの貯水槽に雨水を溜《た》め込んでるんですよ！

マナが多量に溶けた川の水を、極力口にしないようにしているんです！　弱体化を避けるために！」

「――っ!?　それじゃ、あの果物は！」

「同じ理由でしょう！　食べる前に陽《ひ》に干すことで、果実に含まれるマナを揮発させているのです！」

「そういうことか！」

――こいつら、やっぱり頭がいい！

水と食べ物。それらによるマナの間接摂取を避けることができれば、体内へと入り込んでくるマナは、河川や泉から揮発した空気中を漂《ただよ》うものだけとなり、弱体化を最小限にすることができる。

マナによる弱体化がなくなれば、魔物はソウルポイントで際限なく強くなっていく。ティールで交戦したときから疑問ではあったのだ。ワイズマンモンキーは、ユグドラシル大陸に生息する魔物にしては強すぎる――と。

その疑問が、今解けた。ワイズマンモンキーは、人目に触れぬ場所に自分たちの楽園を築いており、マナによる弱体化を防ぐ術を、完璧ではないにせよ、すでに確立させていたのである。

狩夜の脳裏《のうり》に、ティールで暮らす人々の姿が浮かび上がった。ここから一番近い人里は、間違いなくティールの村である。

この楽園を放置するのは危険だ。ティールの――いや、人類の存続にかかわるやもしれない。

狩夜は冷や汗をかきながら地面へと着地する。それと同時に――

「ギャッ‼　キャァアァ‼」

それは、現れた。

「楽園の主のお出ましか……」

身の丈《たけ》、おおよそ五メートル。筋骨隆々《きんこつりゅうりゅう》のその巨体は、もはや猿というよりゴリラであった。

楽園の恩恵を一番に享受《きょうじゅ》する、千を優に超える群れのトップ。世界樹のすぐそばに身を置きながらも、マナによる弱体化から解放された主が、側近と思しき四匹の巨猿を従えて、狩夜たちの前に姿を現した。

主を含めたその五匹は、右手には岩を削《けず》って作った石剣《せっけん》を持ち、左手には投擲用の岩を抱えている。そして、肩の上には一匹の栗鼠《りす》の姿があった。

「ラタトクス！」

そう、その栗鼠の名はラタトクス。別命『森のメッセンジャー』。

ラタトクスには、遠く離れた同族と、額の宝石を使って声のやり取りができるという特殊《とくしゅ》能力がある。

「なるほど。手懐《てなず》けたラタトクスの通信能力を使って、侵入者である僕たちのことを知ったってわけか……」

ワイズマンモンキーは、貯水槽やドライフルーツだけでなく、武器で己を武装し、ラタトクスを利用した連絡網《れんらくもう》を構築する、高度な知能を有していたのだ。

「キャ！　キャ！」

狩夜の考えを肯定《こうてい》するかのように、楽園の主は笑った。それは、勝利を確信した者の笑みだった。

「キャァアァァアァ‼」

右手の石剣を真上に掲《かか》げ、主が吠《ほ》える。すると、千を超えるワイズマンモンキーが、一斉《いっせい》に腕を振り上げた。そのすべての手に、投石用の石が握られている。

どうやら、狩夜たちを出迎える準備は万端整っていたらしい。まあ、今となってはそれも当然だ。狩夜たちの動きは、ラタトクスの通信能力によって、主に筒抜《つつぬ》けだったのだから。

「きゃきゃ！」

「キキキキィィ！」

背後からもワイズマンモンキーの鳴き声が聞こえる。どうやら退路も断《た》たれたようだ。乱戦を狙って迷いの森から飛び出したことが、完全に裏目となっている。

逃げ場は――ない。

「やるしかないか……」

狩夜は主の一挙手一投足を注視しながら、腰の剣鉈へと右手を伸ばした。

――きっとレイラなら、レイラならなんとかしてくれる。

絶体絶命の状況のなか、狩夜はそう繰り返すことで、なんとか心の平静を保った。

主の石剣が振り下ろされた瞬間が投石の合図であり、開戦の合図だ。狩夜は剣鉈の柄《え》に手をかけながら、そのときを待つ。

そして、主が石剣を振り下ろし、それに合わせて狩夜が剣鉈を鞘から引き抜こうとした、次の瞬間――

「ほえ？」

狩夜の両肩と、腰の左右から、突然円筒形の物体が突き出てきた。

「……（ニタァ）」

レイラが凄絶《せいぜつ》に笑うと、円筒形の物体が回転をはじめ、突如《とつじょ》として圧倒《あっとう》的な破壊がばら撒《ま》かれる。

『キキャァァアァァアアッァ⁉』

猿の楽園にけたたましい連射音と悲鳴が響《ひび》き、周囲に死が溢れていった。

「ガトリングガン……」

そう、千を超えるワイズマンモンキーの群れと、強大な主を前にして、レイラが用意した武器は、なんと木製のガトリングガンであった。見えているわけではないが、銃身《じゅうしん》から発射されているのは種だろう。レイラは、自身の種子を弾丸《だんがん》に変えて、ワイズマンモンキーの群れに撃《う》ち込んでいく。

圧倒的火力を前に、為す術もなく倒れていくワイズマンモンキーたち。狩夜は剣鉈から手を離して、破壊の暴風が過ぎ去るのをただ待つことにした。

そして——

「……（はふぅ）」

「か・い・か・ん」そう言いたげな吐息《といき》と共に、レイラが動きを止めた。木製のガトリングガンを引っこめると、肉食花と蔓を出現させ、周囲に倒れているワイズマンモンキーの捕食をはじめる。

「圧倒的！　ひたすらに圧倒的！　さすがは勇者様です！　見ましたかオマケ！　これが世界樹の種をその身に宿した、勇者様の力ですよ！」

興奮した様子でレイラを褒め称《たた》えるスクルドの声を聞きながら、狩夜は周囲を見回した。

近くに屍、遠くに屍。

狩夜の周囲には、ひたすらに死が満ちていた。主も、側近も、前衛も、後衛も、非戦闘員も、すべてのワイズマンモンキーが、ぼろ雑巾《ぞうきん》のような有り様で絶命している。貯水槽とドライフルーツも粉々だ。

長い年月をかけて作られたであろう猿の楽園は、ここに滅びた。圧倒的強者の前に、儚く散った。迷いの森の攻略も、マナによる弱体化からの解放も、十重二十重《とえはたえ》に練られた多くの策も、本物の強者の前では無意味だったのだ。

人知れず迫っていた人類存続の危機は、勇者の手によって未然に防がれたのである。

「これじゃ、確かに僕はオマケだな……」

狩夜がイスミンスールにいるのは、ひとえにレイラの意志だとウルドは言った。レイラが狩夜と行動を共にしているのは、なにかしらの意志と、意味があるはずだ——とも。

それは恐らく間違っていない。他でもない狩夜自身が、レイラのなかにある「狩夜が必要！」という強い意志と、とある目的を感じていた。

だが——

「このめちゃくちゃ強い勇者様は、なんで僕みたいな半端者と一緒にいるんだろう？」

レイラはいったい狩夜のなにに期待して、なにをさせたいのだろう？

「聖獣が相手のときも、この調子でお願いします！　勇者様！」

コクコク。

レイラの力に感激するスクルドと、自身が殺した命を一つたりとも無駄にせぬよう捕食を続けるレイラに前後を挟《はさ》まれながら、狩夜は頭を悩《なや》ませるのであった。

第四章　聖域の死闘

「常々思うんだけどさ、そのプリティな体のどこにそんなに入るわけ？」

ものの数分でワイズマンモンキーの群れを食い尽《つ》くしたにもかかわらず、特に変わった様子のないレイラに、狩夜《かりや》は呆《あき》れたように言う。するとレイラは「プリティだなんて～」と両手で顔を覆《おお》うと、全身をくねらせた。

「まあ、別にいいけどね。ワイズマンモンキーの肉は食用に適さないらしいから」

筋っぽくて、煮《に》ても焼いても食えたもんじゃないらしい。打ち捨てるしかないその肉をレイラが処理してくれるというのなら、願ったり叶《かな》ったりだ。

「それはさておき……」

狩夜は、眼前に聳《そび》える峻険《しゅんけん》な岩山を見上げた。

「スクルド、この山の向こう側に聖域が――世界樹があるんだよね？」

「はい。ここまでくれば、もう私の案内は不要ですね。後はこの山を乗り越《こ》え、聖域に入り、聖獣《せいじゅう》を打倒《だとう》するだけです」

「山頂に結界があるって聞いたけど？」

「ありますが、異世界人であるオマケと、勇者様にとってはないも同然です。決められた入り口等《とう》もありませんので、このまま真《ま》っ直《す》ぐ進めば聖域に入れますよ」

「真っ直ぐ……か。むしろ垂直って感じなんだけど……」

生きとし生ける者、それらすべてを阻《はば》むかの如《ごと》く立ち塞《ふさ》がる物理的障壁《しょうへき》を前にして、狩夜は思わず苦笑いする。

まさに絶壁《ぜっぺき》。正直、決められた別の入り口があってほしかったと、心底思う。

幸いなことに取っ掛《か》かりは多いので、プロのロッククライマーなら普通《ふつう》の人間でも登れそうだ。

普通の人間にも登れるのだから、ソウルポイントで強化された狩夜に登れないはずはない。はずはないが、聖獣との戦いの前に体力を消耗《しょうもう》するのは愚策《ぐさく》だ。なにより、間違《まちが》いなく登り切る前に夜になる。

やはりここは――

「先生、お願いします！」

迷いの森と同じく、レイラの力を借りるとしよう。

コクコクと頷《うなず》いたレイラは、右手から蔓《つる》を出し、山頂へと伸《の》ばした。

蔓の先端《せんたん》を山頂付近に突《つ》き刺《さ》すと、二度ほどそれを引っ張り、簡単には抜《ぬ》けないことを確認《かくにん》する。

そして、レイラは蔓を高速で引っこめ、狩夜の体を宙に浮《う》かせる。

狩夜の体は、レイラ、スクルドと共に上昇《じょうしょう》を続け、何事もなく山頂へと到達《とうたつ》した。

「……凄《すご》いな」

結界と思《おぼ》しき光の幕、そのすぐ手前で地に足をつけた狩夜の目に飛び込《こ》んできたのは、やはり世界樹であった。

開けた場所であるならば、ユグドラシル大陸のどこであっても見える世界樹だが、間近で見ると（まだ幹まで十キロ以上離《はな》れているが）改めてその大きさに圧倒《あっとう》される。

ユグドラシル大陸で、間違いなく一番高い山の頂上にいるというのに、狩夜の立ち位置は世界樹の半分もない。上を見上げれば、結界のすぐそばにまでのびた世界樹の横枝と、青々とした葉が見える。その葉を掴《つか》もうと手を伸ばしてみたが——届くわけがなかった。世界樹の大きさと、自身の矮小《わいしょう》さを感じ、息が漏《も》れる。

手を下ろした狩夜の目に次に映り込んだのは、世界樹を中心に広がる聖域の全様であった。

世界樹を取り囲む岩の山脈。狩夜が今まさに立っている場所の内側には、なんと大地が無かった。直径五十キロはありそうな円形の空間は、一面が世界樹の根に埋《う》め尽くされており、土の姿がどこにも無い。もちろん、他の動植物の姿も。

聖域は、完全に、この上なく、非の打ち所がないほどに、世界樹のためだけの空間であった。

「これは……クレーターなのか？」

狩夜は、聖域をざっと見回した。

大昔にできたクレーターの中心に、世界樹が生えている。そう考えると、聖域の形状やら、円を描くように連なった山脈やらの説明がつく。

だとするならば、大昔に——それこそ数十億年前にここに落ちてきて、この巨大《きょだい》なクレーターを生み出したのは、世界樹の種ということになる。

「世界樹は、宇宙からこの星にきたのか？」

推測であるが、間違いないように思われた。イスミンスールの創世記の一日目、生き物のまったくいない闇《やみ》の世界に、造物主たる世界樹、その種が天から落ちてきた――という記述にも合致《がっち》する。

しかし、そうなると――だ。その種の大元である別の世界樹が、どこか別の星にあるということに――

「どうしましたオマケ？　しっかりしなさい。目的地は目の前ですよ？　まさか、今になって怖《お》じ気《け》づいたとは言わないでしょうね？」

「あ……うん。ごめん、ちょっとぼーっとしてた」

スクルドの訝《いぶか》しげな声に、狩夜は「いけない、いけない」と頭を振《ふ》り、我に返る。

今は別の星だの、世界樹がどこから来ただのを気にしている場合じゃない。目前にまで迫《せま》った聖獣との戦いに集中しなければ。

狩夜は大きく深呼吸をして、気持ちを切り替《か》えた。

「ん、もう大丈夫《だいじょうぶ》。いこうか」

狩夜たちは、いよいよ結界である光の幕を通り抜け、聖域へと足を踏《ふ》み入れた。

世界樹の第二次防衛ラインである結界。それを通り抜けるとき、なにかしらの抵抗《ていこう》があるかとも思ったが、別段なにも感じなかった。狩夜はそのまま直進し、先ほどまでの断崖《だんがい》とは違う、なだらかな岩肌《いわはだ》の斜面《しやめん》を下っていく。

口と鼻から吸い込む聖域の空気は、外界のものと大差なく、マナが濃《こ》いようには感じない。やはり世界樹は、〈厄災《やくさい》〉の呪《のろ》いによって、大気中に直接マナを放出できなくなっているようだ。

聖獣との戦いの最中、息を吸うだけで体力が回復するという、なんとも都合の良い展開を少し期待していたのだが、どうやら無理らしい。

ほどなくして斜面は終わり、登山靴越《とざんぐつご》しに伝わる感触《かんしょく》が変わった。狩夜は今、世界樹の根の上に、世界の中心に立っている。

「酷《ひど》い……」

世界の中心で口にした、はじめの一言がこれだった。

遠目ではわからなかったが、近づいてみれば一目瞭然《いちもくりょうぜん》である。聖域のなかを埋め尽くす世界樹の根は、どこもかしこも傷だらけだった。無差別に、無計画に、無遠慮《ぶえんりょ》に食い荒《あ》らされ、内側がむき出しになっている。

このままではまずい。この傷を放置すれば、遠くないうちに世界樹は枯《か》れるだろう。

「自己再生が全然間に合っていない！　これだけの傷、いったいどれほどの苦痛を⁉　これをずっと……ずっと一人で？」

狩夜の胸のなかで、スクルドが悲痛な声を上げた。普段《ふだん》は勝気な印象の目から涙《なみだ》が溢《あふ》れ、狩夜のハーフジップシャツを濡《ぬ》らしていく。

「ああ……ああ、ああああぁぁ、姉様ぁ！　姉様ぁぁ‼　すみません！　私、なにも、今の私にはなにもできな……酷い、酷い‼　すみません！　すみません姉様ぁぁぁ‼」

泣いている。誇《ほこ》り高い女神《めがみ》が、歴戦の戦乙女《いくさおとめ》が泣いている。

害獣被害《がいじゅうひがい》で泣いている人がいる。動物に肉親を傷つけられ、泣いている女の子がいる。

——猟師《りょうし》だ。猟師の出番だ。原因である害獣を仕留め、被害の拡大を防ぎ、この涙を止めることが猟師の役目だ。

世界を滅《ほろ》ぼす害獣を仕留める強い猟師が、この世界には必要だ！

「レイラ！　聖獣を探そう！　世界樹を、ウルド様を助けるんだ！」

事態の深刻さを再確認した狩夜は、決意を新たに背中を覗《のぞ》き込む。

「僕《ぼく》たちの手で必ず——」

聖獣を倒《たお》そう。勢いのままにそう言い切るはずだった言葉を、狩夜は止めた。止めざるを得なかった。

声をかけた狩夜を一瞥《いちべつ》もせず、今まで見たこともない真剣《しんけん》な表情を浮かべながら、聖域のある一点を注視するレイラの姿を見たからだ。

レイラの見つめる先には、成長途中《とちゅう》で地表から飛び出し、陸橋の如くアーチを描《えが》く、一際《ひときわ》太い根があった。

そして、その根の上に、太陽を背にこちらを見下ろす、獣《けもの》の影《かげ》がある。

細く、長い、四本の脚《あし》。短い尻尾《しっぽ》。なにより特徴《とくちょう》的なのは、天を突くかのように頭から突き出た、物々しい二本の角。

鹿《しか》だ。あのシルエットは、鹿以外にあり得ない。

「——っ！」

泣いていたスクルドも顔を上げた。そして、こちらを見下ろす鹿の姿を、親の仇《かたき》を見るような目つきで睨《にら》みつけながら、その名を叫《さけ》ぶ。

「ドヴァリン‼」

その呼びかけに応《こた》えるように、鹿は根を蹴《け》り、狩夜たち目掛け躊躇《ちゅうちょ》なく跳《と》び掛かってきた。

——落ち着け！　これはむしろチャンスだ！

跳びかかってきた聖獣――ドヴァリンの姿を見据《みす》えながら、狩夜は剣鉈《けんなた》を鞘《さや》から抜き放った。

相手は鹿、背中に翼《つばさ》が生えているわけではない。跳び上がり、空中へとその身を投げ出したのは、明らかに悪手である。

――着地する前に仕留める！

「レイラ！」

レイラは即座《そくざ》に狩夜の意図を察し、ガトリングガンを出現させる。そして、その銃口《じゅうこう》を斜《なな》め上空から迫りくるドヴァリンへ向けた。

千を超《こ》えるワイズマンモンキーの群れを蹂躙《じゅうりん》した、種子の弾幕《だんまく》。それを空中で防ぐ術《すべ》などありはしない。

勝利を確信した狩夜が、ハチの巣になったドヴァリンの姿を幻視《げんし》した、次の瞬間《しゅんかん》――

「え？」

ドヴァリンの頭部から、角が消えた。

鹿の角は、おおよそ一年をかけて大きく成長し、冬から春先にかけて自然と抜け落ちる。が、あれは違う。抜けたのではなく、本体から分離《ぶんり》したのだ。

ドヴァリンの頭部から分離した角は、空中を自在に飛び回りながらさらに分裂《ぶんれつ》し、無数の刃《やいば》となって聖域を疾駆《しっく》する。

直後、聖域に甲高《かんだか》い連射音が響《ひび》いた。

レイラのガトリングガンが唸《うな》りを上げ、角のなくなったドヴァリンへ種子を連射したのである。

しかし――

「っなぁ⁉」

無数に分裂したドヴァリンの角が、ガトリングガンの射線上に密集。本体を守る盾《たて》となり、レイラの種子を弾《はじ》いた。

レイラはそれでも連射を続けたが、ドヴァリンの盾はびくともしない。それどころか、防御《ぼうぎょ》に回していない残りの角で反撃《はんげき》してきた。

「うわ⁉」

迫りくるドヴァリンの刃を、狩夜は左に跳躍《ちょうやく》することでどうにかかわす。狩夜が移動するのに合わせて、レイラはガトリングガンの射線を調整し、絶えずドヴァリンを攻撃《こうげき》し続けたが、やはり盾に阻まれた。

「どこぞの新人類か、あいつは⁉」

攻防一体のオールレンジ攻撃に目をみはりながら、狩夜は着地に備えて体勢を整える。だが、ドヴァリンの攻撃が止まらない。かわしたはずの刃が即座に方向転換《ほうこうてんかん》し、狩夜の後を追った。

両の足が宙に浮いている狩夜に、聖獣の刃をかわす術はない。一瞬で立場が逆転し、狩夜は戦慄《せんりつ》する。

だが、ここでレイラが動いた。ガトリングガンでの攻撃を続けながら葉っぱを動かし、ドヴァリンの刃を弾き飛ばす。

「ありがと、レイラ！」

狩夜の両足が再び世界樹の根を踏みしめる。そして、先ほどまで狩夜たちがいた場所に、ドヴァリンも着地した。

「……（むぅ）」

いくら撃《う》っても牽制《けんせい》にしかならない――と、レイラはガトリングガンの射撃を止める。一方、ドヴァリンも周囲に展開していた角を頭部に戻《もど》した。

幾重《いくえ》にも枝分かれした物々しい角が、ドヴァリンの頭上で瞬《またた》く間に形成されていく。

デフォルトの状態に戻ったドヴァリンの体には、傷一つついてはいなかった。一度攻勢に出れば、どんな相手でも一撃で屠《ほふ》ってきたレイラの攻撃を、見事に防ぎ切ったのである。

「これが、聖獣……」

聖獣・ドヴァリン。世界樹の最終防衛ライン。

姿形《すがたかたち》はヘラジカに近い。青みがかった被毛を持つ、巨大なヘラジカだ。

オジロジカ亜科《あか》に属するヘラジカは、シカ科のなかでも最大種である。大きい個体になると体長が三メートルを超え、角も二メートルを超えるほどに成長する。その大きな角が、ヘラのように平たいことが名前の由来だ。

聖獣であるドヴァリンは、そんなヘラジカより更《さら》に一回り大きい。体も、角も。

見上げるような筋骨隆々《きんこつりゅうりゅう》の巨体は、体長およそ五メートル。左右に大きく広がった角は、三メートルを優に超えるだろう。

狩夜は、そんなドヴァリンの角を、敵の最大の武器を険しい表情で注視した。

「必要に応じて頭から分離し、細分化。ドヴァリンの意思通りに宙を駆《か》け、攻撃と防御を同時にこなす、万能《ばんのう》の武器となる……か」

攻防一体。遠近中なんでもござれ。戦闘における選択肢《せんたくし》を爆発《ばくはつ》的に増加させる、憎《にく》らしいほどに高性能な武器だ。ぱっと見、弱点がない。

「あんなの、いったいどうしろって――」

「ドヴァリン！　よくも……よくもウルド姉様に……我らの創造主たる世界樹に、このような非道な真似《まね》を！」

思わず口から漏れ出た狩夜の弱音を遮《さえぎ》るかのように、スクルドが叫んだ。ついさっきまで泣いていたのが嘘《うそ》であるかのように、かつての仲間を毅然《きぜん》とした態度で糾弾《きゅうだん》する。

「〈厄災〉の呪いに侵《おか》されて正気を失っているとはいえ、これは明確な反逆行為《こうい》！　世界樹、延《ひ》いてはこの世界、イスミンスールを滅びに導くその所業、万死に値《あたい》します！　その身に僅《わず》かでも聖獣としての矜持《きょうじ》が残っているというのであれば、大人しく縛《ばく》につき、世界の代行者たる勇者様による裁きを、今ここで受け入れなさい！」

「……」

しかし、ドヴァリンはなんの反応も見せることなく、無言のまま、己《おのれ》が最強の武器である角を周囲に再展開した。

「ドヴァリン!?　く……まるで反応がない。もう言葉すら忘れたというのですか!?」

スクルドが悔《くや》し気に叫ぶ。そして、それを合図にしたかのように、ドヴァリンの角が宙を駆ける。

二度目の攻防のはじまりだ。

「うわ、きた！」

ドヴァリンの角が四方八方から不規則な軌道《きどう》で押《お》し寄せる。動体視力は決して悪くない狩夜であるが、とてもじゃないが動きを把握《はあく》しきれない。

ドヴァリンを攻略する糸口が見つからない。妙案《みょうあん》も思いつかない。弱点は見当たらない。

どうする⁉　と、狩夜が胸中で叫んだ瞬間——

ツンツン。

と、レイラの葉っぱに、後頭部をつつかれた。

「私を信じて、ドヴァリンに向かって走って！」

そう言われたような気がした。狩夜は「あれに突っ込めってのかよ⁉」と目を見開き、一瞬だけ体の動きを硬直《こうちょく》させる。

正直、怖《こわ》い。もの凄く怖い。人間としての知性と、動物としての本能が「避《さ》けろ！」「離れろ！」と喚《わめ》き散らす。

だが、避けてどうなる？　離れてどうなる？　そんなことをしても状況《じょうきょう》は好転しない。

忘れるな、聖獣を倒さなければ世界が滅ぶ。

そして思い出せ——

『すみません！　すみません姉様ぁぁぁ‼』

止めてあげたいと思ったあの涙を。

——ここで逃《に》げたら男じゃない！

「為《な》せば成る！　叉鬼《またぎ》狩夜は男の子‼」

自らを鼓舞《こぶ》し、狩夜は世界樹の根を蹴った。レイラを信じ、ドヴァリンに向かって突撃《とつげき》する。

無謀《むぼう》とも取れる突撃を選択した狩夜を、ドヴァリンは無感情な瞳《ひとみ》で見つめた。真っ直ぐに向かってくる外敵を切り刻もうと、ドヴァリンの角が狩夜に殺到《さっとう》する。

ここで、再びの連射音。レイラがドヴァリンに向けて、ガトリングガンを乱射したのだ。

対するドヴァリンは、狩夜へと動かしていた角の約半数を防御に回し、レイラの種子を弾く盾を形成する。

さっきの焼き増しのような光景だが、決して無駄《むだ》ではない。ドヴァリンが角の約半数を防御に回したことで、狩夜に向かっていた角の数が目に見えて減少し、移動速度も格段に低下した。攻撃と防御を同時にこなすことで、角を操作するドヴァリンの脳への負担が激増したことと、盾を前面に展開したことで、視界の大半が塞がったことが原因だろう。

ドヴァリンに対しては牽制ぐらいにしかならない種子の弾幕。だがそれは、言い換《か》えれば牽制にはなるということなのだ。

動きの鈍《にぶ》った角を、レイラは背中から出現させた二本の蔓で適度にあしらう。並行して、頭頂部の葉っぱを巨大化させ、左右からの袈裟《けさ》斬《ぎ》りを繰《く》り出す。

左右から迫るギロチンを彷彿《ほうふつ》させる巨大な葉っぱに対し、ドヴァリンは即時《そくじ》対応した。攻撃に回していた角を自身の周囲に戻し、新たな盾を二枚形成。レイラの葉っぱを受け止める。

「……（ギラリ）」

ここでレイラの目が光った。両手から出現させていたガトリングガンを突然《とつぜん》体から切り離し、ドヴァリンの頭上へと放《ほう》り投げたのである。

レイラの突然の行動に面喰《めんく》らったのか、ドヴァリンの視線がガトリングガンを追って上を向き、次いで見開かれた。

切り離されたガトリングガンと、防御のために先ほど出現させた背中の蔓が空中でドッキングし、真上からドヴァリンを攻撃したからである。

「私だって、似たようなことはできるんだ～！」と、レイラは蔓を巧《たく》みに操作する。見事なオールレンジ攻撃を披露《ひろう》し、遠隔《えんかく》操作されたガトリングガンで、あらゆる角度からドヴァリンを狙《ねら》い撃つ。ドヴァリンは、前方に展開していた盾を二枚に分割し、これに対応した。計四枚の盾でレイラの攻撃を防ぐ。だが、それにより――

「いける！」

狩夜の前進を阻むものはなくなった。狩夜は今出せる最高の速度で根の上を走り、視線を上に向けているドヴァリンへ肉薄《にくはく》する。

慌《あわ》てて狩夜とレイラ本体に視線を戻すドヴァリンであったが、遅《おそ》い。すでに狩夜は、ドヴァリンの左横を駆け抜けた後であった。

ドヴァリンの体に、切り傷という名の置き土産《みやげ》を残して。

「ふう……」

鮮血《せんけつ》で赤く染まった剣鉈を握《にぎ》り締《し》めながら、狩夜は小さく息を吐《は》き、再度ドヴァリンへ向き直った。すると、レイラに背中をペシペシと叩《たた》かれる。

「上出来だよ～！」そんな風に言われた気がした。「どうにかなりそうだね」と、狩夜が返す。その声には、既《すで》に恐怖《きょうふ》の色はない。

攻防一体。遠近中なんでもござれ。確かに素晴《すば》らしい特性であるが、なにもそれは、ドヴァリンだけの専売特許というわけではない。その特性は、レイラにも当てはまる。

そして、先の攻防ではっきりした。レイラの力は、すべての面でドヴァリンを上回っている。勇者は聖獣よりも強いというスクルドの言葉に、嘘はなかったのだ。

正直、負ける要素が見当たらない。ならば、聖獣を恐《おそ》れる必要もない。

「このまま押し切るよ、レイラ！」

狩夜は再び世界樹の根を蹴り、ドヴァリン目掛けて駆け出した。それと同時に、レイラは有線式となったガトリングガンを乱射する。

ドヴァリンは、さっきまでと同じように盾でレイラの種子を弾きながらも、今度は足を使った。先の攻防で、角だけでは狩夜とレイラの同時攻撃を防ぎきれないと、身に染《し》みてわかったのだろう。

狩夜たちから距離《きょり》を取ろうと、ドヴァリンは大きく後方へと飛び退《の》き――

「……（にたぁ）」

レイラの口が裂《さ》ける。

そう、レイラは待っていたのである。ドヴァリンが再び跳び上がり、逃げ場のない空中へと身を躍《おど》らせるこのときを。必殺の罠《わな》を周囲に撒《ま》き散らしながら、ずっと、ずっと。

次の瞬間、ドヴァリンの体にあるものが殺到する。

それは、種から飛び出した蔓であった。ガトリングガンから発射され、ドヴァリンの盾に阻まれることで、周囲のいたるところに散乱したレイラの種が、一斉《いっせい》に発芽し、ドヴァリンに襲《おそ》いかかったのである。

無数の蔓は、跳び上がったことで回避《かいひ》できないドヴァリンの体に我先にと絡《から》みつき、瞬く間に拘《こう》束《そく》する。

ドヴァリンは蔓を振り払《はら》おうと暴れ回った。その力は凄《すさ》まじく、全身を拘束する無数の蔓を、次々に引きちぎっていく。だが、周囲にばら撒かれた種の数が数だ。いくら引きちぎっても切りがない。業《ごう》を煮やしたドヴァリンは、角の半分を動員して蔓を断ち切りはじめる。こうなると、さすがに蔓が巻きつくより、ドヴァリンの処理速度のほうが早い。ものの数秒で、ドヴァリンは蔓の拘束から抜け出すだろう。

だが、レイラにとっては、その数秒で十分だった。

ガトリングガンを切り離したことで空手となった右手から、レイラは別の武器を出現させる。

それは、果実を鉄球に、蔓を鎖《くさり》に見立てた、巨大なハンマーであった。

レイラは、そのハンマーを豪快《ごうかい》に振り回し――

「――っ!!」

声なき気合と共に、ドヴァリン目掛け投擲《とうてき》した。

ビルの解体現場を彷彿させる巨大なハンマーが、拘束されて身動きの取れないドヴァリンへ一直線に突き進む。ドヴァリンは、ガトリングガンを防ぐために展開していた角の盾で、ハンマーを防ごうとするが――

「――っ!?」

レイラのハンマーは、まるでガラスでも破るかのように角の盾を破壊《はかい》した。勢いを減じることも、方向を変えることもなく、そのまま直進する。そして、無防備となったドヴァリンの体に激突した。

田舎《いなか》の夜道で稀《まれ》に起こる、トラックと鹿との交通事故。ちょうどそんな感じだった。ドヴァリンは、レイラのハンマーによって弾き飛ばされ、口から大量の血をぶちまけながら、世界樹の根の上をすべるように、力なく移動する。間違いなく致命傷《ちめいしょう》だ。もう戦えはしないだろう。

それでもレイラは一切容赦《いっさいようしゃ》しなかった。有線式のガトリングガンの銃口を、横たわったまま動かないドヴァリンへ向け、連射する。

「勝った！」

今度こそ狩夜は勝利を確信した。剣鉈を握った右手で、豪快にガッツポーズを決める。

これでウルド様と、イスミンスールは救われ――

「る!?」

狩夜の口から驚愕《きょうがく》の声が漏れた。突然目の前に炎《ほのお》の壁《かべ》が出現し、ドヴァリン目掛けて発射されたレイラの種子を、ことごとく燃やし尽くしたのだ。

ドヴァリンを守るかのように出現した炎の壁。狩夜は、その壁の出どころを探す。

そして、見つけた。狩夜の視線の先には、赤みがかった被毛を持つ、ドヴァリンとは別の鹿の姿がある。

「二匹《ひき》目の聖獣!?」

「ドゥネイル！」

二匹目の聖獣――ドゥネイルは、ドヴァリンと違い、姿形は普通の鹿と大差はなかった。もちろん、聖獣という肩書《かたがき》を持つだけあって、全身の筋肉がとても発達しており、鹿としては規格外に大きい。だが、その姿形は、狩夜のよく知る鹿のそれであった。

加えて、ドゥネイルの頭部には角がない。雌鹿《めじか》か？　と、狩夜が思った、次の瞬間――

「なんだよ……それぇ!?」

ドゥネイルの頭部から、突如《とつじょ》として角が噴《ふ》き出した。

炎。炎の角。すべてを焼き尽くす紅蓮《ぐれん》の炎こそが、ドゥネイルの角であり、最強の武器であった。

仲間が傷つけられたことに怒《おこ》っているのか、ドゥネイルの角は凄まじい勢いで燃え盛《さか》っている。その炎の角を前にして、レイラが葉っぱを逆立て目を剥《む》いた。

レイラらしからぬ動揺《どうよう》だが、それも無理からぬことだ。勇者とはいえ、レイラはマンドラゴラ。火に弱い植物なのである。

いつぞやの焚火《たきび》くらいならばどうにでもなるのだろうが、ドゥネイルの炎は、レイラでも警戒《けいかい》しなければならないほどの力を有しているらしい。

そんなドゥネイルに、レイラはガトリングガンの銃口を向けた。だが、それは悪手である。

「レイラ、炎に過剰《かじょう》反応しちゃだめだ！　ドゥネイルは後！　先にドヴァリンを！」

レイラがはっとする。自身の判断ミスに気がついたのだ。今は、相手の数を確実に減らすことこそが肝要《かんよう》である。

狩夜とレイラは、同時にドヴァリンへと視線を戻した。ドゥネイルが構築した炎の壁、その壁越しにドヴァリンの姿を確認し——共に目を見開く。

地面に横たわっているドヴァリンのすぐ横に、純白の被毛に包まれた、別の鹿の姿があったからだ。

「三匹目⁉」

「ドゥラスロール！」

三匹目の聖獣——ドゥラスロールの姿は、トナカイによく似ていた。聖獣だけあって、普通のトナカイよりも体格が良く、とても大きいが、ドヴァリンやドゥネイルよりもやや小柄《こがら》で、頭一つ分背が低い。

一番の特徴は、やはり角である。ドゥラスロールの角は、まるで水晶《すいしょう》で作られているかのように半透明《とうめい》で、陽光を反射し、美しくきらめいていた。

そんな水晶の角が、狩夜の視線の先で眩《まばゆ》いまでに輝《かがや》き、その光で、倒れて動かないドヴァリンの体を優《やさ》しく包み込む。

すると――

「やばい……」

狩夜の全身から血の気が引く。

致命傷を受け、虫の息だったドヴァリン。その傷ついた体が、映像を逆再生するかの如く、高速で治癒《ちゆ》していく。

ドゥラスロールの水晶の角は、治癒能力を有しているらしい。しかもそれは、レイラに勝《まさ》るとも劣《おと》らない驚異《きょうい》的なものだ。

「レイラ！　今すぐドヴァリンを仕留めろぉおおぉ‼」

レイラが即座に動く。

手元に引き戻す時間すら惜《お》しかったのか、右手から出していたハンマーを根元から自切する。次いで、左手から新たなハンマーを出現させ、ドヴァリンとドゥラスロール目掛け、全力で投擲した。

レイラのハンマーは、ドゥネイルの炎の壁を力業《ちからわざ》で突き破り、倒れたままのドヴァリンと、治癒を続けるドゥラスロールを、正面から強襲《きょうしゅう》する。

そこに、横から割って入る黒い影があった。

直後、寒気を覚えるほどに鋭《するど》い切断音が、聖域に響く。

そして、レイラのハンマーが、レイラと繋《つな》がる蔓ごと真っ二つに切り裂かれ、左右に割れた。

レイラのコントロールから離れたハンマーは、ドヴァリンとドゥラスロールを避けるかのように、後方へ飛んでいく。

「四匹目……」

「ダーイン！」

左右に分かれたハンマーの影から現れた四匹目の聖獣――ダーインは、漆黒《しっこく》の被毛を持つ、禍々《まがまが》しい雄鹿《おじか》であった。

――いや、本当にあれは鹿なのか？

サイズなら、ドヴァリンのほうが大きい。だが、ダーインは体つきが異様であった。筋肉が異常に発達しており、鹿というよりも、馬鎧《うまよろい》を着こんだ軍馬のように見える。

ダーインが鹿に見えない理由は他にもある。それは、鹿のものにしてはあまりにも異様で、異質な、その角にあった。

鹿の角といえば、後頭部、耳のすぐ横から二本生えており、幾度も枝分かれしているのが普通だが、ダーインは違う。ダーインの角は、両の目のちょうど中間。すなわち、眉間《みけん》から生えていたのだ。

数も二本ではなく、一本。枝分かれはしておらず、平たい、黒い刀身をした曲刀のような角を、ダーインは生やしている。

それゆえに、ダーインの姿はかのユニコーンを彷彿させた。もっとも、その被毛はユニコーンとは正反対の漆黒であり、額から生えている角も、万病を癒《い》やす薬になるというユニコーンのそれとは、ほど遠いものである。

あれは魔剣《まけん》だ。

触《ふ》れたもの、そのすべてを両断する、呪われし魔剣。

「そういえば、イルティナ様が言ってたっけ……」

ダーインの後方で、ドゥラスロールにつき添《そ》われるように、ドヴァリンが立ち上がった。その体には傷一つない。

「聖獣は、四匹いるって」


「ガリム！　木の民《たみ》の女性開拓者《かいたくしゃ》が、あなたからセクハラを受けたと苦情を訴《うった》えています！　いったいこれはどういうことなのか、今この場で簡潔に説明なさい！」

「なんと、たったあれしきのことでか⁉　まったく、これだからお堅《かた》い木の民はいかん。人間たるもの、もっとユーモアを持ってじゃな――」

「せ・つ・め・い・な・さ・い！」

「いや、なに。必要以上に力んでいるように見えての。今からそれでは身が持たんと思って、緊張《きんちょう》をほぐしてやろうと、尻《しり》をこう――ペロンと」

「阿呆《あほう》ですかあなたは！　遠征軍《えんせいぐん》がウルザブルンを出て、まだ半日ですよ、半日！　あなたはユーモアではなく、もう少し堪《こら》え性《しょう》を持ちなさい！」

次の主要都市に向かう道中、小休止を兼《か》ねた昼食の只中《ただなか》にあった精霊《せいれい》解放軍に、カロンの怒声《どせい》が響き渡《わた》った。

予定調和ともいえる不仲な幹部同士の衝突《しょうとつ》。それを遠巻きに眺《なが》める遠征軍参加者たちの反応は、笑う者、嘆息《たんそく》する者、無視する者と様々である。

カロンの怒《いか》りは収まるところを知らない。近くで食事をしていたアルカナを一瞥すると、ガリムに追撃の怒声を放った。

「そういったセクハラは、アルカナ傘下《さんか》の闇の民になさい！　あなたのような者を満足させるために、彼女《かのじょ》らを遠征軍に参加させているのですから！」

「カロンさんの言う通りですわよ、ガリムさん。軍内部でのいざこざは、極力減らすべきですわぁ。わたくしたちでよかったら、喜んでお相手いたしますわよ？」

「むう……わしとしては、自ら進んで抱《だ》かれにくる女よりも、他の男の手垢《てあか》がついていない、おぼこのほうが燃えるというか……」

「あなたという人は～‼」

「あはは！　ガリムのおじ様ってば、とっても狩人《かりゅうど》！　でも、アイドルなボクは皆《みな》のものだから、触《さわ》っちゃダメですからね♪」

「もし触ったらどうするでやがります？」

「股間《こかん》を蹴り上げて、即去勢♪」

「それがアイドルのすることでやがりますか⁉」

紅葉《もみじ》とレアリエルの間で、なんとも緊張感のない会話がされるなか、カロンとガリムの口喧嘩《くちげんか》が続く。

　これ以上の放置はまずい――と、遠征軍の司令官たるランティスは、向き合っていた書類から顔を上げ、盛大《せいだい》に溜息《ためいき》を吐《つ》いた。

「まったく、あの二人は……ギル殿《どの》、申し訳ありませんが、二人の仲裁《ちゅうさい》をお願いしてよろしいでしょうか？　司令官である私の役目であると理解はしているのですが……見ての通り、私は次の街でおこなう演説の原稿《げんこう》を仕上げなくてはならないのです」

　真面目《まじめ》で、原稿の使い回しをよしとしないランティスは、現在進行形で次の街でおこなわれる演説の内容に頭を悩《なや》ませていた。締切《しめきり》は明日。喧嘩の仲裁に割《さ》く時間すら惜しいらしい。

　そんなランティスからの嘆願《たんがん》を、ギルは――

「すみません。他をあたってください……」

　と、にべもなく断る。

「え？　おじ様？」

　このギルの対応に驚《おどろ》いたのは、断られたランティスではなく、そのやり取りを横から見ていたレアリエルであった。

　共にウルザブルンで生まれ、城に出入りするギルとレアリエルは、遠征軍以前からの知り合いである。ランティスの願いを袖《そで》にしたギルに対して、少なくない違和《いわ》感を覚えたようだ。

「ギルのおじ様、体調でも悪いんですか？　演説のときも元気がなかったですし……」

　ボク、心配してます。そう顔に書かれたレアリエルに、ギルは顔を深く俯《うつむ》かせ、消え入りそうな声で告げる。

「ジルが……我《わ》が不肖《ふしょう》の息子《むすこ》が……森の一部となり、木精霊ドリアード様の元に帰ったのです……」

「え⁉　ジル君が⁉」

レアリエルは悲痛な声を上げ、ランティスをはじめとした遠征軍の幹部たちが息を呑《の》む。くだらない喧嘩ができる空気ではないとカロンとガリムも察し、態度を改めた。

「まあ……それはお気の毒に。心中お察しいたしますわぁ」

「ふん。あの七光りの小僧《こぞう》がのう……殺しても死にそうにない奴《やつ》じゃったが……」

「ガリム、言葉を選びなさい！」

「言葉を選ぶ？　そんな必要はないでやがりましょう。開拓者が死ぬのは日常茶飯事《さはんじ》。いつでもどこでも起こり得る、ごくごく普通の出来事でやがります。問題は、その散り様が後世に残るものだったかどうか。ギル・ジャンルオン。あなたの息子、かの『七色の剣士』は、どのような散り様だったでやがりますか？」

「息子は……ティールの村で、強大な主から幼い子どもを助けるために、名誉《めいよ》の戦死を遂《と》げたそうです。立派な最期《さいご》だった――と、イルティナ様は」

ギルは、顔を伏《ふ》せたまま実の息子の最期を口にする。名誉の戦死という言葉に、月下の武士は「うん、見事」と、最大限の賛辞を死者に贈《おく》った。

「そうですか……惜しい人を亡《な》くしたものです。ギル殿、ご子息の危機感知能力は、非常に稀有《けう》な才能でしたね。ともすれば臆病者《おくびょうもの》に見えてしまい、民衆には受けがよくありませんでしたが、私は彼《かれ》を高く評価していましたよ。その才能を、この精霊解放軍で活《い》かしてほしいと常々――っ、待てレア。どこにいくつもりだい？」

「どこって、そんなの決まってるよ！　ジル君を殺した主のところさ！　ジル君の――友達《ともだち》の敵《かたき》はボクが討《う》つ！」

激しく気炎《きえん》を吐きながら、レアリエルはこの場を離れようとする。だが、ランティスがそれを許さない。首を左右に振り、レアリエルを引き留めた。

「駄目《だめ》だ。許可できない。明日の演説をどうするつもりなんだ。君は風の民の代表なんだぞ」

「大丈夫、ボクはアイドルだよ？　ファンの期待を裏切ったりしない。ここからティールの村でしょ？　夜通し走れば、ボクの足なら――」

「駄目だ。精霊解放軍の司令官として命じる。レアリエル・ダーウィン。今、軍を離れることは許さん」

「――っ！」

ジルの敵を討とうと、ティールに向けて走り出そうとするレアリエルを、ランティスは司令官の権限を使って引き留めた。納得《なっとく》のいかないレアリエルは、歯を食い縛《しば》りながらランティスを睨みつける。

一触即発《いっしょくそくはつ》。先ほどまでは和《なご》やかだった場の空気が、一気に張り詰《つ》める。

出発初日に、幹部同士の私闘が起こるのか――と、誰《だれ》もが息を呑んだ、そのとき――

「ありがとう、レア。あなたにそんなにも思われていたなんて、息子は果報者ですね。ですが、あなたがティールに向かう必要はありませんよ。その主は、すでに倒されていますから」

ギルが俯いていた顔を上げる。そこには、レアリエルに向けられた笑顔《えがお》があった。一目で作り笑いとわかるものであったが、一応の効果はあったようで、レアリエルはすぐに大人しくなり、ランティスに向けかけた矛《ほこ》を収める。

「そう……なの？　もう退治されたの？　本当？」

「ええ」

「そっか……うん、なら、よかった」

レアリエルはそう言うと「騒《さわ》いでごめんなさい！」と、ランティスに大きく頭を下げた。そして、周囲の幹部たちが安堵《あんど》の息を吐くなか、ギルの隣《となり》に腰《こし》を下ろす。

「おじ様、その主を倒した開拓者の名前、知っているなら教えてください。この遠征が終わったら、ボクからもお礼を言わないと」

「かまいませんよ。カリヤ・マタギという、光の民の開拓者です。ぜひお礼を言ってあげてください。きっと彼も喜びますから」

「え……」

ギルの口から飛び出した予想外の名前に、レアリエルが渋《しぶ》い顔をした。

「ふーん、へー、あのガキンチョがねー、ふーん」

「おや？　すでに彼と知り合いでしたか？」

「はい、まあ。昨日、お城でちょっと……」

「まあまあ！　カリヤさんは、既にそれほどの功績を⁉　やはりわたくしの目に狂《くる》いはありませんでしたわぁ！」

「随分《ずいぶん》と嬉《うれ》しそうですね、アルカナ？　あなたもあの少年と面識が？　説明なさい」

「ええ、ええ。カリヤさんはわたくしの本命ですもの。彼の活躍《かつやく》は、自分のことのように嬉しいですわぁ。そういうカロンさんも、カリヤさんと？」

「はい。友人であるイルティナ様が、彼と私を引き合わせて――って、本命とはどういうことですか本命とは⁉　相手の年齢《ねんれい》を考えなさい！」

カロンは顔を真っ赤にして怒鳴るが、アルカナは素知らぬ顔で受け流す。レアリエルは「うぇ……アルカナお姉様、あんなのが好みなんだ。趣味《しゅみ》わるーい」と小声で呟《つぶや》いていた。

「にょほほ。そうか、あの小僧がのう……」

「むう、狩夜の活躍は、紅葉としては嬉しいでやがりますが……あまりに名前が売れて、他の有力者に目をつけられると困るでやがりますよ……やっぱり今すぐ……いやいや、紅葉は遠征軍から離れられないでやがります……国元に向かった矢萩《やはぎ》を待つしか……」

狩夜の名前を聞いたガリムは、感心したように右手で顎鬚《あごひげ》を撫《な》で、紅葉は複雑そうな顔で下を向いている。

「なるほどね。昨日イルティナが言っていた、カリヤ君が倒したという主は、そのことか」

「あら、ランティスさんまでカリヤさんと？　まあまあ、どうやら今ここにいる全員が、既にカリヤさんと面識をお持ちのようですわねぇ。わたくし、運命を感じてしまいますわぁ。それで、いかがです？　皆さんから見て、わたくしの旦那《だん》様《な》の将来性は？」

「旦那様という発言に物申したいところですが――まあ、聞かなかったことにしましょう。そうですね……アルカナには悪いですが、私はあの少年に対し、過度な期待はしていません。強者である我々が守るべき、弱者の一人である――というのが、私の評価であると知りなさい」

「ボクもカロンちゃんに同意かな。ジル君の仇を討ってくれたことには感謝するけど、あのガキンチョには期待するだけ無駄だと思う」

カロンとレアリエルの狩夜に対する辛口《からくち》な評価。それに気分を害した風もなく、アルカナは頬《ほほ》に右手を当てる。

「あらあら。お二人のカリヤさんに対する評価は、随分と低いのですわねぇ。では、ランティスさんはどう思われます？」

「ん、私かい？」

「ええ、ええ。あなたのカリヤさんに対する、率直《そっちょく》な感想をお聞かせくださいまし」

「そうだね、私は――」

ランティスが、昨日の狩夜とのやり取りを思い出すかのように、ゆっくりと目を閉じる。そして、淡々《たんたん》と言った。

「なんの期待もしていないな。カリヤ君は、ごく普通の――いや、それ以下の開拓者だね」

「そう評価した理由を伺《うかが》っても？」

「彼には欲がなさすぎる」

狩夜を酷評《こくひょう》した理由をアルカナがたずねると、ランティスは間髪《かんはつ》いれずこう断言した。

すると、同調するようにカロンが大きく頷く。精霊解放軍の幹部二人が『叉鬼狩夜には欲がなさすぎる。だからダメ』という評価であるらしい。

「カリヤ君には、開拓者なら誰もが持っている欲――つまり、目標がないんだ。彼は、自分自身の器《うつわ》と、目の前に広がる現実に、既に見切りをつけてしまっている。それも、かなりシビアにね。昨日、私とカロンを前に彼が口にしたあの言葉には、正直驚かされたよ」

「わしがお前さんを呼びにいく前の話か？　興味あるのう。あやつ、いったいなんと言ったのじゃ？」

「『僕は遠征軍に参加するつもりはありません。僕は自分のことだけで、この過酷《かこく》な世界で生きていくのに精一杯《せいいっぱい》です。ユグドラシル大陸の外に目を向ける余裕《よゆう》なんてありません』だそうです」

「うわぁ、なにそれ信じらんない。あいつ、それでも開拓者なわけ？　目がキラキラしてないわけだ」

「あの若さで悟《さと》っとるのう……」

レアリエルは軽蔑《けいべつ》の表情を浮かべ、ガリムは苦笑いをした。そんな二人を尻目《しりめ》に、ランティスは続ける。

「そんなことを平然と言ってのける、無欲で現実主義なカリヤ君が、開拓者を生業《なりわい》にしている理由は——そうだね、衣食住を手に入れるためにしかたなく。そんなところかな？」

昨日、ほんの少し言葉を交《か》わしただけであるはずなのに、ランティスは狩夜の内面をズバリ言い当てた。若くして精霊解放軍の司令官を務めるだけあり、卓越《たくえつ》した洞察力《どうさつりょく》を有している。

「他の職業ならそれで十分。むしろ、その無欲が美徳となることもあるだろうが、開拓者はそれじゃ駄目だ。そんな低い志では、絶対に大成はできない。私たち開拓者には必要だろう？　命を懸《か》けるに値《あたい》するほどの戦う理由が欲《ほ》しいもの》が」

この場にいるすべての者が頷いた。そして、ランティスはさらに続ける。

「私は欲《ほ》しいよ、今以上の力が。新たな勲章《くんしょう》が。誰もが驚く偉業《いぎょう》が。私の国が。私を王と崇《あが》める臣民が。精霊を解放した英雄《えいゆう》という名声が――私は欲しい」

強欲《ごうよく》だなと、揶揄《やゆ》したくばするがいい。鋭い眼光でそう語りながら、ランティスは自らの欲望の一端《いったん》を開示する。だが、そんな彼に対して軽蔑の表情を浮かべた者は、ここにはただの一人もいなかった。

ランティスを見つめる皆の瞳に宿るものは、ただ一つ。

共感。

我ら開拓者はそれでいい。それでこそ開拓者だ――という、強い共感の光であった。

ソレを求めれば死ぬかもしれない。いや、むしろ死ぬだろう。そんなことは百も承知で、命を質草にして死地に飛び込み、欲望のまま欲しいものに手を伸ばす。

それができない者に、開拓者を名乗る資格はない。

「カリヤ君にはこれがない。彼は、本当の意味で開拓者じゃないんだ。主を倒したというのも、彼がテイムした、あの魔物の力が大きいのだと私は思う。昨日、一目見てわかった。あの子は凄いよ。並の魔物じゃない」

「確かに……あの魔物、マンドラゴラは凄いですわねぇ」

「そんな凄い魔物をテイムしたのが、無欲な人間であったこと……私は、それが残念でならない。あの魔物と共に私の指揮下に入ってくれれば、その力を有効利用しつつ、彼を導いてあげられると思い、それとなく声をかけてはみたが――脈はなさそうだ。彼が絶叫の開拓地《スクリーム・フロンティア》に足を踏み入れることはないだろう」

「司令官ランティスの言葉に、全面的に同意します。それがあの少年の器でしょう。アルカナ、人には向き不向きがあると知りなさい」

「そっそ。あのガキンチョに、ユグドラシル大陸を飛び出す度胸なんてありゃしませんて、アルカナお姉様」

レアリエルは「だから、もっと将来性のある別の男にしたほうがいいと思います！」と、アルカナに視線で訴えた。そんなレアリエルの視線を、アルカナは笑顔で受け流す。

「この先、ユグドラシル大陸のなかで慎《つつ》ましく生きていくであろうカリヤ君の前に、彼がテイムした魔物――マンドラゴラよりも強い魔物が現れないことを、私は願う。もし、マンドラゴラの手にあまるほどの脅威《きょうい》に直面してしまえば、彼は、カリヤ・マタギは――」

ランティスはここで空を見上げ、狩夜に対する評価を締めくくる。

「きっと、実にあっけなく、最後のときを迎《むか》えてしまうだろうから……」


――まずい！　まずい！　まずい！　まずい！

四匹の聖獣が、怒涛《どとう》の勢いで狩夜たちを攻め立《せ》てる。尋常《じんじょう》ならざるその連係攻撃を、狩夜は必死に目で追っていた。

「――っ‼」

狩夜の背中では、レイラがあらゆる手段を講じて聖獣たちの攻撃を防いでいる。が、正直手が足りていない。その証拠《しょうこ》に――

「くう！」

レイラの防御を掻《か》い潜《くぐ》り、狩夜の間近にまで迫る攻撃が増えてきた。

自身の首目掛けて飛んできたドヴァリンの角を、狩夜は右手の剣鉈で弾く。次いで、世界樹の根を蹴り、右に跳躍した。

すぐ左を紅蓮の業火――ドゥネイルの角が通過していくのを横目に、世界樹の根の上にどうにか着地する。そして、息つく間もなく身構え、真正面から突撃してきたダーインの攻撃に備えた。

聖獣が四匹揃《そろ》ってからというもの、ずっとこんな調子である。終始押されっぱなしで、逆転の糸口が見える気配すらない。

もちろん、まったくの無抵抗というわけではない。今も突撃してきたダーインに対して、レイラが有線式のガトリングガンで攻撃を仕掛けている。

発射された種子の大半は、ダーインの周囲を浮遊《ふゆう》するドヴァリンの角に防がれたが、少なくない数の傷をダーインの巨体に刻みつけることに成功した。

しかし――

「くそ、またか‼」

ダーインの突撃をかわすために、危険を承知で再び跳躍した狩夜の視線の先で、つけたばかりの傷が消えていく。ドゥラスロールの治癒能力だ。

ドゥラスロールは、戦場すべてを視界に収められる離れた場所から、涼《すず》しい顔で狩夜たちを見つめている。あの治癒能力が敵にある限り、狩夜たちに勝ち目はない。

「――っ‼」

「あいつ、何度も何度も！　邪魔《じゃま》するな～‼」そう言いたげに、レイラはダーインからドゥラスロールへと攻撃対象を変更《へんこう》する。ガトリングガンから発射された、おびただしい数の種子の弾丸が、ドゥラスロールへ殺到した。

戦闘において、真っ先に潰《つぶ》すべきはヒーラーだ。そんなことは狩夜だってわかっているが、それを実行しようとすると——

「ドヴァリンの奴！　また！」

ドヴァリンが、身を挺《てい》してドゥラスロールを守るのだ。

万能の武器であるドヴァリンの角は、レイラの多彩《たさい》な攻撃に対応するため、四匹の聖獣すべてに均等に割り当てられている。だが、四分割されている関係上、防御力《ぼうぎょりょく》と応用力は低下しており、ドヴァリンの角だけでは、レイラの攻撃をすべて防ぐことは不可能だ。それは、先のダーインとの攻防でも証明されている。

その不足分を補うために、ドヴァリンは我が身を犠牲《ぎせい》にするのだ。その聖獣一の巨体を、ドゥラスロールを守るための盾にして、角だけでは防ぎきれないレイラの種子を、甘《あま》んじて受け止める。そんなドヴァリンを、ドゥラスロールは傷ついた先から治癒していった。

傷ついては回復の繰り返し。その苦行を、ドヴァリンは嫌《いや》な顔一つせずに、平然と受け入れる。敵じゃなければその姿に涙の一つも流したかもしれない狩夜であるが、別の意味で泣きそうだった。やられる側としては、ドヴァリンの自己犠牲精神は堪《たま》ったもんじゃない。

ドヴァリンがいる限り、レイラの遠距離攻撃はドゥラスロールに届かない。かといって、ドゥラスロールに接近を試みると、ドヴァリンは元より、ダーインとドゥネイルが全力で妨害《ぼうがい》してくる。突破はほぼ不可能だ。

前衛には物理特化のダーインと、レイラの弱点である炎を操《あやつ》るドゥネイル。中衛には安定性抜群《ばつぐん》のドヴァリンがいて、後衛には驚異の回復能力を持ったドゥラスロールが控《ひか》えている。

聖域に許可なく足を踏み入れた者を、確実に始末するために用意された、万全の布陣《ふじん》であった。隙《すき》なんてどこにもありゃしない。

要するに、そう、認めたくないが――狩夜たちは、今まさに大ピンチであった。

一瞬の判断ミスが死に直結する。狩夜は、すぐ隣に死があることを強く感じていた。

「おかしい……」

狩夜の胸のなかで、スクルドが呟く。その声には、強い困惑《こんわく》と恐怖が込められていた。

「おかしい、こんなのおかしいです！　勇者様、本気を出してください！　勇者様の――世界樹の種の力は、この程度ではないはずです‼」

こんなのおかしい。ありえない。スクルドが悲痛に叫ぶ。だが、彼女がいくら叫んだところで、今の絶望的な戦況は変わらない。

女神の声にも、涙にも、戦況を激変させる力はないのだ。

「はぁ！　はぁ！」

スクルドの声が戦場に響くなか、狩夜は肩で息をしていた。サウザンドの開拓者といえど、体力が無限にあるわけではない。

限界が近い。また一歩、狩夜は死に近づいたことを実感する。

負けるのか？　ここで死ぬのか？

崩《くず》れかける気持ち。それを整えるために、狩夜は目を閉じ、激しく頭を振る。

そして、再び目を開けた狩夜の眼前に――

「――っ⁉」

狩夜を死へと誘《いざな》う、漆黒の獣の姿があった。

それなりにあったはずの間合いを、ダーインは一秒にも満たない時間で詰めてみせた。瞬間移動ばりのスピードである。

――こいつ、今まで本気じゃなかったのか⁉

眼前で振り上げられた魔剣《つの》をかわすため、狩夜は全力でバックステップを踏む。

レイラのハンマーすら切り裂くダーインの魔剣は、剣鉈では防げない。狩夜は全力で回避行動を取る。

狩夜の体が世界樹の根から離れると同時に、レイラは背中から一本の蔓を出し、聖域に点在する根の陸橋、その一つ目掛けて高速で伸ばした。そして、蔓が陸橋に突き刺さるや否《いな》や、その蔓を引っこめ、狩夜の体を全力でつり上げる。

狩夜の体がレイラの蔓をたどるように上昇をはじめた直後、ダーインが魔剣を振り下ろした。

ダーインの魔剣は、新装備である胸当てに触れるか触れないかの場所、スクルドのすぐ手前を通過する。狩夜たちの必死の抵抗が実を結び、紙一重のところでダーインの攻撃をかわすことに成功したのだ。

しかし――

「あ……」

ダーインの魔剣は、狩夜の体に巻きついていた蔓を――狩夜から決して離れないようにと、レイラが幾重にも巻きつけておいた、狩夜とレイラとの繋がりを切断していた。

狩夜の背中からレイラのぬくもりが消え、体の上昇も止まる。直後、狩夜の体が重力に従って落下を始めた。

「――っ‼」

狩夜とスクルドを残して、レイラは一人陸橋へと上昇する。この危機的状況を打開しようと、有線式のガトリングガンをダーインに向け、即座に連射するが――

「――っ⁉」

ドゥネイルの炎《つの》に邪魔される。

発射された種子どころか、その大元であるガトリングガンごとドゥネイルは炎で包み込む。炎が通過した後には、なにも残ってはいない。レイラのガトリングガンは、灰も残さず焼失していた。

そして、空中に投げ出されたことで身動きできない狩夜目掛けて、ダーインは振り下ろした魔剣を躊躇なく切り上げた。

絶対に避けられない。

自身を確殺するであろう攻撃が迫るなか、狩夜が取った行動は――

「スクルド、逃げて！」

空手であった左手でスクルドの体を掴み、ダーインの攻撃範囲《はんい》外へと放り投げることだった。

「オマケ⁉　なにを――」

驚愕の表情を浮かべながら、スクルドは投げられた方向そのままに狩夜から離れていく。そんなスクルドに、一人取り残された狩夜は苦笑いした。

「まったく、こんなときぐらい名前で呼んでよね……」

直後、ダーインの無慈悲《むじひ》な一撃が、狩夜の体を斬《き》り裂いた。

速度を一切減じることなく振り抜かれる魔剣。世界樹の聖域に、舞《ま》ってはならない血しぶきが舞う。

「オマケェエェエ‼　嫌！　いやぁあぁ‼」

「────っ‼」

狩夜から遠く離れた場所で、スクルドが悲鳴を、レイラが声なき絶叫を上げたのがわかった。だが、それらに対して狩夜がなにかしらの反応を返すことはない。

狩夜の体は、もう動かなくなっていた。

一瞬の激痛の後、全身の感覚が消失した。血と共にすべての力が流れ出ていく。

──ああ、僕はここで死ぬんだ。

異世界・イスミンスール。この過酷な世界に、わけもわからず引きずり込まれたあのときから、いつかはこうなるだろうと予想はしていた。

死ぬのはもちろん怖いけど、この世界で生きていくのも怖かった。そして、死ぬのはとても楽で、生きるのはとても辛《つら》かった。

そうだ、狩夜はずっと怖かったのだ。夢の狩猟《しゆりよう》生活の幕開けだ──とか、せっかくの異世界だ、楽しもう──だとか、そんな嘘で自分を誤魔化《ごまか》して、恐怖に押しつぶされないよう頑張《がんば》ってきたけれど、見事に予想通りの結末を迎えてしまった。

無力に、なにも残さず、無様に死んでいく。

だが、この死には一つだけ救いがあった。それは、狩夜を殺した相手が鹿であったということ。叉鬼家の人間は、ずっと鹿に生かされてきたんだ。そんな鹿に殺されるというのであれば、まだましな死にかただろう。

所詮《しょせん》、凡人《ぼんじん》の僕なんてこんなもんだ。むしろ頑張ったほうだろう──と、狩夜は生きることを諦《あきら》めた。これでもう頑張らなくていいんだと、安堵すらした。

これで終われる。楽になれる。狩夜は凡人らしく、楽なほう、楽なほうへと身を任す。

脳裏《のうり》に、イスミンスールで親しくなった人々の姿が、次々に浮かんでは消えていく。走馬灯だ。いよいよ死が近いらしい。

『これからは、ライバルだ！』

──ごめんザッツ君。僕はどうやらここまでらしい。君のライバルには不相応だったみたいだ。

『またな、カリヤ殿』

──すみません、イルティナ様。「また」はなくなってしまいました。とても良くしてもらったのに、申し訳ないです。

『死んではいけませんよ、オマケ』

──ごめん、スクルド。僕は死ぬ。もう決闘はできそうにない。君は生きて、世界の危機を他の誰かに伝えてくれ。

もう二度と会えない人々に、狩夜は心のなかで謝罪する。

そして『僕が聖獣に負けたから世界が滅び、彼らは死ぬかもしれない』という事実から目を背《そむ》け

るために、考えることすらやめた。

考えるという人間最大の武器を放棄《ほうき》した狩夜は、死を受け入れる準備を整えつつ、走馬灯の続きに身を委《ゆだ》ねる。

尊敬する祖父。優しい両親。学校の友達。そういった親しい人々の姿が、狩夜の脳裏に浮かんでは消えていった。

そして、ついに死が一瞬後に迫ったとき、狩夜が見た光景は——

『ごめんね、お兄ちゃん……』

血を分けた妹が、両目から涙を流しつつ、謝罪の言葉を口にしているところであった。

ズキリ‼

胸が——痛む。

第五章　欲しいもの

とある兄妹《きょうだい》の話をしよう。

ごく普通《ふつう》の両親の元に生まれた、ごく普通の愚《おろ》かな兄と、そんな両親と兄を持ちながら、普通にすらなれなかった優《やさ》しい妹の話をしよう。

裕福《ゆうふく》とはいえないが、食べるのにも、学ぶのにも苦労しない家に生まれた兄妹は、優しい両親の庇護《ひご》のもと、毎日を楽しく過ごしながら成長していく。

後ろをついてくる妹を常に気にかける兄と、兄の背中を追い続ける妹。二人揃《そろ》えば退屈《たいくつ》はしない。そして、なんでもできた。辛《つら》いことや苦しいことは、妹にかっこいいところを見せるための兄の見せ場となり、悲しいことや怖《こわ》いことは、兄に公然と甘《あま》えられる妹の憩《いこ》いの場となる。

楽しかった。無敵であった。世界のすべてがきらめいて見えた。兄妹は、こんな楽しい毎日が永遠に続くのだと信じて疑わなかった。

最高の相棒が、血の繋《つな》がった兄妹であったこと。そのことを、二人は神に感謝した。

数年の時がたつ。文字を学び、四則演算を覚え、自国の歴史と、世界のありようをある程度理解した兄妹は、変わらず仲が良く、元気であったが、ある共通の悩《なや》みを抱《かか》えるようになる。

それは、遠い田舎《いなか》で猟師《りょうし》をしている祖父と、両親との不仲であった。

子どもの特権を利用して、仲良くしない理由をたずねた兄に、駆《か》け落ち同然で結婚《けっこん》したから顔を合わせづらいんだ——と、父は苦笑《くしょう》する。駆け落ちとやらの意味はわからなかったが、家族が仲違《なかたが》いをしている現状が我慢《がまん》ならず、兄は仲直りを画策する。

祖父も、両親も、自分にはとても優しいのだ。だから、自分が間に立てばいい——そう決意して動き出した兄の背中を、妹は当然のように追いかけ、笑顔《えがお》で協力を申し出た。

その後兄妹は、あの手この手を駆使《くし》して、祖父と両親との間を取り持った。絶対にうまくいく。そんな確信があった。兄妹が二人揃えば、いつだって無敵なのだ。

そして、実際にうまくいった。祖父と両親が一堂に会する場を、兄は見事に設けてみせる。

それは、妹の記念日におこなわれる特別な催《もよお》し。そう、誕生日パーティであった。

前日の夜、これでお義父《とう》さんと仲直りできそうだよ、ありがとう——と、肩《かた》の荷が下りたような顔で父が言う。その言葉に、兄は誇《ほこ》らしげに胸を張った。そんな兄に、妹と母が盛大《せいだい》な拍手《はくしゅ》を送る。

明日《あす》の主役は妹であるが、その日の主役は兄だった。

そして、夜が明けた。運命の日がやって来る。

ついに迎《むか》えたパーティ当日。記念日となるはずだったその日の朝に、予期せぬ事件が起こった。

主役の妹が風邪《かぜ》を引き、熱を出して倒《たお》れたのである。

今日は日曜日で病院はやっていない。とりあえず一日様子を見よう——ということになり、両親は妹の看病を兄に任せて、電車でやって来る祖父を迎えに家を出た。

兄は、ベッドに横になる妹を見つめながら両手を握《にぎ》り締《し》めた。

お前、なに邪魔《じゃま》してんだよ——と。

頑張《がんば》って準備したパーティ会場が色あせた気がした。お小遣《こづか》いをはたいて買ったプレゼントが無価値になった気がした。今までの努力がすべて無駄《むだ》になった気がした。なにより、これが原因で祖父と両親との仲直りにケチがつく気がしてならなかった。

兄は、生まれてはじめて妹を邪魔に感じた。そして言う。言ってしまう。決して言ってはいけない呪《のろ》いの言葉を。

「なんでお前なんかが僕《ぼく》の妹なんだよ！　お前なんていなければよかったのに！」

この言葉が部屋に響《ひび》いた直後、妹の双眸《そうぼう》から涙《なみだ》がこぼれた。そして、痛々しい嗚咽《おえつ》が、兄の胸を貫《つらぬ》く。

「ごめんね、お兄ちゃん……」

この一言で、兄の頭は冷えた。そして、一時の怒《いか》りに身を任せた自分が、なにをしてしまったのか理解する。

泣いている妹が見ていられなくて、兄は咄嗟《とっさ》に踵《きびす》を返した。胸が痛い。この場所に、一秒だっていたくない。

兄は、その場から立ち去ろうとする。必死に呼び止める声が聞こえたが、兄の足は止まらなかった。振《ふ》り返りもしなかった。自分が傷つけ、泣いている妹を見たくなかったから。

遠ざかる兄の姿に、妹が慌《あわ》てて体を起こす。そして、いつものように兄の背中を追おうとするも、その場に崩《くず》れるように倒れ込《こ》み、苦しそうに両手で胸を押《お》さえながら、動かなくなる。

妹の異変を察し、兄はようやく足を止め、振り返る。床《ゆか》に倒れた妹の姿に愕然《がくぜん》とし、慌てて駆け寄った。

そう、妹の体を蝕《むしば》んでいたのは、ただの風邪ではなかったのだ。

時が進む。とある病院、その集中治療室《ちりょうしつ》の前であった。

その病名を聞き、両親と祖父の顔が青ざめていくなか、兄は年若い医師の白衣《ハクイ》を、縋《すが》るように引っ張っていた。そして、なんでもするから妹を助けてくれと懇願《こんがん》する。

そんな兄に、年若い医師は真剣《しんけん》な顔で言う。お兄さんだね？　今から僕が言うことをよく聞くんだ。君の妹さんは、これから長い間病気と闘《たたか》い続けることになる。お兄さんである君が、妹さんを支えてあげるんだよ――と。

兄は、年若い医師を問いつめる。自分はなにをすればいいのかと。

年若い医師は答える。優しい言葉で妹さんを元気づけてあげるんだ。いいかい、言葉にはね、力があるんだ。君の励《はげ》ましは、きっと妹さんの力になるよ――と。

また時が進む。とある病院の個室であった。そこで、大きなベッドで上半身を起こす妹と、学校帰りの兄とが談笑している。

兄は、年若い医師の助言を早速実践《さっそくじっせん》したのだ。毎日病院に通い詰《つ》め、兄だからできる方法で妹を笑顔にし、励ましの言葉と優しい言葉の双方《そうほう》をかけ続ける。

すると、確かに効果があった。妹の体調が日に日に良くなっていくのを、兄は実感する。

年若い医師の言葉は真実だった。言葉には力がある。確かにある。兄はそう確信した。そして、自分にも妹のためにできることがあるのだと安堵《あんど》し、そのことを教えてくれた年若い医師に、心の底から感謝した。

だが、直後に兄は、吐《は》き気を催すほどの酷《ひど》い後悔《こうかい》と、足場が崩れていくかのような自己嫌悪《じこけんお》に襲《おそ》われる。

事情を知らず、良かれと思って言ったであろう年若い医師のあの言葉は、無力な兄と病身の妹を救った。これ以上ないほどに救ってみせた。だが同時に、兄を追い詰めてもいたのだ。

妹を病気にしたのは、自分なのだと。病気に負けまいと、すんでのところで堪《こら》えていた妹に、最後の一押しをしてしまったのは、心無いあの言葉なのだと。兄は、一片の疑いもなく信じてしまう。

その夜、兄はベッドのなかで一人泣いた。時よ戻《もど》れと願いながら、涙がかれるまで泣き続けた。

だが、いくら願っても、どれだけ涙を流しても、世界はなにも変わらなかった。

時が不可逆であることを知り、兄は少しだけ大人へと近づく。

ここで、また時が進む。長い入院生活を終えた妹が、ついに退院したのだ。兄はそれを、我《わ》がことのように喜んだ。

その後、兄の生活は一変する。サナトリウムという名の療養所で生活することになった妹のために、空気の奇麗《きれい》な田舎へと、家族皆《みな》で引っ越《こ》したのだ。

生まれ育った街と、友人たち。そして、初恋《はつこい》の人との別れ。とても悲しかったが――妹のためだと我慢した。兄は、自分の感情を押し殺して、妹に優しい言葉をかけ続ける。

妹は、そんな兄を申し訳なさそうに見つめる。

「ごめんね、お兄ちゃん……」

胸がズキリと痛んだ。

普段は療養所で生活して、体調の良いときだけ家に帰ってくる妹は、家に帰れば必ず兄に遊んでくれとせがんできた。激しい運動はできないので、こんなときは大抵《たいてい》ゲームをすることになる。過度な演出がなく、ファンタジー色の強いＲＰＧを、兄妹は協力プレイで楽しんだ。

ゲームがあまり得意ではない妹は、必死に兄についていく。そんな妹を、兄はすべての外敵から守り通した。二人揃えば無敵。もう現実世界ではできないことを、兄妹はゲームのなかに求めたのだ。

ゲームを進める途中《とちゅう》、兄妹はあるクエストを受注する。それは、不治の病に冒《おか》された姫《ひめ》を救うため、万病を癒《い》やす薬の素材をとってきてほしいというものであった。

クエストの中盤《ちゅうばん》、素材の一つを手に入れたとき、妹が不意に呟《つぶや》く。

「万病を癒やす薬か……こんな薬が、本当にあればいいのにね……」

胸がズキリと痛んだ。

クエストを無事に終え、姫を助けた後、妹は療養所へと戻った。それを見届けてから、兄は万病を癒やす薬について色々と調べはじめる。

そして、それはすぐに見つかった。それもたくさん。

エリクシル。アムリタ。賢者《けんじゃ》の石。五石散。ソーマ。ハオマの酒。竜血。ユニコーンの角。人魚の肉。他にも、他にも。

ネットでなら、空想の世界でなら、妹を救う方法はいくらでも見つかった。兄はいてもたってもいられなくなり、これらを求めて周辺の山々を駆け回った。それと並行して知識も貪《むさぼ》る。学校の図書館で各種図鑑《ずかん》を読み漁《あさ》り、薬の素材になりそうな生物を探した。

妹を助ける方法は、本当にないのか？　あの日、言葉には力があると知らなかったように、自分がまだ知らないだけじゃないのか？

周辺の山にないのなら——と、兄は長期の休みのたびに、祖父の家を訪ねるようになる。そして、祖父を拝み倒して狩《か》りに同行させてもらい、その道中で薬の素材を探した。

病気と闘い続ける妹のために、万病を癒やす薬が欲《ほ》しかった。犯《おか》した罪の償《つぐな》いが、どうしてもしたかった。あの日から自分を責め続ける、胸の痛みを消したかった。

だが、兄はいつしか理解する。

万病を癒やす薬はないのだと。妹の体を癒やす術《すべ》はないのだと。この胸の痛みを消す方法はないのだと。

兄は、またベッドのなかで一人泣いた。現実の厳しさを知り、兄は少しだけ大人へと近づく。

時が進む。兄が机に向かい、勉学に励んでいた。

万病を癒やす薬はないと知った兄だが、妹への償いを諦《あきら》めはしなかった。空想の世界からは決別し、現実の医学に可能性を求めたのだ。

医者だ。医者になろう。妹を救えるような凄《すご》い医者に、自分がなればいいのだ。

祖父と両親の不仲は、心労が一番良くないという医者の一言で、ぎこちなさを残しつつも一応の解決を見ている。妹の容体も安定していた。努力するなら今だ。

目指すは県内一の進学校、それなりに名前の知れた私立中学。片道二時間かかるが、妹のためなら耐《た》えられる。

合格目指して兄はがむしゃらに勉強し——その道中で、何度も何度も壁《かべ》にぶち当たった。難問という注意書きのある問題、それと向き合う度《たび》に手を止め、頭を悩ませた。

こうして、また兄は理解する。どうやら自分は凡人《ぼんじん》であるらしい——と。そして、こうも理解した。恐《おそ》らく、一生努力を続けても、自分に妹は救えない。

兄は既《すで》に知っていた。妹を救えるのは、一握りの天才だけであると。それこそ、医学の歴史に名を刻み、世界の英雄《えいゆう》として永久《えいきゅう》に語り継《つ》がれるような大天才だけだ。妹の病気は、それほどまでに難しいものなのだ。

全国統一テストの順位に打ちのめされた。同じ塾《じゅく》に通う人間に、そんな問題も解けないのか？　と笑われた。お前もっと頑張れよ——と、見下されもした。兄を無敵にしてくれる妹は隣《となり》にいない。辛いことは普通に辛く、苦しいことは普通に苦しかった。兄は何度も何度も挫《くじ》けそうになった。

そんな人間が英雄になれるか？　誰《だれ》だってわかる。無理だ。不可能だ。なれるわけがない。

誰もがノーベル賞を獲《と》れるわけじゃない。誰もがオリンピックで金メダルを獲れるわけじゃない。誰もがプロの世界で活躍《かつやく》できるわけじゃない。

人は、残酷《ざんこく》なまでに、平等じゃない。

自分が世界の主役でないと知り、兄はまた一つ大人へと近づく。

だが、兄は泣きながら勉強を続けた。才能と現実に見切りをつけた後も、必死に努力を続けた。

自分に妹は救えない。ならせめて、妹を病魔から救う勇者が現れるそのときまで、妹を守り抜《ぬ》ける男になろう。

あのとき、言葉だけで自分と妹を救ってくれた、年若い医師。あの人みたいな強い男になりたい。

兄は、祖父と共に過ごすなかで抱《いだ》いた猟師という夢も、学校で友人と遊ぶ時間も諦めた。妹と共に過ごす大切な時間、それ以外のすべてをなげうって、勉強に明け暮れた。

現実にはすでに見切りをつけた。だからわかる。この世界は、日本という国は、凡人に優しくできている。凡人でも、本気で努力を続ければ、日本一の学校に合格できるようにできている。

これは凡人でも手が届く、ごくごく普通の目標であるはずだ。

兄は鬼気迫《ききせま》る様子で勉強を続ける。そんな兄を見て、お前、普通じゃないぞ、少しは休めよ――と、友人は言う。だが兄は、それを雑音の一つと切り捨て、勉強を続けた。その友人が、次第《しだい》に自分と距離《きょり》を置くようになるのも気づかずに。

そうして努力を重ねに重ね、迎えた受験当日。兄は、絶対に遅刻《ちこく》しないよう、余裕《よゆう》をもって家を出た。

受かる自信があった。その自信を裏づける努力を、凡人なりにしてきたつもりだ。体調もいい。落ちる要素などどこにもない。

来年から通うことになるであろう学校。目標のための通過点でしかない学校。その校門を、兄はくぐった。そして、受験会場に向かう途中、携帯《けいたい》電話の電源を切ろうとしたとき、不意に着信が鳴る。直後に受けた火急の報《しら》せに、兄の頭は真っ白になった。

安定していた妹の容体が、急変したのだ。

兄は、受験を放《ほう》り出して妹の元に向かう。そして、息を切らせながら駆けつけた病室で、病に苦しむ妹は、兄に向かってこう言った。

「ごめんね、お兄ちゃん……」

胸がズキリと痛んだ。

「こんな妹でごめんね……いつも大事なときに邪魔しちゃって……本当にごめんね……こんな妹、いないほうがいいよね……もう、私のために頑張らなくていいから……だから……」

目を見開きながら時間が止まったように立ち尽《つ》くす兄に、妹は願う。

「私の好きな、いつものお兄ちゃんに戻って」

兄はようやく自覚した。自分はいつの間にか、普通でなくなっていたのだと。そして、そんな兄の姿に、妹は心を痛めていたのだと。その心労が、病気を悪化させたのだと。

これを境に、妹は兄を避《さ》けるようになった。家にも帰らなくなり、お見舞《みま》いにもこないでと、電話越しに懇《こ》願された。

自分がいると兄の邪魔になる。兄が不幸になる。兄の周りに友達《ともだち》がいなくなる。頑張り過ぎて、いつか兄は疲《つか》れてしまう。

優しい妹は、そう考えたに違いない。

兄は泣いた。自分の愚かさを知り、兄はまた一つ大人へと近づく。

これ以来、兄は情熱を失った。受験のない市立中学に進学し、これといった部活動に参加することもなく、ただ漫然《まんぜん》と日々を過ごす。

頑張らない。いや、頑張れない。自分が無理をすれば、妹の病気が悪化する。そう考えただけで足がすくんだ。兄はもう走れない。

どこにでもいるさとり世代の誕生だ。大きな夢は抱かない。高望みはしない。唯一《ゆいいつ》の楽しみは、長期休暇《きゅうか》のたびに祖父の家に遊びにいくことだけという、実に慎《つつ》ましい生活を兄は送っていた。

情熱を失った兄は、せめて普通であろうとしたのだ。普通の生活を送れない妹の代わりに、自分が普通の生活を送ることを選んだ。

病身の妹が視界から消えたことで手に入れた、普通の生活。優しい妹がくれた、特別な普通。兄は、普通《それ》を噛《か》みしめ涙した。

普通がどれほど尊いものか知り、兄はまた一つ大人へと近づく。

そして、時間だけが過ぎていく。長らく会わないでいるうちに、兄はだんだんと妹のことを考えなくなった。普通の生活を送るには、普通じゃない妹が邪魔だったのだ。胸の痛みは、いつの間にか消えていた。

決して癒《い》えないと思っていた心の傷。それを、時間がゆっくり塞《ふさ》いでくれた。時間は残酷で――とてもとても優しかった。

もう、涙はおろか声も出なかった。大抵のことは時間が解決してくれることを知り、兄はまた一つ大人へと近づく。

また時が進む。情熱を失った兄が、とある理由で遠い異国の地に立っていた。病身の妹を母国に残して、兄は異国へと旅立ったのだ。

妹の目の届かない場所。心配を掛《か》けずになんだってできる場所。そんな異国の地で、兄はなにもしようとはしなかった。何者にもなろうとしなかった。ただ生きるためにお金を稼《かせ》いで、なあなあに時を過ごすだけだった。

偉《えら》い人に期待されても、英雄に声をかけられても、偶像《ぐうぞう》に馬鹿《ばか》にされても、兄は首を傾《かし》げるばかりで、走り出そうとはしない。失った情熱は、刺激《しげき》されることはあっても、戻ってまではこなかった。

そんな兄は、異国の中心であることを知る。いや、悟《さと》る。

それは、なにもかも諦めてしまえば楽になれるという、世界が万人《ばんにん》のために用意した、完全無欠の真理であった。

若くして真理を悟り、兄はついに大人になった。

とてもつまらない、大人になった。

そして、なに一つ成し遂《と》げぬまま、女神《めがみ》に看取《みと》られ死にました。なにも残せぬまま、一人無様に消えました。

さて、この後母国に残した病身の妹は、いったいどうなってしまうのでしょう？　なにせ、兄の背中を追いかけるのが生きがいだった妹です。もしかしたら――

もしか……したら……


唐突《とうとつ》に終わる走馬灯。もう、本当になにも見えなかった。辺りは一面の黒。黒一色である。夜の帳《とばり》よりなお暗く、なお深い死の闇《やみ》が、狩夜《かりや》のすべてを覆《おお》いつくそうとしていた。

なにも見えない。なにも聞こえない。だが、なにも感じないわけじゃない。

胸が――ひどく痛む。他になにもないからか、その痛みが際立《きわだ》った。

――ここで終わっていいのか？　なにか欲しいものがあったはずだろう？

そう、胸の痛みが語る。

――こんなものがお前の物語でいいのか？　まだ、やり残したことがあるだろう？

そう、狩夜の体が訴《うった》える。

絶対に忘れるなと、鏡を見るたび思い出せと、呪いの言葉を口にしたあの日から、時を止めたかのように成長をやめた体。時間にすら抗《あらが》い続けたその体が、すでに生きることを諦めている魂《たましい》を殴《なぐ》りつける。時間が塞いでくれた心の傷を、力任せにこじ開ける。

病身のメナドを前に、我を忘れて駆け寄ったのはなぜだ？

世界のすべてを呪っていたザッツを、助けたいと思ったのはなぜだ？

命を懸《か》ける戦いのなか、身を挺《てい》してイルティナを庇《かば》えたのはなぜだ？

世界のすべてを内包した世界樹の種に、手を伸《の》ばしかけたのはなぜだ？

己《おの》が無力を嘆《なげ》くスクルドの、涙を止めたいと願ったのはなぜだ？

思い出せ……思い出せ。思い出せ！　思い出せ‼

あの日、不治の病に冒された姫に自身を重ねて、万病を癒やす薬が欲しいと口にした妹に、愚かな兄はなんと答えた？

ゲームの世界のなかで、あの素材を――魔草・マンドラゴラを手に入れたとき、お前はなんと口にした？

力があると知ったその言葉で、叉鬼《またぎ》狩夜は、なによりも大切な妹に、いったいなんと言ったんだ⁉

「あったらいいな、そんな薬。もしあったら僕は、咲夜《さくや》のために命を懸けて取りにいくのに」


「■■■■■■■■■■■■■■‼」

狩夜、絶叫《ぜっきょう》。

それは、人の口から出たものとも、この世のものとも思えない、凄《すさ》まじい絶叫だった。

在りし日のレイラを彷彿《ほうふつ》させるその絶叫を、敗者が上げた断末魔《だんまつま》だと勘違《かんちが》いしたのか、ダーインは額から生える魔剣《つの》を天高く掲《かか》げながら、勝利を確信したかのように鼻を鳴らす。

そんな隙《すき》だらけの馬鹿目掛け、狩夜は右手を振り下ろす。

剣鉈《けんなた》が、ダーインの左眼球を貫いた。


「わしは違う意見じゃな」

ランティス、カロン、レアリエルの『叉鬼狩夜には期待するだけ無駄』という評価に反論する形で、ガリムが真面目腐《まじめくさ》った顔つきで言う。そんな彼《かれ》の言動が意外だったのか、カロンが身を乗り出した。

「ほう、私たちの少年に対する評価に異を唱えますか。では、ガリム。あなたの少年に対する評価を疾《と》く述べなさい」

「わしら開拓者《かいたくしゃ》に欲しいものが必要というのは——なるほど、確かにその通りじゃろう。それがあるからこそ、わしらは魔物と戦えるし、日々走り続けることができる。じゃがわしは、今それがないからといって、あの小僧《こぞう》が期待できんとは思わんし、そう簡単に死ぬとも思わん」

「それはなぜ？」

「あの小僧がスケベだからじゃ！　わしと一緒《いっしょ》におるとき、あの小僧はカロンの胸だの太ももだのをチラチラと見て、鼻の下を伸ばしておった！　スケベであるというのは生命力が強い証《あかし》！　あの小僧はきっと長生きする！」

　ガリムは右手で握り拳《こぶし》を作りながら力説する。直後、カロンの体が横にずれた。次いで「真面目に聞いた私が馬鹿でした……」と、両肩を深く落とす。

　そんなカロンを尻目《しりめ》に、ガリムは続けた。

「長生きすれば、欲しいものの一つや二つできようて。女に酒。喧嘩《けんか》に博打《ばくち》。世界には楽しいことがいくらでもあるのじゃからな。さすれば小僧は走り出す。いつかはわしらと同じところにまでやってくる――というのが、わしの見立てじゃのう。アルカナはどうじゃ？」

「わたくしは、あのときに感じた運命を信じるだけですわぁ。運命は必ずや、カリヤさんを絶叫の開拓地《スクリーム・フロンティア》へ導くことでしょう」

「ふむ、なるほど。二人の意見はわかった。それじゃあ、モミジはどうかな？　遠征軍《えんせいぐん》の一番槍《やり》から見た、カリヤ君に対する評価を聞かせてほしい」

　反論に気分を害した風もなく、他意を感じさせない声色《こわいろ》で、ランティスは紅葉《もみじ》に問いかけた。すると紅葉は不敵に笑う。

「紅葉は、狩夜が凄い男だと確信してるでやがりますよ！　昨日紅葉は知ったでやがります！　狩夜のなかには、紅葉と同じものが息づいてやがることを！」

「同じもの？　なんだい、それは？」

「鹿角《かづの》紅葉最大の武器にして誇り！　三代目勇者から今日に至るまで、絶えることなく受け継がれてきた力！　大和魂《やまとだましい》でやがりますよ！」


「――っ!?」

狩夜から思わぬ反撃《はんげき》を受け、ダーインが甲高《かんだか》い悲鳴を上げる。それを意に介《かい》さず、狩夜は更《さら》に奥《おく》へと剣鉈を押し込んだ。

眼球から続く太い神経を辿《たど》り、ダーインの脳内まで剣鉈を押し込む。そして――

「くたばれ。クソッタレの馬鹿野郎《やろう》」

躊躇《ちゅうちょ》なく手首を返し、脳内を掻《か》き混ぜる。

口から泡《あわ》を吹《ふ》き、ダーインが世界樹の根の上に倒れていく。そんなダーインから、眼球ごと剣鉈を引き抜き、狩夜は両足で着地した。その際、魔剣によって切り裂《さ》かれた青銅製の胸当てが、役目を終えたかのように狩夜の足元に落下する。

ダーインの魔剣の前では、紙同然の防御《ぼうぎょ》であっただろう。だが、狩夜が今命を繋いでいるのは、まさに紙一重《かみひとえ》の奇跡《きせき》といっていい。

この胸当てがなければ、狩夜は――

「……ありがとう」

一日足らずの共闘《きょうとう》だった装備に、狩夜は万感の思いを込める。直後、全身の感覚が戻った。ダーインにつけられた傷が激痛を放つ。

狩夜の体は、左わき腹から右肩にかけて、真《ま》っ直《す》ぐに切り裂かれていた。出血が酷い。主要臓器もいくつかやられているはずだ。間違いなく致命傷《ちめいしょう》。

一度は撥《は》ね除《の》けたものの、死は依然《いぜん》として狩夜のすぐそばにある。

だが、そんなものが気にならないくらい、胸の古傷が痛かった。こんな大切なことを、今の今まで忘れていた、自分自身が憎《にく》かった。

走馬灯のなかで垣間見《かいまみ》た、叉鬼狩夜の原風景。そこで思い出した初期衝動《しょうどう》。見つけ出した力の源泉。

そうだ。狩夜にはあったのだ。喉《のど》から手が出るほどに欲しいものが。なりたいと願った理想の自分が。償わなきゃならない罪が。

——こんなところで、無様に死んでる場合じゃない！

奇麗であろうとするな！　潔《いさぎよ》くあろうとするな！　無欲であろうとするな！　正しくあろうとするな！　罪ならとうの昔に犯しただろうが！

手を伸ばせ！　前を見ろ！　あの頃《ころ》みたいに走り出せ！

悟ってんじゃねーよ十四歳《さい》！　夢を見ろよ中二だろ！　馬鹿でいいんだ男の子！

「うぅあああぁあぁあああぁ‼」

狩夜は、衝動の赴《おもむ》くままに叫《さけ》び、右手を振り上げる。そして、眼前で倒れている虫の息のダーインに止《とど》めを刺《さ》すべく、全力で剣鉈を振り下ろした。

「——っ⁉」

だが、その攻撃《こうげき》は空を切ることとなる。ドヴァリンがダーインの周囲に配置していた角を操作し、ダーインの体を持ち上げ、移動させたからだ。

最短距離でドゥラスロールの元へと運ばれていくダーイン。そんなダーインにドゥラスロールのほうからも駆け寄り、治癒《ちゆ》能力が行使された。そして、無防備なダーインとドゥラスロールを守るように、ドヴァリンとドゥネイルが狩夜の前に立ち塞がる。

聖獣《せいじゆう》が四匹《ひき》揃って以降、連綿と続いてきた攻防《こうぼう》がようやく途切《とぎ》れた。

ダーインを運んだ角で狩夜を攻撃していれば、ドヴァリンは狩夜を殺すことができただろう。だが、ドヴァリンはそれをせずに、ダーインをドゥラスロールの元に運ぶことを優先した。

これらのことから、次の仮説が立てられる。

一つ、ダーインは恐らく復活する。

二つ、ドゥラスロールの力は、治癒する対象との距離が近ければ近いほど、その効果を増す。

三つ、さしものドゥラスロールでも、死者の蘇生《そせい》はできない。

脳を著しく《いちじる》傷つけられ、ダーインは死を待つだけだったはずだ。そんなダーインを治療できてしまうドゥラスロールの治癒能力は、多少の制限があるとはいえ、やはり驚異《きようい》的だ。奇跡の力といっていいだろう。

そんな奇跡の力が実際に行使されている光景を見つめながら、狩夜は――

「く……くく……」

自身の命と世界の命運を懸けた死闘、その只中《ただなか》にあるということはわかっている。旗色悪く、瀕《ひん》死《し》の重傷を負い、死がすぐ隣にあることも理解している。だが、それでも湧《わ》き上がる笑いを止められない。心が上げる歓喜《かんき》の声が、口から漏《も》れ出るのを止められない。

死者同然の重傷者を、当然のように治癒する力がある。不治の病すら癒やせるかもしれない力が、この世界には実在する。

マンドラゴラであるレイラ。聖獣ドゥラスロール。人魚だっていた。探せばユニコーンや、ドラゴンだっているかもしれない。この世界は宝の山だ。

――治る。妹の病気は治る！　犯した罪への償いができる！

欲しい。欲しい！　欲しい!!

その力《つの》をよこせ!!

「くひ……きひひ……」

凄絶《せいぜつ》な笑みを浮《う》かべ、瀕死の体を引きずるように、狩夜はドゥラスロールに向けて足を前へと動かす。すると、ドゥラスロールを守らなければならない立場であるはずのドヴァリンとドゥネイルが、一歩後退《あとずさ》りした。

両者の目には、圧倒《あっとう》的に優位だった自分たちが守勢に回っている現状への困惑《こんわく》と、狩夜に対する恐怖《きょうふ》の色があった。そしてそれは、ダーインを癒やしているドゥラスロールも同様である。能力で圧倒的に勝《まさ》っているはずの聖獣たちが、瀕死の狩夜に怯《おび》えていた。

狩夜は確信する。こいつら、実戦ははじめてだな――と。

考えればわかることだった。聖獣は世界樹の最終防衛ライン。そして、この聖域に足を踏《ふ》み入れたのは、女神を除けば歴代の勇者たちのみ。〈厄災《やくさい》〉の後でなら、狩夜とレイラだけだと断言できる。

本来、聖獣は世界樹を守護する存在であり、勇者と敵対する理由はない。ならば、この戦いが初《うい》陣《じん》で当然なのだ。

だからダーインは、勝利が確定していないのに油断した。だから聖獣たちは、異様な言動をしている狩夜に――いや、経験したことのない未知に対して怯えている。そして、油断と怯えが、優位だった戦況《せんきょう》を一瞬《いっしゅん》で覆《くつがえ》す、致命的な隙に直結することを理解していない。

ならば――

「こいよ鹿《しか》ども！　全員まとめて食ってやる！」

狩夜は、剣鉈を眼前に運び、突《つ》き刺さったままになっていたダーインの眼球に食らいつく。そうして、純然たる殺意を、弱肉強食という野生の掟《おきて》を、温室育ちの家畜《かちく》どもに叩《たた》きつけた。

突如《とつじょ》出現した新たな未知を前にして、ドヴァリンとドゥネイルの体が強張《こわば》り、僅《わず》かだが硬直《こうちょく》する。

視線も狩夜に釘《くぎ》づけとなった。

そして、その隙を見逃《みのが》すレイラではない。

高速で振り下ろされた二本の蔓《つる》が、硬直しているドヴァリンとドゥネイルを、真上から強襲《きょうしゅう》する。

大径木をも両断するレイラの蔓による攻撃が、二匹の胴体《どうたい》に直撃した。ドヴァリンとドゥネイルの体は豪快《ごうかい》に抉《えぐ》れ、血しぶきを撒《ま》き散らしながら根の上を転がる。

一時の別離《べつり》を乗り越え、レイラが狩夜の背中へと戻った。そして、狩夜の体に蔓を巻きつけながら、先端《せんたん》に針のついた治療用の蔓を出現させる。

レイラが狩夜の首筋に針を突き立てるのと、ドゥラスロールの角が今までにないほどの輝《かがや》きを放ち、聖域全体を光で満たしたのは、ほぼ同時であった。

瞬《また》く間に傷を癒やし、ドヴァリンとドゥネイルが立ち上がる。脳を掻き回されたダーインの目にも、光が戻ったように見えた。復活は近い。

それに対し、狩夜の体は——

「——っ!?」

治らない。レイラは驚愕《きょうがく》に目を見開き、いっこうに変化のない狩夜の傷を凝視《ぎょうし》する。すると、そこにスクルドが合流した。

「駄目です、勇者様！　ダーインの角によってつけられた傷は、ドゥラスロールと私たち女神にしか癒やせません！　そして、今の私にそんな力は——」

スクルドは、忌々《いまいま》しげに自らの首にはめられた首輪に手をかけながら続ける。

「気を強く持つのです、オマケ！　気力を振り絞《しぼ》り、魂を肉体に繋ぎ止めるのです！　気を抜いたり、諦めたりしたら死にますよ！　死んではダメです！　生きるのです！　あなたごとき未熟者では、戦死した勇者の魂《エインヘリヤル》とは認めませんよ！　私は絶対、ぜっったいに認めませんからね！」

そこからのレイラの行動は早かった。狩夜の体に巻きつけていた蔓から無数の根を出し、傷口へと殺到《さっとう》させる。

傷口から出血が止まった。流れ出る狩夜の血液を、レイラの根が一滴《いってき》残らず吸い上げているのだ。並行して、レイラは狩夜の動脈に蔓を接続する。ダーインの攻撃によって損傷した主要臓器の代わりに酸素を溶《と》かし、不純物をろ過した上で、狩夜の体に吸い上げた血液を送り込む。げに恐ろしき手段で、レイラは狩夜を延命させていた。

——ここまでか。

狩夜は、傷口から体のなかに入り込んできた根だの蔓だのを、朦朧《もうろう》としながら見つめる。

「レイラ……スクルドを連れて……逃《に》げるよ……」

消え入りそうな狩夜の言葉に、レイラとスクルドが息を呑《の》む。

反論は――ない。二人ともわかっているのだ。この状況では、逃げるのが最善だと。

狩夜は瀕死の重傷で、レイラの力による急速な回復も望めない。レイラには目立った消耗《しょうもう》はないが、狩夜の生命維持《いじ》をしながらでは満足に戦えないだろう。スクルドははじめから戦力外だ。

もう、狩夜たちに勝ち目はない。逃げるべき――いや、逃げるしかない状況である。

だが、それでもレイラとスクルドの体は、動こうとしなかった。

レイラには、勇者としての使命感と、狩夜を傷つけた聖獣たちへの怒りがある。スクルドには、戦《いくさ》乙女《おとめ》としての矜持《きょうじ》と、姉であるウルドへの愛情がある。

逃げたくない。戦いたい。勝ちたい。その気持ちは痛いほどにわかった。

渦巻《うずま》く葛藤《かっとう》に動けなくなった二人。逃げることと負けることに慣れていない選ばれた者たちに、狩夜は――凡人は言う。

「見つけたんだ……欲しいもの……戦う理由……」

動かすのも辛い口を懸命《けんめい》に動かして、呼吸するだけで激痛の走る肺から空気を絞り出す。

「強くなるから……」

「……」

えぐり取られた眼球すら再生し、ダーインが再び立ち上がる。ついにすべての聖獣が復活した。八個四対《つい》の瞳《ひとみ》が、狩夜たちを睨《にら》みつける。

「あいつら倒せるくらい……強くなるから……」

「オマケ……」

聖獣が一斉《いっせい》に走り出す。四匹揃えば大丈夫《だいじょうぶ》だと、未知に対する恐怖を振り切り駆け出した。もう油断もしてくれそうにない。

戦ったら——負ける。そして死ぬ。

——僕は、叉鬼狩夜はまだ死ねない！　妹を、咲夜を残して死ぬわけにはいかない！

「だから頼《たの》む！　今このときは逃げてくれ！」

狩夜がこう叫ぶと、レイラが悔《くや》しさを堪えるように歯を食い縛《しば》る。次の瞬間、奥歯にスイッチでも仕込《しこ》んでいたかのように、戦いの最中に自切して、破棄《はき》しておいた果実《ハンマー》が、轟音《ごうおん》を立てて爆発《ばくはつ》した。

足を止めて防御態勢に入る聖獣たち。一方のレイラは、頭頂部にタンポポのような綿毛を出現させ、爆風をキャッチし、空へ舞《ま》い上がる。

見事に爆風に乗り、結界の外へと逃げ果《おお》せる狩夜たち。聖獣からの追撃がないことを確認《かくにん》し、狩夜は意識を手放した。

「三対三か、拮抗《きっこう》したね」

ガリム、アルカナ、紅葉の三人が『叉鬼狩夜に期待している』と声を上げたことで、精霊《せいれい》解放軍幹部たちの狩夜に対する評価が同数となった。

ここでランティスは、僅かに逡《しゅんじゅん》巡するような表情を浮かべ、隣に座《すわ》るギルを見つめる。

流れとしては「ギル殿《どの》はどう思われますか？」と、狩夜に対する評価をたずねるのが自然だろう。しかし、少々強引《ごういん》でもここで「そろそろ出発しようか」と、司令官権限で話を打ち切り、同数で引き分けというのも、それはそれでいい終わりかただ。幹部たちの間で要《い》らぬ荒波《あらなみ》を立てずにすむ。解放軍の司令官として、ランティスはそう考えているに違いない。

そして、そう考えているのはランティスだけではない。カロン、ガリム、アルカナが、微妙《びみょう》な表情でランティスとギルとを交互《こうご》に見つめていた。

ランティスは「よし、ここで話を終わらせよう」と小さく頷《うなず》く。次いで、解放軍全体に休憩終了《きゅうけいしゅうりょう》を宣言するべく、立ち上がろうとして――

「ギルのおじ様はどう思います？」

レアリエルに出端《でばな》をくじかれた。

直後「空気読めよ！」と言いたげな視線がレアリエルに集中したが、当の本人はどこ吹く風だ。レアリエルは、狩夜の評価がどちらに傾《かたむ》くかだけを気にしている。

そんなレアリエルに、ギルは苦笑いを浮かべ――

「すみません。今は冷静な判断ができそうにありませんので、彼に対する評価は保留にさせていただきます」

と、冷静に大人の対応を見せた。

ランティスは、今度こそと立ち上がろうとして――

「それじゃあ、フローグはどう思うでやがりますか？」

今度は紅葉に邪魔された。

「だから空気読めよ！」という視線が紅葉に集中する。そんななか、少し離《はな》れた場所に生えた木の陰《かげ》から声が上がった。

「興味がない」

皆の視線がフローグがいるであろう木の陰に移り、フローグに対して苦手意識を持つカロンが両肩を跳ね上げる。

カエル嫌《ぎら》いのカロンを気遣《きづか》って、幹部たちの輪に入ろうとしないフローグは、人目につかない木陰で一人身を休めていた。すべての水の民《たみ》の期待を一身に背負いつつ、フローグは精霊解放軍のなかで孤高《ここう》を貫いている。

「それって、ガキンチョのことなんて眼中にないってことです？」

レアリエルが問うと、木の陰から呆《あき》れるような溜息《ためいき》が聞こえた。

「違う。人の言葉を自分にとって都合のいいように捉《とら》えるな。俺《おれ》は、お前たちが議論している『昨日のカリヤ・マタギ』には興味がない。そう言ったんだ」

「昨日のって……昨日と今日でなにか変わるんですか？」

「変わるさ。確かにあの坊主《ぼうず》は軟弱《なんじやく》で、開拓者には不向きだろう。昨日見た坊主からは、灼熱《しやくねつ》のような欲望も、鋼《はがね》のような決意も感じられはしなかった。だが、奴《やつ》はこの先もそのままか？　弱者は永遠に弱者のままなのか？　つい数年前、お前は――いや、俺たち人類は、魔物に虐《しいた》げられるだけの存在ではなかったか？　それが変われたからこそ、こうして第三次精霊解放遠征《えんせい》がはじまったのではないのか？」

「それは……そうですけど」

「刹那《せつな》の時あらば人は変わる。そして、たとえ凡人であろうと、やりかた次第で超人《ちょうじん》になれるのが俺たち開拓者だ。あの坊主の前には、無限の可能性が広がっている。変わるかもしれんし、そのままかもしれん。ゆえに俺は、昨日の坊主には興味がない」

「あう……」

フローグに気圧《けお》され、レアリエルは口を噤《つぐ》んで身を縮こませる。

「俺が興味あるのは『次に会う時のカリヤ・マタギ』だけだ」

「いやぁ含蓄《がんちく》のある言葉ですね。さすがはフローグ殿。では、我々のカリヤ君に対する評価は、三対三で引き分けということで！」

意気消沈《いきしょうちん》しているレアリエルを横目に、このままでは不味《まず》い——と、ランティスが強引に話題の変更《へんこう》を図《はか》った。

「ところでモミジ。カリヤ君に大和魂があるというのはどういう意味なんだい？　彼は私と同じ光の民じゃないのか？」

「え？　あ、いや、それはその……」

「カリヤさんには月の民の血が混ざっているそうですわよ。名前も本来は姓《せい》が先で、マタギ・カリヤだそうですわぁ」

「へえ、珍《めずら》しい名前と容姿だなと思ってはいたけれど、そういうことか。黒目黒髪《くろかみ》の光の民はほとんどいないからね。でも、月の民の血が混じったのは、随分《ずいぶん》と昔のことだろう？　だって月の民は——」

「あ、そうそう！　紅葉はフローグに聞きたいことがあったでやがりますよ！　紅葉たちの故郷、ヨトゥンへイム大陸について、色々と聞かせてほしいでやがります！」

この話題はまずい――と、紅葉はランティスよりも更に強引に話題を変えた。フローグは木の陰から顔を出し、紅葉の顔を懐疑《かいぎ》的な視線で見つめる。

「聞いてどうする？　ヨトゥンへイム大陸はディープラインの向こう側だぞ？　〔水上歩行〕スキルがなければ、いくことは不可能だ」

「そ、それはわかってるでやがりますが……でも、やっぱり気になるでやがりますよぉ……」

「ディープライン。マナが含《ふく》まれている海水と、一切《いっさい》含まれていない海水との境目ですわねぇ。わたくし、実際に見たことがないのですけれど……いったいどうなっているのです？」

「ディープという言葉が示す通り、海の底――海底から立ち上るようにできた、緑白色の境界線だ。その場にいけば一目瞭然《いちもくりょうぜん》だが、船でいこうなどとは決して思うな。まかり間違って船がディープラインを越えてしまえば、それで終わりだからな。ディープラインの向こう側は、魔物の――奴の領域だ。故郷を思う気持ちはわかるが、今は聞くな。そしていくな。諦《あきら》めろ」

フローグが口にした『奴』という一言に、解放軍幹部全員の顔が曇《くも》った。

「フローグ殿、それはかの『世界蛇《へび》』ヨルムンガンドのことですね？」

「ああ。イスミンスールの大海、そのほぼすべてを支配下に置く、海の魔王だ」

魔王。

大陸、もしくは大海を丸ごと支配し、莫大《ばくだい》な量のソウルポイントを千年単位で独占《どくせん》してきた別次元の魔物に贈《おく》られる称号《しょうごう》にして、全人類からの畏怖《いふ》の証。

地獄《じごく》の壺《つぼ》の底の底。そこに王の如《ごと》く君臨する、蠱毒《こどく》の儀式《ぎしき》の集大成。人類最大の敵。それが魔王である。

千年単位で強化を繰《く》り返した魔物である魔王は、歴代の勇者たちや、聖獣、かの〈厄災〉よりも強いのではないか？　とさえ言われており、人類を恐怖させている。

その魔王の一角にして、世界最強と目されている魔物こそが『世界蛇』ヨルムンガンドなのだ。

「一度だけ……一度だけ奴を見たことがある。背筋が凍《こお》ったよ。立ち向かうどころか、逃げることすらできなかった。まさに、蛇に睨まれた蛙《かえる》だな。見逃されたのはたぶん気まぐれ。奴から見れば、俺などいてもいなくてもいい、羽虫の如き存在ということだろう。まあ、あのとき俺を殺さなかったことを、いつの日か必ず後悔させてやるつもりだが……」

鳴き袋《ぶくろ》を膨《ふく》らませて、フローグはケロケロと笑う。その鳴き声にカロンが顔を青くさせていると、フローグは続けた。

「おいカロン。さっきお前、カリヤのことを『強者である我々が守るべき、弱者の一人』とか言っていたな？　己惚《うぬぼ》れるなよ、ミズガルズ大陸の入り口しか知らない小娘《こむすめ》が。いいことを教えてやろう。俺たち人類に強者など一人もいない。人類すべてが弱者なんだ」

「ひゃい！　肝《きも》に銘《めい》じまひゅ！」

フローグの叱責《しっせき》に、カロンの顔色は青を通り越して土気色になっていた。

蛙に睨まれた竜《へび》。これでは立場が逆である。

「まあ、さしもの奴もディープラインの内側にまでは入ってこない。だからモミジ、大人しく目の前の目標に――ミズガルズ大陸に集中しろ。光の精霊の解放、俺たちはそれだけを考えればいい」

「ディープラインの内側にある、唯一の他大陸。それがミズガルズ大陸の西端《せいたん》、希望峰《きぼうほう》じゃからな」

今回で三度目になる精霊解放遠征。その遠征先が、すべてミズガルズ大陸である唯一にして絶対の理由がそれだ。

人類が比較的《ひかくてき》安全に足を踏み入れることができる他大陸は、大地の一部がディープラインの内側にある、ミズガルズ大陸しかないのだ。

ミズガルズ大陸以外の大陸の発見と上陸。それらが不可能とされていた理由も『ディープラインの外側だから』に尽《つ》きる。

船で目指したところで、ヨルムンガンドに食われて終わり。それが、幾千《いくせん》、幾万もの犠牲《ぎせい》の末に出した、人類の結論だった。〔水上歩行〕スキルを有するフローグが、その頭角を現すまでは。

「光の精霊さえ解放すれば、世界樹がある程度力を取り戻し、放出するマナの量も増えると予想されます。そうすればディープラインは広がり、アルフヘイム大陸と、ヨトゥンヘイム大陸のどこかに到達《とうたつ》する可能性は大いにある。もちろん、まだ未発見の他大陸に対しても、同様のことが言えますね」

右手で眼鏡を上げながら、ギルは自身の目標を再確認するように言う。

「急がば回れ――で、やがりますか。紅葉たちが故郷を取り戻すためには、まず光の精霊様を解放しやがるしかない」

「そういうことですわねぇ」

「ぼ、ボクも頑張っちゃいますよ！」

「わ、私もです。此度《こたび》の遠征で、必ずや光の精霊を解放してみせます！」

フローグに気圧されていたレアリエルとカロンも、決意を新たにするように声を上げた。ランテイスは、ここしかないと勢いよく立ち上がる。

「私たちの手で、必ずや光の精霊を解き放つ！　休憩は終わりだ、出発するぞ！」

司令官の号令に、解放軍の至る所から「おう！」という声が上がった。弛緩《しかん》していた空気が一瞬で引き締まり、解放軍全員がきびきびと動き出す。

カロンたち幹部も持ち場へと戻り、周囲が慌ただしくなるなか、木陰から出てきたフローグがランティスへと近づく。

「ランティス。演説のときにも思ったんだが……お前、今回の遠征で光の精霊を解放することに拘《こだわ》り過ぎてないか？　ミズガルズ大陸は光の民の故郷。入れ込むのもわかるが、退《ひ》き際を誤るなよ。先人から伝え聞く米やトウモロコシ、馬鈴薯《ばれいしよ》などの優秀《ゆうしゆう》な作物を持ち帰るだの、大量の鉄鉱石を採取するだの、それなりの結果を出せば、国民も、国王たちも納得《なつとく》する。第四次の精霊解放遠征に繋がる終わりかたを目指せばいい。こんな時代だ、被害《ひがい》を少なく終わらせれば、次の遠征までの期間はさほどあかんだろうさ」

「……わかっています。ですが、どうにも嫌《いや》な予感がしてならないのです」

ランティスは、彼方《かなた》にそびえる世界樹に目を向ける。

「嫌な予感？」

「はい。今回の遠征で光の精霊を解放しなければ、取り返しのつかないことになる……そんな気がしてならないのです」

「勘《かん》か？」

「はい」

「お前の勘はよく当たるからな」

間髪《かんはつ》いれずに頷いたランティスに、フローグは困ったように右手で後頭部をかいた。

「まあ、司令官はお前だ。遠征軍の舵取《かじと》りは任せるし、俺はお前の指示に従おう。だが、あくまでも光の精霊の解放を目指すと言うのなら、魔王との戦いは避けられんぞ？」

ミズガルズ大陸奥地への単独先行偵察《ていさつ》。フローグは、自らがおこない、そのおりに発見した魔王を引き合いに出す。だが、その忌《い》むべき言葉に、ランティスは眉《まゆ》ひとつ動かさなかった。

世界樹から視線を戻したランティスは、フローグの顔を正面から力強く見据《みす》える。

「覚悟《かくご》の上です。『強欲竜《ごうよくりゅう》』ファフニールを打倒《だとう》し、私は光の精霊を解放してみせる」

この言葉を最後に、ランティスは踵を返して遠征軍の先頭へと向かった。その背中を、フローグは――世界で唯一魔王の力を知る者は、無言で見送る。

英傑《えいけつ》たちは歩き出した。彼らが向かう先は栄光か。それとも破滅《はめつ》か。それは、まだ誰にもわからない。


「……うっ」

深い、深い眠《ねむ》り。白い部屋にもいけないほどの意識の喪失《そうしつ》から、ようやく狩夜は目を覚ました。

ゆっくりと目を開けると、そこは森のなかだった。狩夜は、はじめてイスミンスールにきたときのことを思い出しながら、近くにいるであろうレイラの姿を探す。

「レイラ……」

なんとなく動かした視線の先に、彼女《かのじょ》の姿はあった。横たわる狩夜の顔を、すぐ近くで見つめている。

「……」

目が合う。するとレイラは「大丈夫？」と、不安げに首を傾げた。狩夜は「大丈夫だよ」と小さく頷き、もう一人の仲間を探す。

「スクルド……」

だが、その姿が見当たらない。そして、名前を呼んだのに返事がない。なにより、周囲にレイラと狩夜以外の気配がない。

「スクルド⁉」

狩夜は葉っぱの敷布団から慌てて体を起こそうとして――失敗した。首から下が、金縛《かなしば》りにでもあったかのように動かない。だが、狩夜はそんなこと知ったことかとばかりに、唯一自由に動かせる首を必死に伸ばして、レイラに向き直る。

「レイラ！　スクルドはどこだ⁉　あれからどれくらいの時間がたった⁉」

まさか、聖域に取り残してきたのか？　と、狩夜が表情を歪《ゆが》めたとき――

（気がつきましたか、オマケ）

と、どこからともなくスクルドの声が聞こえた。ようやく聞くことのできた仲間の声に狩夜は安堵し、全身を弛緩させる。

狩夜も、レイラも、スクルドも生きていた。狩夜たちは、全員無事に聖域から脱出《だっしゅつ》し、絶体絶命の窮地《きゅうち》を乗り切ることができたのだ。

生きていれば、生きてさえいればなんとかなる。世界樹を――ウルドを助けることも、まだきっとできる。

「スクルド？　どこにいるの？　隠《かく》れてないで出てきてよ？」

（私がいる場所はあなたのなかですよ、オマケ。そして、今出ることはできません。せっかく塞いだ傷が開いてしまいます）

「――っ⁉」

狩夜は気がついた。聖獣との戦いで致命傷を負った自身の体から、痛みが消えているということに。

傷があったはずの場所に意識を集中させてみたり、力んだりもしてみたが、痛みはまったく感じない。レイラでも治療できず、ドゥラスロールと女神にしか癒やせないはずの傷が、完全に塞がっていた。

（ダーインの角による致命傷を癒やし、あなたの命を救うには、私があなたと同化して、内側から呪いを中和するしかなかったのです。傷は既に勇者様が塞いでいますが、まだ呪いは消えておらず、弱体化した今の私では、完全な解呪《かいじゅ》には時間がかかりそうです。お互《たが》いに不本意でしょうが、しばらくは一心同体の運命共同体ですね。それと、急激な回復に体がついていけてないようですから、無理をせずもう少し横になっていなさい）

「そっか……ありがとう、助かったよ。スクルドは命の恩人だね」

（礼は不要です。命の恩人はお互い様ですから。それと、これは先の戦いでの借りを返すために仕

方なくしたことであり、他意はありません。くれぐれも勘違いしないように）

「あはは、テンプレをどうも。でも、ほんと無事でよかったよ。今回は負けちゃったけどさ、次だ。次頑張ろう。大丈夫、諦めない限り、心が折れない限りは、本当の負けじゃないんだ。何度も負けてる僕が言うんだから、間違いないよ」

（惨敗《ざんぱい》して死にかけた直後だというのに、随分と前向きですね？　気でも触《ふ》れましたか？）

「逃げるときに言ったでしょ？　見つけたんだよ、欲しいもの。負けてへこたれてる暇《ひま》なんてないさ」

本心だった。勇者であるレイラすら上回る聖獣たちの力を見せつけられ、命からがら逃げ出し、スクルドの機転でどうにか命を繋いで、奇跡的に助かったというのに、狩夜の心は生まれ変わったかのように晴れやかだった。負けて良かったとすら思う。それほどまでに、あの敗戦で得たものは大きい。

鹿に恨《うら》まれているのか、それとも感謝されているかなんて、もうどうでもいい。鹿に殺されるならましな死にかただとか、考えたのが馬鹿だった。

――見てろよ害獣《がいじゅう》ども。絶対に駆除《くじょ》してやる。その後で、全員まとめて食ってやる。

そう胸中で呟きながら、狩夜は笑った。

覚悟と狂気《きょうき》を孕《はら》んだその笑顔が、レイラが時折みせるあの笑顔にとてもよく似ていることに、本人は気づかない。

（オマケ。その、今回の敗北の件なのですが……なぜ勇者様が聖獣に負けたのか、その理由がわかりました）

「……聞かせて」

勇者であるレイラさえいれば、無策でも――ただの力押しでまず間違いなく勝てる相手であったはずの聖獣。

だが、結果は惨敗。狩夜たちは敗走を余儀《よぎ》なくされた。

その敗北の理由がわかったというのなら、聞かずにはいられない。

（あなたが意識を失ってから、一晩の時がたっています。その間に検分して判明したことなのですが……勇者様のなかにある世界樹の種は、未完成です。本来の力を発揮できていません）

「未完成……」

（ウルド姉様の話を聞いたときに気づくべきでした。ウルド姉様が世界樹の種を異世界に転移させたのは、〈厄災〉の呪いによって能力を封印《ふういん》される直前。そんな土壇場《どたんば》に、完成した世界樹の種を都合よく用意できるはずがないんです。急造品であるあの種の出力は、完成品の十分の一にも満たないでしょう）

「十分の一以下……」

――それでもあの強さか。完全な世界樹の種を聖剣として使っていた歴代の勇者は、いったいどれほどの強さだったのだろう？

（一方の聖獣は、私の知るそれよりも格段に強くなっていました。数千年の長きに亘《わた》り世界樹を食べ続け、その力を体内に取り込み、自身を強化したのでしょう。私の知る〈厄災〉以前の聖獣ならば……今の勇者様でも、オマケとの連係で十分に勝てたと思われます）

狩夜がサウザンドになった直後にスクルドと引き合わせたレイラであるが、その理由がこれのようだ。

恐らくレイラは、世界樹の種から聖獣の情報を得ていたのだろう。そして、その情報から勝つのに必要な戦力を逆算し、出した結論が、狩夜がサウザンドになることだったに違いない。

そして、その見立ては間違いではなかったのだ。聖獣の強さが〈厄災〉以前のままであったなら。

「勇者は弱くなっていて、聖獣は強くなってたわけだ……そりゃ負けるよね」

(敗北の責任は……すべて私にあります……勇者様を責めないであげてください……)

「どうしたの？　随分と眠そうだけど？」

(そろそろ……限界のようです……マナを……力を使いすぎました……オマケ……私はあなたのなかで……再び休眠《きゅうみん》状態に入ります……あなたの体から呪いが消えたとき……私は目を覚ますことでしょう……)

「スクルド……」

(私が目覚めたとき……今のままだったら許しませんからね……あなたは私に……女神である私に……強くなると言いました……聖獣を倒すとも言いました……必ず成し遂げてもらいますよ……私は嘘《うそ》が嫌《きら》いです……)

「わかってる。絶対……絶対僕は強くなる！」

(その意気です……世界樹の種が完成するには……長い……とても長い時間が必要……勇者様の爆発的な強化は……期待できません……聖獣を倒すには……あなたが強くなるしかない……)

「スクルド、眠る前に教えて！　世界樹が枯れるまで——世界が滅《ほろ》びるまでには、あとどれくらいの時間があるんだ⁉」

聖域に向かう道中で一度ははぐらかされた質問を、狩夜は再度問いかける。

（あと……一年……）

「一年……」

それは、人間である狩夜からみても短く、星の寿命《じゅみょう》からすれば瞬《まばた》きにも満たない時間だった。

これを最後に、スクルドの声は完全に途絶《とだ》えた。

どこにでもいる普通の中学生の命を繋ぎ止め、世界の命運を託《たく》し、女神は再び眠りについたのだ。

スクルドが眠りにつき、森の一角に静寂《せいじゃく》が訪《おとず》れる。

まだ体が動かない狩夜は首を動かし、レイラの顔を真正面から見つめた。

「……また、二人に戻ったね」

コクコク――と、レイラは弱々しく頷く。

意識を失い、気がつけば二人きり。周囲には誰もおらず、ここが何処《どこ》なのかすらわからない。

本当にイスミンスールにきた直後に戻ったかのようだ。この世界にいるのは、狩夜とレイラの二人だけ――そんな気さえする。

「負けちゃったね……」

コクコク――と、レイラは悔しそうに頷く。

「怪我《けが》……治してくれてありがとう」

ブンブン――と、レイラは激しく首を左右に振る。「お礼なんて要らない」と、申し訳なさそうに。

どうやらレイラは、今回の敗戦を――狩夜を守り切れなかったことを悔《く》いているようだ。

あの敗北は自分のせいだ。自分が弱いせいで負けた。自分が弱かったから狩夜が死にかけた。自分にはこの世界を救えないかもしれない――そんな考えが、レイラの頭のなかを埋《う》め尽くしているのがわかる。

そんなレイラに、狩夜はとても腹が立った。なんで僕を責めないのだ――と。

レイラは強かった。聖獣相手に立派に戦った。なのに、なぜ自分を責める？　なぜ自分が悪いと考える？

弱かったのは狩夜だ。力も、技《わざ》も、知恵《ちえ》も、心も、なにもかもが中途半端《ちゅうとはんぱ》だった。足りないものが多すぎた。だから負けたのだ。

責められるべきは狩夜だ。悪かったのも狩夜だ。その自覚もある。レイラは狩夜に向かって「お前のせいで負けたんだ！」と言えばいい。狩夜を負けの理由にして、自分を擁護《ようご》すればいい。

なのにレイラは自分を責める。すべてを一人で背負い込もうとしている。

得たものの多い敗戦だった。その得たものを惜《お》しみなく狩夜に与《あた》えて、それ以外の苦しいものを、全部自分が背負うつもりだ。

そんなレイラに腹が立つ。そして、レイラ以上に、弱い自分に腹が立つ。

結局、レイラにとっての叉鬼狩夜とは、どこまでいっても庇護の対象なのだ。だから非難しないし、頼《たよ》ろうともしない。

相方？　パートナー？　勇者の御供《おとも》？　違う、これじゃただの足手まといだ。

――このままじゃだめだ。守られてばかりじゃだめなんだ！

狩夜はある決心をした。

絶対に無理だと思って、ずっと先延ばしにしてきたアレを、今しよう。

本当は、この世界にきた直後にしなければいけなかったアレを、あの日によく似た今しよう。

「レイラ、今後のために僕、君に言っておきたいことがあるんだけど――」

レイラは「なに？」と、虚《うつ》ろな表情で首を傾げた。そんなレイラに向けて、狩夜は心の奥底にしまっていた、とある感情を解き放つ。

「なんで僕をこんな世界に連れてきやがった！　この吸血人参《にんじん》！」

レイラの表情が凍りつく。そんなレイラを、狩夜は憤怒《ふんど》の形相で睨みつけた。

――さあ、今まで先延ばしにしてきたことをはじめよう。利害の一致《いっち》で続けていた、なあなあの関係を終わりにしよう。

本音で語り合おう。

喧嘩をしよう。

対等な関係になるために。


いい奴だということは、すぐにわかった。

相性《あいしょう》が凄くいいことも、すぐにわかった。

気遣ってくれるし、優しくしてくれる。色々と助けてくれる。

名前を呼んだだけで意図を理解してくれた。何度も命を助けてくれた。

なにより、狩夜を異世界に引きずり込んだことに対して「申し訳ないことをしたな……」と、思ってくれていた。

だから、こうして今までやってこれた。不平不満を心の奥底に押し込めて、一緒にいることができていた。

なんとなくだがわかるのだ。レイラのことは。

ゆえに、狩夜は知っている。女神であるウルドも、スクルドも知らないであろうレイラの秘密を、狩夜だけが知っている。

レイラは、イスミンスールを救うこと以外にも、なにか別の、本当の目的があって動いている。

さらに、イスミンスールを救うことは、その目的をレイラが達成するための手段でしかない。

叉鬼狩夜という、どこにでもいる普通の中学生が必要になるのは、本当の目的のほうだ。その目的を達成するためには、狩夜の存在が必要不可欠なのだ。

だからレイラは、狩夜を異世界に引きずり込んだ。

だからレイラは、狩夜と行動を共にし、体を張って守り続ける。

別の目的があって、手段として世界を救済する。そのことに文句を言うつもりはない。むしろ共感するし、親しみが湧くくらいだ。「力を持つ者が世界を救うのは当然のこと！　報酬《ほうしゅう》なんていらないさ！」とかのたまう奴を、狩夜は信用しないし、仲良くなれるとも思わない。

世界を救うなんて理由じゃ戦えない。無償《むしょう》で命を張る道理はない。それは、狩夜もレイラも変わらない。

本当の目的とやらがなんなのかまではわからないが、それを目指してせいぜい頑張ればいいと思う。世界の救済が手段な時点で、さぞ壮大《そうだい》な目的なのだろう。理想を掲げて勝手に邁進《まいしん》してくれればいい。気の合う相手だ、応援《おうえん》ぐらいしよう。

だから、そのことを責めるつもりはない。狩夜のせいで負けた今回の戦いについても、責めるつもりはない。

だが、事前通達なしに狩夜を異世界に引きずり込んだことは別だ。

レイラにも理由と目的があった？　それはわかるが、狩夜には関係ない。

狩夜じゃなきゃダメだった？　それはわかるが、狩夜にも家族がいて、日々の生活がある。

勝手に期待して、無理矢理連れてくるんじゃない。こっちの都合も考えろ。

同意なんざしていない。事後承諾《しょうだく》もしていない。異世界にいきたかったわけじゃない。

叉鬼狩夜は、自身を異世界に引きずり込んだ化け物《レイラ》のことを、微塵《みじん》も、些《いささ》かも、これっぽっちも、まるで、全く、全然、毛ほどにも——許してなんかいない。

本当は、ずっと文句を言いたかったのだ。それこそ、両手で首を締め上げてやりたいほどに。だが、狩夜が異世界で生きていくには、レイラの力が必要だった。見捨てられたら生きていけないと思った。

いや、これすらも言い訳だ。今必要なのは本音である。叉鬼狩夜の本音を、本心をさらけ出せ。

そう、狩夜は——怖かったのだ。

マンドラゴラという、未知の生物が。その身に宿す、圧倒的な力が。機嫌《きげん》を損ねた瞬間殺されるかもしれないという、最悪の結末が。どうしようもなく怖かった。

傍《はた》から見たら対等の関係に見えたかもしれない。仲のいい友達に見えたかもしれない。狩夜のほうが上に見えたかもしれない。

だけど、違う。心の奥底には、常に恐怖があった。その圧倒的な力に、狩夜の魂が屈服《くっぷく》してた。

対等じゃなかった。友達じゃなかった。

一緒に戦った。頭を撫《な》でた。ふざけ合った。一緒に眠った。額をぶつけ合った。一緒に馬鹿をした。小突《こづ》いたりもした。頭ごなしに命令だってした。対等の関係に見えるよう振る舞った。

全部、レイラが望んだからしたことだ。そうすれば喜んでくれることがわかるから、機嫌を損ねたくなかったからしただけだ。

その関係を終わらせる。もうおべっかはたくさんだ。

「なんで僕をこんな世界に連れてきやがった！　この吸血人参！」

もう、すべてを出し切るまでは止まれない。

レイラが泣きそうな顔をしているが知ったことか。泣きたいのはこっちなんだ。どうにでもなれ。

一度の喧嘩で終わるような関係なら、狩夜とレイラはそこまでなんだ。これ以上先になんて進めない。

「人間一人いなくなっても、世界はなにも変わらない――そう思ったのか⁉　どこにでもいる普通の人間なんだから、別にいいよね――とでも考えやがったのか⁉」

「……」

「ああ、そうだよ！　僕は生まれてこのかた、なに一つ成し遂げちゃいない人間だ！　世界に惜しまれるような命じゃない！　いなくなっても世界はなにも変わらない！」

「……」

「努力はした！　したんだ！　やりたいことがあったから！　成し遂げたいことがあったから！　友

達にドン引きされて、教室のなかで孤立《こりつ》して、後ろ指さされるくらい努力したんだ！　いいかよく聞け、神様公認のチート野郎！　地球って世界には人間が溢《あふ》れかえってて、なにをするにも競争なんだ！　そんな世界で、僕みたいな凡人が特別なことを成し遂げるためには、並大抵《なみたいてい》の努力じゃだめなんだよ！」

「……」

「努力ってのは辛いんだよ！　苦しいんだよ！　そんでもって報《むく》われるかどうかもわかりゃしないんだ！　でも耐えられた！　目的のためならと頑張った！　僕にはこれしかないって必死に努力して、努力して、努力して、ようやく一区切りってところで待ったがかかった！　目的のほうからもうやめろって、もう頑張るなって言われたよ！　どうしてそうなったかわかるか⁉　二束三文の規格外野菜！」

「……」

「僕の努力は泥臭《どろくさ》かったんだよ！　水鳥みたいに優雅《ゆうが》にはいかなかった！　見るに見兼《みか》ねるほどだった！　本人よりも見ているほうが辛かったんだ！　だから取り上げられた！　そんな人間だよ！　僕は努力を取り上げられた凡人さ！　上なんて狙《ねら》えない！　先なんて見えてる！　夢も希望もありゃしねえ！」

「……」

「そんな僕がなにになれるってんだ⁉　どうしろってんだ⁉　楽しむのが目的で部活やれってか⁉　野球やサッカーやれってか⁉　できるかそんなこと！　田舎の学校の野球部やサッカー部にだって、本気の奴はいるんだ！　必死に努力してプロを目指してる熱い奴がいるんだ！　僕みたいな半端者なんて、そいつらの邪魔になるだけだろうが！」

「……」

「だからって、そいつらに向かって『無駄なことしてるな』なんて言えなかった！　冷めた目でなんて見れなかった！　自分の努力が報われなかったからって、他人の努力を否定するような人間に僕はなれなかったんだ！　必死に頑張ってるときに言われる心無い一言が、どれほど人を傷つけ打ちのめすかわかるか⁉　言葉には力があるんだ！　僕は誰よりもそれを知っている！」

「……」

「上にも下にもいけないなら、残るのは真ん中さ！　普通になるしかないだろう⁉　長所は短所がないところ、短所は長所がないところ、なりたい職業は正社員、趣味《しゅみ》特技はありません！　見ろやこのプロフィール！　これが叉鬼狩夜って人間だ！　誰かに期待されるような男じゃねぇ！　そんな男を異世界で有効利用しようってか⁉　そんな君を私が変えてあげるってか⁉　余計なお世話だ馬鹿にするな！」

「……」

「ふざけんじゃねぇぞ肉食牛蒡《ごぼう》！　僕は普通でよかったんだ！　部活で頑張ってる友達の掃除《そうじ》当番を代わって！　休日に近所のお爺《じい》さんの畑仕事を手伝って、ありがとうって言ってもらえれば僕は満足だったんだ！　プロの世界で活躍している人や、オリンピック選手をなんとなく応援して、輝いている人のお裾《すそ》分《わ》けで充実《じゅうじつ》感に浸《ひた》れればそれでよかったんだ！」

「……」

「他にいただろうが⁉　過労死寸前リーマンとか！　世のなかに絶望してるヒキニートとか！　嬉々《きき》

として異世界にいってくれそうな、人生のやり直しを望んでる奴らがいくらでも！　そいつらがお前を使って、使い潰《つぶ》して、理想の国だの、ハーレムだのを造ってくれるだろうさ！」

「……」

「要らねぇんだよそんなもん！　僕は普通でいたかったんだ！　普通を馬鹿にするな！　それがどれだけ尊いものかわかってんのか⁉　普通《それ》を守ることが人生のすべてになっちゃう僕みたいな人間や、その普通にすらなれなかった妹みたいな人間が、世のなかにはいるんだ！」

「……」

「それを奪《うば》い取りやがって！　掠《かす》め取りやがって！　ぶち壊《こわ》しにしやがって！　お前が憎いぞ徘徊《はいかい》大根！　お前が一方的に強奪《ごうだつ》しやがった普通はなぁ、妹が僕にくれた特別だったんだ！」

「……」

「お前がいつのまにか居座ってる場所だって、本当は妹の場所なんだ！　僕の相棒は妹なんだよ！　僕を無敵にするのは妹であってお前じゃねえ！　僕の背中は、お前みたいな化け物が、我が物顔で居座っていい場所じゃないんだ！」

「……」

「そんな風に思ってたんだよ！　ついさっきまではなぁ‼」

「……？」

「妹がいる」

嫌ってくれれば楽だった。

「体が弱い」

お前のせいで私は死ぬのだと、そう罵《ののし》ってくれれば、嫌うこともできたかもしれないのに。

「今は落ち着いてるけど、いつなにが起こっても不思議じゃない」

でも無理だった。

「いい子なんだ……」

嫌いになるなんてできなかった。

「自慢《じまん》の妹なんだ……」

守りたい。生きていてほしい。いつか現れるだろう素敵《すてき》な誰かと一緒になって、幸せな家庭を築いてほしい。

「自分のことよりも、僕みたいなダメ兄貴を優先する、優しい妹なんだ……」

特別なんて望んじゃいない。誰もが手にしてしかるべき、ごく普通の人生を、妹に送ってもらいたい。

「そんな優しい女の子が、幸せにならないなんて嘘だろう⁉」

そのためならなんでもできる。

「薬が欲しい……」

どんな苦しいことでも耐えられる。

「万病を癒やす……薬が欲しい……」

命だって惜しくはない。

「大切な妹を、普通に戻す奇跡《くすり》が欲しい！」

でも、叉鬼狩夜の命じゃ救えない。努力や医学じゃ助からない。

だから、縋りつく。いつしかないと諦めた、科学を超越《ちょうえつ》した神秘の力に。悲劇でしかなかったはずの、化け物との出会いに。この不可思議で、滅びかけた世界に。

「なぁ、頼むよ勇者様……この世界を救うついででいい……本当の目的を達成した後でいい……妹を……咲夜を助けてくれ……」

「……」

「そしたら全部許す……なんだってする……こんな体、砕《くだ》け散ったってかまわない……」

「……」

「だから……だから頼むよ……レイラ……」

いつの間にか、狩夜から怒りは消えていた。憤怒の表情は崩れ去り、両目からは滂沱《ぼうだ》の如く涙が流れている。

もう、怒声《どせい》ではなく懇願だった。狩夜は、レイラのすべてを許すことと、叉鬼狩夜という存在のすべてと引き換《か》えに、妹の救済を勇者に願う。あの日に犯した罪の償いを求める。

それに対する、レイラの返答は――

「……（コクコク）」

狩夜と同じように、両目から涙を流しながら、何度も何度も頷くことだった。

「約束だぞ？」

「……（コクコク）」

「守れよ!?」

「……（コクコク！）」

「……僕なんかでいいのか？　本当に僕で？　特別なことなんてできないぞ？　他にも凄い人がいっぱいいただろ？　僕が君にできることなんて、名前をつけてあげることぐらいだぞ？　こんな僕で……本当に？」

「……（コクコク！　コクコク！）」

「ありがとう……酷いこと言って……ごめん……」

狩夜は、まともに動かない体をどうにか動かし、四つん這《ば》いになりながら右手をレイラへ伸ばす。レイラは、両手でそれを包み込んだ。

「マンドラゴラのレイラさん、お願いがあります。僕と友達《いっしょに戦って》になってくれますか？」

「……（コクコク！　コクコク！　コクコク！）」

こうして契約《けいやく》は結ばれた。凡人叉鬼狩夜と、勇者レイラは、今この瞬間より正式なパートナーとなった。

対等な関係となり、互いの手を取り歩きだす。

今までは、生きるためにと戦った。恩人への恩返しや、人は見殺しにしちゃいけない、できる限り助けたいという、強迫観念《きょうはく》にも似た義理人情が戦う理由だった。

でも、ここから先は違う。ここからは自分の意思で、自分のために戦う。

誓《ちか》いをここに。言葉には力がある。そう信じて。

「なあなあでやるのはここまでだ！　この滅びかけた世界に、凡人の意地を見せてやる！」

もう一度走り出そう。目的に向かって手を伸ばそう。今はまだ弱いけど、これから絶対に強くなる。誰もが認める勇者《レイラ》のパートナーになってやる。

レイラを相棒と認め、この背中を預けよう。二人揃えば無敵。そんな関係を築いていこう。

「レイラ。強くなるんだったら、やっぱり精霊解放遠征に参加するのが一番だと思う。ランティスさんに頭を下げて、僕らも遠征軍に入れてもらおう。開拓《かいたく》の本場絶叫の開拓地《スクリーム・フロンティア》に、僕たちも殴りこむんだ」

絶叫の開拓地《スクリーム・フロンティア》の魔物と、ユグドラシル大陸の魔物とでは、倒したときに手に入るソウルポイントに雲泥《うんでい》の差があるという。開拓者が手っ取り早く強くなるには、絶叫の開拓地《スクリーム・フロンティア》にいくのが一番だ。

それに、光の精霊を〈厄災〉の呪いから解放することでも、当面の危機を回避《かいひ》することができるとウルドは言っていた。選択肢《せんたくし》を増やすという意味からも、精霊解放遠征に参加するべきだと狩夜は思う。

レイラも賛成らしく、コクコクと頷いた。

「よし。僕の体が動くようになり次第、ウルザブルンに戻って、ランティスさんたちを追いかけよう。で、レイラ。そのために聞きたいことがあるんだけど――」

狩夜は現在位置を確認するように周囲を見回した。視界に映るのは、天に向かってその身を伸ばす、すぐ横に生えた大木の姿と――周囲を覆いつくす、山に慣れた狩夜ですら経験したことのない、凄まじい濃霧《のうむ》だった。

「ここ……どこ？」

迷いの森のどこかなのは間違いない。だが、狩夜の周囲には、正規ルートを通っていたときにはなかった、凄まじい濃霧が立ち込めている。ホワイトアウトとはまさにこのこと。視界は半径五メートルほどで、そこから先は白一色だ。

恐らく、聖域から脱出する際、狩夜たちは迷いの森の非正規ルートに突っ込んでしまったのだろう。そして、迷いの森の非正規ルートに足を踏み入れた者は、例外なくこうなってしまうに違いない。

「……（ふるふる）」

頼みの綱《つな》であるレイラも、ここがどこだかわからないと首を振った。そして、迷いの森をよく知る女神スクルドは、狩夜のなかで眠っている。

これは、つまり、そう、あれだ――

「やばい……迷った……」

遭難《そうなん》である。

決意を新たにした狩夜とレイラの前に、暗雲ならぬ濃霧が立ち込める。正規ルートを外れた侵入《しんにゅう》者《しゃ》に、世界樹の防衛機構である迷いの森が、容赦《ようしゃ》なく牙《きば》をむいた。

「よし、出港！」

ミーミル川の終点にして、ユグドラシル大陸の東端《とうたん》。そこに築かれた城塞《じょうさい》都市ケムルトに、ランティスの声が響き渡った。

精霊解放軍がウルザブルンを出発してから、すでに二週間がたっている。ユグドラシル大陸すべての主要都市を、特筆するような事件もなく無事に巡《めぐ》り終えた解放軍は、今まさにミズガルズ大陸に向かって旅立とうとしていた。

司令官の号令と共に、港街でもあるケムルトから、一隻《せき》の船が出港する。

船の名はフリングホルニ。全長五十メートル以上、幅《はば》十メートル以上の巨体《きょたい》を誇る、イスミンスールのいかなる船よりも大きく、頑強な、木造の軍船だ。

その形状は、ガレー船と帆船《はんせん》の双方の特徴《とくちょう》を併《あわ》せ持つガレアス船で、三本のマストと、三十本を超《こ》える櫂《かい》を有している。大砲《たいほう》の類はないが、魔物の角を削《けず》って作られた巨大な衝角《しょうかく》が船首水線下に取り付けられており、水中から船を襲おうとする水棲《すいせい》魔物を牽制《けんせい》していた。

そんなフリングホルニの甲板《かんぱん》には、精霊解放遠征に参加する開拓者たちの姿がある。彼らは、ケムルトから上がり続ける声援に応《こた》えるように、その手を大きく振り返していた。

『極光』のランティスがいた。『爆炎《ばくえん》』のカロンがいた。『鉄腕《てつわん》』のガリムがいた。ミーミル王国の英雄である三人の他にも、名の知れた開拓者がずらりと顔をそろえている。

彼らならきっとやってくれる。光の精霊を解放し、魔物から大地を取り戻してくれる――と、ケムルトの住人たちは期待に目を輝かせ、少しでも彼らの力になるべく、声援を送り続けた。

ケムルトの住民だけじゃない。ユグドラシル大陸全土の期待が、才能が、資財が、技術が、フリングホルニという一隻の船に集約されていた。

それらすべてを力に変えて、精霊解放軍は大海原《おおうなばら》を一直線に突き進む。サウザンドの開拓者によって振るわれる櫂から得られる推進力は凄まじく、フリングホルニはガレアス船では考えられないほどの速度で、一路ミズガルズ大陸を目指した。

そんなフリングホルニの甲板の上に、不可思議な植物を頭上に乗せた、黒目黒髪の少年の姿は――

ない。


精霊解放軍がユグドラシル大陸を発《た》ってから、二日後――

「や、やっと帰ってこれた……」

「……（ぐったり）」

ウルズ王国の都、ウルザブルン。その北門付近に、疲れ果てた様子でふらふらと歩く、狩夜とレイラの姿があった。

狩夜たちは、迷いの森のなかを延々《えんえん》と迷い続け、ついさっきウルザブルンに戻ってきたところである。

狩夜は、いつも通りのハーフジップシャツと、トレッキングパンツ姿だ。ダーインの魔剣によって切り裂かれたそれらであるが、レイラの夜なべにより見事に復活し、ほつれ一つなく修復されている。

さすがは勇者。裁縫《さいほう》技術も伝説級だ。

「まさか……二週間以上も迷い続けることになろうとは……」

歩けども歩けども、一向に抜けられない果てなき森と濃霧の迷宮《めいきゅう》。上からなら抜けられるのでは？　と、木を登ってもみたが、登れども登れども、空どころか木の終わりすら見えてこなかった。

正直、空間がループしていたとしか思えない。

だったら最終手段だ――と、レイラの力を借りて迷いの森を伐採《ばっさい》しながら突き進んでもみたが、これも無駄だった。

濃霧で遮《さえぎ》られた視界、半径約五メートル。その範囲《はんい》を過ぎて狩夜とレイラの視界から消えた木々たちは、切られていようがへし折られていようが、一瞬で元通りだ。はじめてこの現象を目の当《ま》たりにしたときは、レイラ共々愕然としたものである。

世界樹の第一次防衛ラインは伊達《だて》ではない。一度正規ルートを外れたが最後、迷いの森は、人も魔物も例外なく迷わせる。

今朝になって「そろそろ出してやるか」と言わんばかりに、突然《とつぜん》目の前にウルズ川の源流が現れたときは本当に驚《おどろ》き、心底安堵した。そして、なにを切っ掛けにして入り口に戻ることができたのか、それすらもわからなかった。

「迷いの森……マジで迷いの森……」

スクルドの案内なしに、もう一度なかに入ろうとはとても思えなかった。正規ルートはレイラが覚えていたが、その正規ルートすらも、一定時間が経過すると、別のパターンに変化する可能性を否定しきれない。

不用意に飛び込んでまた迷ったりしたら、目も当てられないほどに悲惨《ひさん》な状況に陥《おちい》るだろう。どうやら、狩夜の体からダーインの呪いが消えて、スクルドが目を覚ますまでは、聖獣との再戦すらおぼつかないらしい。

かといって、精霊解放遠征に参加して、光の精霊の解放を目指す道も、すでに閉《と》ざされてしまっている。

「……ランティスさんたち、もう出発しちゃってるよね？」

別れ際にランティスが口にした『遠征軍がユグドラシル大陸を発つまで』という期間は、とうの昔に過ぎ去ったと思われる。正規の手段で精霊解放遠征に参加する術が、もう狩夜にはない。

そして、狩夜とレイラの二人だけでミズガルズ大陸――絶叫の開拓地《スクリーム・フロンティア》に乗り込むというのも、正直、現実的ではない。

なぜなら、精霊解放遠征の期間中は、ミズガルズ大陸の西端に築かれている人類の拠点《きょてん》が、解放軍とその後援組織の貸し切りになってしまい、一般《いっぱん》の開拓者が利用できなくなってしまうからだ。

水辺にいればとりあえず安全なユグドラシル大陸と違い、ミズガルズ大陸には安全な場所などどこにもない。徒党を組んで拠点を構築し、見張りを立てなければ、人類は夜眠ることすらできはしないのだ。拠点のなかにあるという、開拓者ギルドをはじめとした公共機関を利用できないのも非常に痛い。

イルティナに相談して、マーノップ王や、他国の王にも事情を話し、特例を出してもらおうかとも考えたが、現時点では悪手のように思えた。なぜなら、狩夜は一年後に世界樹が枯れるという事実を証明できない。

レイラが勇者であることは、その身に宿す世界樹の種を見せれば済むが、世界樹の今後については、スクルドが眠りについた今、確たる証拠《しょうこ》が手元にないのである。狩夜の言葉を信じない者も出るだろう。

現状、世界の意思は『精霊の解放』で統一されている。それを乱すようなことはするべきではない。迷いと焦《あせ》りは、ランティスたち精霊解放軍から著しく力を削《そ》ぐだろう。

精霊を解放し、世界を救うのが勇者である必要はない。名声や地位は、狩夜もレイラも欲《ほっ》していない。ランティスたち精霊解放軍が、狩夜たちとは無関係に光の精霊を解放してくれるなら、それはそれで万々歳だ。

狩夜とレイラだけが知る世界の真実は、今しばらく秘密にしておいたほうがいいだろう。少なくとも、第三次精霊解放遠征の成否が明らかになるまでは。

ゆえに狩夜たちは、精霊解放軍に正規の手段で参加できなかった場合は、絶叫の開拓地《スクリーム・フロンティア》への進出をきっぱり諦めると決めていた。

「レイラ、光の精霊はランティスさんたちにまかせて、僕たちは聖獣に――強くなることに集中しよう。プランBを発動だ。ユグドラシル大陸にいる主どもを、君と僕とで狩り尽くす」

それが、ユグドラシル大陸のなかで活動しながらも、多量のソウルポイントを短期間で獲得《かくとく》できる唯一の方法だった。

ユグドラシル大陸には、いまだ多くの主が残っている。そいつらがため込んでいるソウルポイントを、あますことなく根こそぎいただく。ランティスたち腕利《うでき》きの開拓者がユグドラシル大陸にいないのも好都合だ。競争相手がいないうちに、主どもの首級を狩夜たちで独占する。

まずはここ、ウルズ王国が統治するユグドラシル大陸南部。次に、フヴェルゲルミル帝国《ていこく》が統治する大陸西部。最後に、ミーミル王国が統治する大陸東部。そうしてユグドラシル大陸全土を巡り、主を狩り尽くしたころには、精霊解放遠征の成否がわかり、スクルドも目を覚ますことだろう。

主を倒した際に得られるソウルポイントは膨大《ぼうだい》だ。千を下回ることはまずない。特に、猿《さる》の楽園で倒した主は凄かった。マナによる弱体化からほぼ解放されていたあの主と、その側近四匹。ついでに千を超えるワイズマンモンキーの群れ。それらすべてのソウルポイントは、目を疑うほどの数値となって、狩夜のなかに蓄積《ちくせき》されていた。

煮《に》ても焼いても食えないワイズマンモンキーにも、うまみはあったのだ。そう、倒した際に得られるソウルポイントが多いのである。

迷いの森にいた期間も、決して無駄だったわけではない。狩夜と同じように迷っていた魔物と鉢《はち》合《あ》わせすれば、その都度応戦し、撃破《げきは》してきた。そのなかには主も数匹いて、やはり多くのソウルポイントを狩夜に提供してくれている。

よって、今の狩夜の基礎《きそ》能力向上回数は――

「あ、いた！」

「兄貴、例のガキです！　ようやく見つけやしたぜ！」

「ん？」

主の情報を得ようと開拓者ギルドに向かう道中、なんとも荒《あら》っぽい声が響いた。

黒い羽毛《うもう》の翼《つばさ》を持つ、ガラの悪い風貌《ふうぼう》をした風の民三人組が、ニヤニヤ笑いながら狩夜に近づいてくる。

「へっへっへ、見つけたぜガキ～。探したぜ～」

真ん中を歩いているリーダーと思《おぼ》しき男が、狩夜を高圧的な態度で見下ろしてきた。その男の右肩にはカラス型の魔物、ダークロウがとまっている。

「お兄さんたち、開拓者ですか？」

「おうともよ！　ウルザブルンの陰の実力者、パーティ『荒野《こうや》の三羽烏《さんばがらす》』たぁ、俺たちのことよ！」

「はぁ……三馬鹿さんですか……」

「三馬鹿じゃねぇ！　三羽烏だ！」

「このガキ、人が気にしていることを……！」

取り巻き二人がにわかに殺気立つ。が、まったく怖くない。聖獣やレイラ、精霊解放軍の幹部たちと比べれば、毛ほどの圧も感じられはしなかった。

「で、僕になにか用ですか？　カラスのお兄さん？」

「っけ、てめぇみたいなガキに用なんてあるかよ。用があるのは、てめぇの腰《こし》にぶら下がってる金属装備よ！」

どうやら目の前の三人組は、剣鉈に御執心《ごしゅうしん》らしい。

「結構前にてめぇが開拓者ギルドに顔を出したときから、そいつに目ぇつけてたのよ。そんな立派な武器、おめぇみたいな無名のガキにはもったいねぇ。あんときゃあフローグの奴が街にいやがったから見逃したがよ、あいつはもうここにいねぇ。我慢する必要もねぇってわけだ」

「ああ、どこかで見たことあるなぁ――とは思ってたんですけど、あのときギルドにいた開拓者の一人ですか」

「そういうこった。痛い目に遭《あ》いたくなかったら、大人しく――」

「ちょ⁉　勝手に触《さわ》らないでください！」

舌なめずりをしながら伸ばされたカラス男の右腕を、狩夜の手刀が剣鉈に届く前に叩き落とす。鈍《にぶ》い音がウルザブルンの一角に響き渡った。

その、一瞬後――

「いってぇぇぇぇぇぇぇ‼」

カラス男が、右腕を左手で押さえながら、なんとも大袈裟《おおげさ》に喚《わめ》き散らした。

「あ、こいつ、先に手を出しやがったぞ！　大丈夫ですか兄貴⁉」

「ああ、ああ。こりゃ折れてるなぁ。こいつは腰の金属装備だけじゃなくて、治療費もいただかねぇとなぁ？」

なんともありきたりな因縁《いんねん》のつけかただった。そんな三人組に対し、狩夜は――

「え？　この流れ……喧嘩？　喧嘩ですか？　因縁つけられて喧嘩っていうパターンのやつですか⁉」

と、目を輝かせる。

そんな狩夜の反応が予想外だったのか、取り巻き二人は怪訝《けげん》な顔を浮かべた。

「な、なんで嬉《うれ》しそうなんだよ？」

「俺らの兄貴はスゲーんだぞ？　サウザンド目前の開拓者なんだ。俺たちだって、そこそこ場数を踏んだ――」

「へぇ……お兄さんたち、それなりに強いんですね？　それは好都合です。個人的な理由があって、今すぐしたかったんですよね、喧嘩。お兄さんたちがしてくれるなら、願ったり叶《かな》ったりです」

迷いの森での一件。あれも喧嘩と言えなくもなかったが、狩夜が思い描《えが》く喧嘩とはほど遠いやり取り、そして結末であった。あれは口喧嘩でも、どつきあいの喧嘩でもない。狩夜が好き勝手喚き散らして、レイラが寛大《かんだい》な精神でそれを受け入れてくれただけだ。

そもそも、レイラと狩夜がまともな喧嘩をするなど、前提からして無理がある。喋《しゃべ》ることのできないレイラと口喧嘩が成立するはずもなく、どつきあいの喧嘩なんてしたら、二秒後にはボコボコのボコだ。

本音をぶつけ、すべてを許し、契約を結んだことで、対等の関係にはなれたと思うが、両者の間には、あまりにも大きな力の壁が、依然として立ち塞がっている。

その事実が、否応《いやおう》なく狩夜を不安にさせた。

——今の自分は、いったいどれほど強いのだろう？

実際に試《ため》してみなければわからない。そして、模擬《もぎ》戦の相手がレイラでは、力の差があり過ぎて、まったく参考にならない。

もっと、近しいレベルの相手が必要だ。

相手も開拓者で、喧嘩慣れしてそうな荒くれ者というのならば都合がいい。今どれだけできるか試してやる。いざとなればレイラに止めてもらえばいい。

「ここじゃあ通行人の邪魔になりそうですから、別の場所にいきましょうか」

「お、おう……望むところだ……」

「兄貴、いきましょう……兄貴？」

「いてぇ！　いてぇよぉちくしょぉぉぉぉ‼」

「ちょ、ちょっと兄貴、大袈裟に痛がり過ぎですって⁉」

「そ、そうですよ！　もう痛がるふりなんてする必要——」

ここで、取り巻き二人は両の目を見開いた。彼らの視線の先には、上腕《じょうわん》の半ばで不自然に折れ曲がる、カラス男の右腕がある。

「あ、あそこの路地裏とか――」

「「失礼しましたーーーー!!」」

「どうですかって、あれ?」

狩夜が路地裏を指さしながら振り返ると、ちょうど取り巻き二人がカラス男を抱えて逃げ出すところであった。そして、あっという間に見えなくなる。

「ちょ、ちょっと!? 喧嘩するんじゃなかったんですか!? そっちから因縁ふっかけといて――って、ああ、いっちゃった……また喧嘩できなかったなぁ……」

叉鬼狩夜　残SP・21
基礎能力向上回数・302回
『筋力UP・80回』
『敏捷《びんしょう》UP・102回』
『体力UP・80回』
『精神UP・40回』
習得スキル
〔ユグドラシル言語〕
加護
〔女神スクルドの加護・Lv1〕全能力微上昇《びじょうしょう》。状態異常『呪』無効化。
獲得合計SP・46774

狩夜は気を取り直し、再び開拓者ギルドに向かって歩きだす。そして、一連のやり取りを大人しく見守っていた相棒を一瞥《いちべつ》し、言う。

「もっともっと強くなって、レイラとどつきあいの喧嘩が気兼ねなくできるぐらいにならないとね」

「……（フルフル！）」

「私は狩夜と喧嘩したくない～！」と、レイラは頭を振った。

「いいだろそれくらい。僕は君と喧嘩ができるようになりたいんだよ。本当の友達っていうのは、喧嘩と仲直りを繰り返して、少しずつなっていくもんなんだ。それに、それくらい強くならないと、聖獣には勝てないだろ？」

「……（フルフル！）」

レイラは「それとこれとは話が別だ～！」と、激しく頭を振る。狩夜は困ったように肩を竦《すく》め、真っ直ぐに前を見据えた。

狩夜に必要なものは『妹の病気を治す薬』。そして、その薬を妹の元に届けるための『元の世界に帰還《きかん》する方法』だ。

前者はすでに手に入れたも同然である。約束の対価を支払《しはら》えば、妹の病気はレイラが当然のように治してくれるに違いない。手段が多いに越したことはないだろうが、レイラさえ守り抜けば、薬のほうは大丈夫だ。

かつて血眼《ちまなこ》になって探した万病を癒やす薬が、祖父の家の裏庭に生えていたとは驚きである。まるで童話の『青い鳥』だ。

薬は既にある。だから狩夜に必要なのは、元の世界に帰還する方法——そう、世界樹である。

聖獣を倒し、世界樹を救いさえすれば、元の世界に帰還するという狩夜の願いは叶う。聖域に向かう道中で、スクルドは確かにそう言った。

狩夜をこの世界に引きずり込んだレイラによると、世界樹の種では異世界転移は不可能らしい。地球から狩夜を連れてイスミンスールに転移できたのは、メッセージと共に世界樹の種に込められていた、一回限りの力を使ったからだと。

レイラの本当の目的を達成するためにも、狩夜が元の世界に帰還するためにも、そして、この世界の崩壊《ほうかい》を防ぐためにも、狩夜とレイラは、なんとしてでも聖獣を打倒し、世界樹を守らなければならない。

そのためには力が必要不可欠。強くなるためならば、狩夜はどんなことでもする覚悟だ。

しかし——

「妹には怒られちゃうかな……」

遠い故郷で今も病気と闘っているであろう妹を思い、狩夜は再度苦笑いする。そして、あの日のことを——命を懸けて薬を取りにいくと言った兄に妹が返した、優しい言葉を思い出す。

『ありがとうお兄ちゃん。でも、私のために危ないことしないでね？　お兄ちゃんが痛かったり、苦しかったりしたら嫌だよ、私』

「ごめん、咲夜。僕、君のために危ないことをするよ」

兄は再び走り出す。

情熱を取り戻し、兄は少し大人びた子どもになった。

あとがき

はじめての方は、はじめまして。一巻を買っていただいた方は、お久しぶりです。「Ｗｅｂ小説版の頃《ころ》からフォロワーだよ」という方は、いつもお世話になっております。平平祐《ひらだいらゆう》です。

『引っこ抜《ぬ》いたら異世界で』二巻、いかがでしたでしょうか？　楽しんでいただけましたら幸いです。

読者の皆様《みなさま》、二巻ですよ！　二巻！　多くのライトノベルシリーズが長く続かない昨今、これはすごいことです！　これも皆様の応援《おうえん》と後押《あとお》しのおかげです！　本当に、ほんとうにありがとうございます！　私は一発屋ではなかったのだ！

（以下、本編の内容に触《ふ》れておりますのでご注意ください）

さて、読者の皆様は【異世界もの】という言葉をご存じでしょうか？　知っていますよね。この本を読んでいて【異世界もの】を知らないのは、私が手ずから本を渡《わた》した親類縁者《しんるいえんじゃ》ぐらいでしょう。釈迦《しゃか》に説法だとは思いますが、一応説明を。【異世界もの】とは『現代人がなんらかの理由で異世界に転生、または転移し、新たな人生をスタートする』という形式の物語です。昨今特に注目されているＷｅｂ小説の花形であり、この『引っこ抜いたら異世界で』も【異世界もの】です。

【異世界もの】主人公の多くは、異世界に転生する際になんらかの特殊《とくしゅ》能力、いわゆるチートを獲《かく》得《とく》します。チートを持っている【異世界もの】主人公は、基本的に誰《だれ》が相手でも負けません。無双《むそう》に次ぐ無双を絶えず繰《く》り返し、超人的《ちょうじん》な活躍《かつやく》をする場合がほとんどです。

この『引っこ抜いたら異世界で』も【異世界もの】なんだから、どんな相手でも狩夜《かりや》とレイラが負けるはずない。一巻でも基本的に無双してたし、二巻でも大活躍間違《まちが》いなし。安心して見ていられる。書籍《しょせき》版から読みはじめた読者の皆様は、そんな展開を予想していたのではないでしょうか？

その予想、裏切らせていただきました。

狩夜とレイラ、敗北。

世界樹の聖獣《せいじゅう》の圧倒《あっとう》的な力の前に、彼《かれ》らは敗走を余儀《よぎ》なくされました。

そして明かされた、異世界イスミンスール滅亡《めつぼう》の危機。

残された時間は、わずか一年。

こういった展開は【異世界もの】では敬遠されがちです。Ｗｅｂ小説は、仕事や勉強の合間に、気分転換《てんかん》として読まれる場合が多く、スカッとする無双展開が常に求められる傾向《けいこう》が強いです。鬱《うつ》展開がほんの少しあるだけでも読むのをやめ、フォローを外してしまう読者もおり、ランキングの順位が落ちるのを恐《おそ》れるあまりに、書きたくても書けなくなってしまうこともあります。

しかし私は、自分が信じる「面白《おもしろ》い」を貫《つらぬ》くため、確固たる信念と覚悟《かくご》のもと、主人公の敗北を書かせていただきました。

そして、それは正解だったと思っています。その証拠《しょうこ》に、この物語は書籍化され、こうして二巻も発売されたのですから。

今回の敗北で、狩夜は大きく成長。大切なことを思い出し、命を懸《か》けるに値《あたい》するほどの欲《ほ》しいものを見つけました。戦う理由を得た狩夜が、勇者であるレイラと共に、今後どのような冒険《ぼうけん》を繰り広げるのか。そして、精霊《せいれい》解放遠征《えんせい》の成否や、狩夜が異世界人であると知ったフヴェルゲルミル帝《てい》国《こく》の動向などを、三巻の壁《かべ》を越《こ》え、続巻という形で読者の皆様にお届けできることを、切に願っております。

では最後に、今回も謝辞を述べさせていただきます。

多くの新規キャラにイラストを描《か》いてくださいました日色さん。前回に引き続き私を導いてくださいました担当氏。二巻を世に出す機会をくださいました編集部の皆様。この作品が世に出る切っ掛《か》けとなった『カクヨム』の運営にかかわるすべての皆様と、評価してくださいました利用者の皆様。そして、今この本を手にとっている貴方様《あなたさま》に、心より御礼《おんれい》申し上げます。

二〇二四年　四月某日　平平　祐

DRAGON NOVELS
ドラゴンノベルス

引っこ抜いたら異世界で2

2024年5月5日　初版発行

著　　者　平平《ひらだいら》 祐《ゆう》

発 行 者　山下直久

発　　行　株式会社 KADOKAWA
〒102-8177　東京都千代田区富士見 2-13-3
電話 0570-002-301（ナビダイヤル）

編　　集　ゲーム・企画書籍編集部

装　　丁　寺田鷹樹（GROFAL）

D　T　P　株式会社スタジオ２０５ プラス

印 刷 所　大日本印刷株式会社

製 本 所　大日本印刷株式会社

DRAGON NOVELS ロゴデザイン　久留一郎デザイン室+YAZIRI

ISBN978-4-04-075329-4　C0093

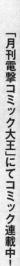

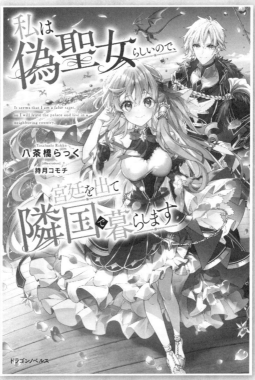